# J.R.R. Tolkien

Né en 1892 à Bloemfontein (en Afrique du Sud aujourd'hui), John Ronald Reuel Tolkien rentre en Angleterre dès 1896 ; il perd son père, puis sa mère en 1904. Il passe son enfance dans la région de Birmingham puis étudie à Oxford. Après la Première Guerre mondiale, démobilisé, il obtient un poste à Leeds, avant d'enseigner la langue et la littérature anglaises à Oxford de 1925 à 1959. Parallèlement, J.R.R. Tolkien publie *Le Hobbit* (1937), classique de la littérature de jeunesse, avant d'entamer la rédaction du *Seigneur des Anneaux*, qui ne paraît qu'en 1954-1955. Ces deux romans se déroulent dans le monde imaginé par Tolkien depuis les années 1916-1917, lorsqu'il entreprend la rédaction des *Contes perdus* en lien avec l'invention de langues ; mais il n'achèvera jamais son *Silmarillion*. À sa mort, en 1973, il revient à son fils Christopher de publier l'essentiel de son œuvre : en quarante ans, Christopher Tolkien a publié des récits pour la jeunesse (*Roverandom*, *Les Lettres du Père Noël*…), des nouvelles (*Feuille de Niggle* ; *Le Fermier Gilles de Ham*…), et surtout, *Le Silmarillion* puis *L'Histoire de la Terre du Milieu* (12 volumes, dont *Les Contes perdus*, *Les Lais du Beleriand*, *La Formation de la Terre du Milieu*, *La Route perdue*), *Les Contes et Légendes inachevés* ; des *Lettres* ; des textes sur la littérature (*Les Monstres et les Critiques*), et, récemment, *Les Enfants de Húrin*, *La Légende de Sigurd et Gudrún*, avant *La Chute d'Arthur*.

# LES ENFANTS DE HÚRIN

DU MÊME AUTEUR
*CHEZ POCKET*

LES AVENTURES DE TOM BOMBADIL
LE SILMARILLION
FAËRIE ET AUTRES TEXTES (nouvelle édition)
LES ENFANTS DE HURIN
LA LEGENDE DE SIGURD ET GUDRUN
LES MONSTRES ET LES CRITIQUES ET AUTRES ESSAIS
ROVERANDOM

**LE SEIGNEUR DES ANNEAUX**
(EXISTE AUSSI EN 1 VOLUME)

LA COMMUNAUTE DE L'ANNEAU
LES DEUX TOURS
LE RETOUR DU ROI

**CONTES ET LEGENDES INACHEVES**
(EXISTE AUSSI EN 1 VOLUME)

LE PREMIER AGE
LE SECOND AGE
LE TROISIEME AGE

**HISTOIRE DE LA TERRE DU MILIEU**

LE PREMIER LIVRE DES CONTES PERDUS
LE SECOND LIVRE DES CONTES PERDUS
LES LAIS DU BELERIAND
LA FORMATION DE LA TERRE DU MILIEU
LA ROUTE PERDUE

LETTRES
LETTRES DU PERE NOËL

J.R.R. TOLKIEN

# NARN I CHÎN HÚRIN

# LE CONTE DES ENFANTS DE HÚRIN

Édition établie et préfacée
par Christopher Tolkien

*Traduit de l'anglais*
*par Delphine Martin*

Illustré
par Alan Lee

CHRISTIAN BOURGOIS ÉDITEUR

Titre original :
*THE CHILDREN OF HÚRIN*

MIXTE
Papier issu de sources responsables
FSC® C003309
FSC www.fsc.org

Pocket, une marque d'Univers Poche, est un éditeur qui s'engage pour la préservation de son environnement et qui utilise du papier fabriqué à partir de bois provenant de forêts gérées de manière responsable.


ISBN : 978-2-266-17851-8

*à Baillie Tolkien*

Montagnes de l'Écho
HITHLUM
Montagnes du Mithrim
Bras de mer du Drengist
DOR-LÓMIN
Amon Darthir
NEVRAST
Eithel Ivrin
Vinyamar
Bois de Núath
le Ginglith
le Narog
Tumhalad
B E L F A L A S
le Nenning
le Haut Faroth
Nargothrond
Eglarest
LA GRANDE MER

ANFAUGLITH
(Ard-galen)
Eithel Sirion
Marais de Serech
Rivil
LADROS
TAUR-NU-FUIN
(Dorthonion)
Tol Sirion
Gondolin
Passe d'Anach
Crissaegrim
Brithiach
ERED GORGOROTH
DIMBAR
le Mindeb
le SIRION
Amon Obel
Forêt de Neldoreth
BRETHIL
L'Esgalduin
Menegroth
NAN ELMOTH
Amon Rûdh
DORIATH
Forêt de Region
l'Aros
Marais du Sirion
Mares crépusculaires
R I A N D
Portes du Sirion
Bouches du Sirion

# Préface

Il est indéniable que pour un très grand nombre de lecteurs du *Seigneur des Anneaux*, les légendes des Jours Anciens, telles qu'elles ont déjà été publiées, sous des formes diverses, dans *Le Silmarillion*, les *Contes et légendes inachevés* et les volumes de *L'Histoire de la Terre du Milieu*, demeurent totalement inconnues, sinon à travers une réputation qui leur attribue un style et un genre étranges et hermétiques. C'est pour cette raison que j'ai depuis longtemps dans l'idée qu'il y a tout lieu de présenter la version longue de la légende des Enfants de Húrin, écrite par mon père, comme une œuvre indépendante, à part entière, en réduisant l'intervention éditoriale à son minimum et surtout en veillant à une continuité du récit, sans ellipses ni interruptions, pour peu que cela puisse être réalisé sans distorsion ou invention, en dépit du fait que mon père a laissé certaines des parties inachevées.

J'ai pensé que si l'histoire de la destinée de Túrin et de Niënor, les enfants de Húrin et de Morwen, pouvait être présentée de cette manière, elle pourrait ouvrir une fenêtre sur un décor et une histoire appartenant à une Terre du Milieu inconnue, et bien vivants et proches, quoique conçus comme nous parvenant de temps reculés : les terres englouties, à l'ouest, au-delà des Montagnes Bleues, que Sylvebarbe a parcourues dans sa jeunesse, et la vie de Túrin Turambar en

Dor-lómin, en Doriath, à Nargothrond et dans la Forêt de Brethil.

Ainsi, ce livre s'adresse avant tout à ceux des lecteurs qui se rappellent peut-être que la peau d'Arachne est si effroyablement dure qu'elle ne peut être « percée par aucune force humaine, quand bien même des Elfes ou des Nains auraient forgé l'acier, ou la main de Beren ou de Túrin l'aurait manié », ou bien qu'Elrond évoque Túrin devant Frodo, à Fondcombe, comme l'un des « puissants Amis des Elfes de jadis » – mais qui ne savent rien de plus de lui.

Quand il n'était encore qu'un jeune homme, du temps de la Première Guerre mondiale et bien avant qu'il ne commence à songer aux histoires qui allaient constituer les récits de *Bilbo le Hobbit* ou du *Seigneur des Anneaux*, mon père a commencé à écrire une série d'histoires qu'il a intitulée *Le Livre des Contes Perdus*. C'était sa première œuvre littéraire de fiction, conséquente qui plus est, car bien qu'elle n'ait pas été achevée, elle comporte quatorze récits complets. C'est dans *Le Livre des Contes Perdus* qu'apparaissent pour la première fois dans un récit les Dieux, ou Valar ; les Elfes et les Hommes, Enfants d'Ilúvatar (le Créateur) ; Melkor-Morgoth, le grand Ennemi ; les Balrogs et les Orques ; et les terres où les Contes se déroulent : Valinor, la « terre des Dieux » de l'autre côté de l'océan de l'ouest, et les « Grandes Terres » (appelées plus tard « Terre du Milieu », entre les mers de l'est et de l'ouest).

Parmi les *Contes Perdus*, trois sont particulièrement longs et aboutis, et tous trois mettent en scène des Hommes aussi bien que des Elfes : ce sont le *Conte de Tinúviel* (dont une version brève apparaît dans *Le Seigneur des Anneaux*, sous la forme de l'histoire de Beren et Lúthien qu'Aragorn raconte aux Hobbits sur le Mont Venteux ; mon père l'a écrite en 1917), *Turambar et le Foalókë* (« Túrin Turambar et le Dragon », qui existait certainement dès 1919, si ce n'est avant), et *La Chute de Gondolin* (1916-1917). Dans un passage souvent cité d'une longue lettre écrite par mon père en 1951, trois ans avant la publication de *La Communauté de l'Anneau*, et où il décrit son travail, il est question de son ambition passée : « Il fut une époque (il y a longtemps que j'ai dû en rabattre) où j'avais dans l'idée de créer un ensemble de légendes plus ou moins reliées, allant du grandiose et cosmogonique au conte de fées des Romantiques – le grandiose étant fondé sur ce genre mineur qui se trouve au contact de la terre, le mineur tirant sa splendeur de la vaste toile de fond [...]. Je comptais faire un récit complet de certains des grands contes et seulement placer de nombreux autres dans la structure, sous forme d'ébauches. »

On voit bien d'après cette évocation qu'il avait toujours imaginé, dans sa conception de ce qui allait devenir *Le Silmarillion*, que certains des « Contes » devaient faire l'objet d'un récit bien plus abouti ; et en effet, dans cette même lettre datée de 1951, il fait explicitement référence aux trois histoires que j'ai mentionnées plus haut comme étant de loin les plus longues du *Livre des Contes Perdus*. À cette occasion, il présente le récit de Beren et Lúthien comme « l'histoire principale du *Silmarillion* », écrivant à son sujet : « l'histoire (selon moi belle et puissante) est un *romance* héroïque et féerique accessible même avec une très vague connaissance générale du contexte. Mais c'est également un maillon essentiel du cycle, qui serait privé de sa pleine valeur s'il ne se trouvait pas là. [...] Il y a d'autres histoires presque aussi complètes et tout aussi indépendantes bien que liées à l'Histoire générale » : il s'agit des *Enfants de Húrin* et de *La Chute de Gondolin*.

Les propos mêmes de mon père montrent ainsi, de manière indiscutable, que s'il pouvait parvenir à des récits achevés et aboutis, de l'ampleur désirée, les trois « Grands Contes » des Jours Anciens (Beren et Lúthien, *Les Enfants de Húrin* et *La Chute de Gondolin*) constitueraient pour lui des œuvres suffisamment autonomes pour ne pas requérir de connaissances particulières de l'important ensemble de légendes connu sous le titre de *Silmarillion*. D'un autre côté, comme le souligne mon père dans cette même lettre, *Le*

*Conte des Enfants de Húrin* fait partie intégrante de l'Histoire des Elfes et des Hommes aux Jours Anciens, et comporte nécessairement bon nombre de références à des événements et des circonstances narrés dans ce plus vaste récit.

Il serait tout à fait contraire à l'esprit dans lequel le présent livre a été conçu d'en ralentir la lecture par une pléthore de notes donnant des informations sur des personnages et des faits qui n'ont, de toute façon, que rarement une importance réelle et directe pour le récit. Une aide peut cependant se révéler utile, ici et là, et j'ai en conséquence inclus dans l'Introduction une très brève présentation du Beleriand et de ses peuples, vers la fin des Jours Anciens, au moment où naissent Túrin et Niënor ; et, à une carte représentant le Beleriand et les terres septentrionales, j'ai ajouté une liste des noms apparaissant dans le récit avec quelques indications succinctes pour chacun d'eux, ainsi que des arbres généalogiques simplifiés.

On trouvera à la fin du livre un Appendice en deux parties : la première concerne les tentatives faites par mon père pour parvenir à une version finale des trois Contes ; la seconde traite de la composition du présent texte, qui diffère à maints égards de celui des *Contes et légendes inachevés*.

Je suis très reconnaissant envers mon fils, Adam Tolkien, pour m'avoir apporté une aide indispensable dans la présentation et la disposition des éléments de l'Introduction et de l'Appendice et pour avoir permis au livre de voyager dans le monde intimidant (à mes yeux) des communications électroniques.

# Introduction

## La Terre du Milieu aux Jours Anciens

Le personnage de Túrin revêtait une importance particulière aux yeux de mon père, qui, à travers de nombreux dialogues empreints de franchise et de spontanéité, a brossé un poignant tableau de son enfance, essentiel pour comprendre l'ensemble, associant gravité et manque de gaieté, sens de la justice et compassion ; un portrait de Húrin également, vif, gai et volontaire ; de la mère de Túrin, Morwen, réservée, courageuse et fière ; et de la vie en famille dans le froid pays du Dor-lómin, à l'époque, déjà marquée par la peur, où Morgoth venait de briser le Siège d'Angband, avant la naissance de Túrin.

Mais tout cela a lieu au cours des Jours Anciens, le Premier Âge du monde, dans un temps incommensurablement reculé. Un passage du *Seigneur des Anneaux* rend compte d'une manière inoubliable de l'éloignement temporel de l'époque à laquelle renvoie ce récit. Lors du grand conseil tenu à Fondcombe, Elrond évoque la Dernière Alliance des Elfes et des Hommes ainsi que la défaite de Sauron à la fin du Deuxième Âge, plus de trois mille ans auparavant :

> « À ce moment, Elrond s'arrêta un instant et soupira. “Je me rappelle bien la splendeur de leurs bannières, reprit-il. Elle me rappelait la gloire des Jours Anciens

et les armées du Beleriand, où tant de grands princes et capitaines étaient assemblés. Et pourtant pas tant, pas si beaux que lorsque le Thangorodrim fut brisé et que les Elfes pensèrent que le mal était fini à jamais, alors que ce n'était pas vrai."

"Vous vous le rappelez ? dit Frodon, exprimant sa pensée à haute voix dans son étonnement. Mais je croyais, balbutia-t-il comme Elrond se tournait vers lui, je croyais que la chute de Gil-galad avait eu lieu il y a des éternités."

"Et c'est exact, répondit gravement Elrond. Mais ma mémoire porte jusqu'aux Jours Anciens. Eärendil était mon père, qui naquit à Gondolin avant sa chute ; et ma mère était Elwing, fille de Dior, fils de Lúthien du Doriath. J'ai vu trois âges dans l'Ouest du monde, et maintes défaites, et maintes victoires sans lendemain." »

Quelque six mille cinq cents ans avant la réunion du Conseil d'Elrond à Fondcombe, Túrin naît en Dor-lómin, « à l'hiver, sous de funestes auspices », ainsi que le rapportent les *Annales du Beleriand.*

Mais le caractère tragique de son existence n'est en aucun cas annoncé dans son seul portrait, car Túrin est condamné à vivre prisonnier d'une puissante et mystérieuse malédiction, l'imprécation haineuse lancée par Morgoth sur Húrin, Morwen et leurs enfants, après que Húrin l'a défié et s'est opposé à sa volonté. Morgoth, le Noir Ennemi, comme il en vient à être appelé, est à l'origine « Melkor, le premier et le plus puissant des Valar, qui fut avant que le monde ne fût », comme il le déclare à Húrin qu'on lui amène captif. S'étant désormais incarné de manière permanente, sous la forme d'un Roi gigantesque et majestueux, mais terrible, il est présent en personne dans sa formidable forteresse d'Angband, les Enfers d'Acier, dans la partie nord-ouest de la Terre du Milieu : on peut apercevoir de loin, noircissant le ciel septentrional, les sombres fumées qui s'élèvent des sommets du

Thangorodrim, les montagnes qu'il a empilées au-dessus d'Angband. Il est écrit dans les *Annales du Beleriand* que « les portes de Morgoth n'étaient qu'à cent cinquante lieues du pont de Menegroth : si loin et pourtant trop près ». Ces mots font référence au pont qui mène aux habitations de Thingol le roi elfe, qui accueille Túrin comme son fils adoptif : on les appelle Menegroth, les Mille Cavernes ; elles sont situées loin au sud-est du Dor-lómin.

Parce qu'il est incarné, Morgoth connaît la peur. Mon père écrit à son sujet : « À mesure qu'il devenait plus venimeux et tirait de lui-même des créatures féroces et des mensonges pervers, son pouvoir se dispersait et chaque jour il s'attachait un peu plus à la terre et répugnait à quitter sa retraite sinistre. » Aussi, lorsque Fingolfin, le Grand Roi des Elfes noldorins, chevauche seul jusqu'à Angband pour venir défier Morgoth en combat singulier, il crie aux portes : « Approche, roi couard, et bats-toi avec tes propres mains ! Terré dans ton antre, entouré d'esclaves, menteur et lâche, ennemi des Dieux et des Elfes, approche ! Car je veux voir ta lâche figure. » Alors, est-il dit, « Morgoth vint. Car il ne pouvait se dérober à un tel défi sous les yeux de ses capitaines. » Il combat avec Grond, son formidable marteau, qui creuse à chaque coup un abîme, et il met Fingolfin à terre ; mais en mourant, celui-ci, de son épée, cloue le pied de Morgoth dans le sol, « et le sang noir jaillit et remplit les abîmes creusés par Grond. Après cela, Morgoth resta boiteux ». De la même manière, quand Beren et Lúthien, sous la forme d'un loup et d'une chauve-souris, se faufilent jusque dans la salle la plus profonde d'Angband, là où siège Morgoth, Lúthien lui jette un sort ; et « soudain il tomba, comme une avalanche au flanc d'une montagne, il fut jeté à bas de son trône dans un bruit de tonnerre et il s'abattit sur le sol des enfers. La couronne de fer roula de sa tête à grand fracas ».

La malédiction d'un être comme lui, qui peut prétendre que « l'ombre de son dessein se projette sur Arda [la Terre], et tout ce qui s'y trouve se soumet lentement et sûrement à son vouloir », est sans commune mesure avec les malédictions ou imprécations d'êtres de bien moindres pouvoirs. Morgoth n'« appelle » pas le Mal ou une catastrophe sur Húrin et ses enfants, il n'« invoque » pas une puissance supérieure pour qu'elle agisse, car lui, « Maître des destinées d'Arda », comme il se présente à Húrin, a l'intention de causer la ruine de son ennemi par la seule force de son immense volonté. Ainsi, il « dessine » le futur de ceux qu'il hait, comme il le déclare à Húrin : « sur tous ceux qui te sont chers, *ma pensée* pèsera comme un *nuage fatal*, et elle les plongera dans les ténèbres et le désespoir ».

Le tourment qu'il imagine pour Húrin est de « voir avec les yeux de Morgoth ». Mon père a expliqué ce que cela signifie : quiconque contraint de plonger les yeux dans le regard de Morgoth « verrait » (ou visualiserait dans son esprit, à partir de celui de Morgoth) une représentation d'événements d'une vraisemblance absolue, en fait déformée par l'infinie malignité de Morgoth. Et s'il est vrai que l'on pouvait rejeter l'injonction de Morgoth, Húrin ne l'a pas fait. La raison en est en partie, selon mon père, l'amour qu'il porte à ses proches et son anxiété extrême à leur égard, qui lui font désirer apprendre tout ce qu'il peut sur eux, quelle qu'en soit la source ; et en partie l'orgueil qu'il éprouve, pensant avoir vaincu Morgoth par ses paroles et s'imaginant pouvoir « détourner » le regard de Morgoth, ou du moins conserver son esprit critique et distinguer entre la réalité et la tromperie.

Pendant toute la vie de Túrin, depuis son départ du Dor-lómin, et toute celle de sa sœur Niënor qui n'a jamais connu son père, telle est la destinée de Húrin, assis sans pouvoir bouger, sur les hauteurs du Thangorodrim, à ressentir une amertume croissante, suscitée par son bourreau.

Dans l'histoire de Túrin, qui se fait appeler Turambar, « Maître du Destin », la malédiction de Morgoth apparaît comme une force déchaînée pour n'accomplir que le Mal, et qui traque ses victimes. Ainsi, on dit que même le Vala déchu craint que Túrin « ne gagne tellement en puissance que la malédiction qu'il lui avait lancée ne s'annule, et qu'il échappe au destin qui lui avait été réservé » (p. 134). Ensuite, à Nargothrond, Túrin cache son véritable nom et se met en colère lorsque Gwindor le révèle : « tu m'as fait du tort, mon ami, en trahissant mon véritable nom, et en appelant sur moi ma destinée, de laquelle je voulais rester caché » (p. 154). C'est de Gwindor que Túrin a appris la rumeur répandue à Angband, où Gwindor a été prisonnier, selon laquelle Morgoth a lancé une malédication sur Húrin et tous les siens. À présent, il répond à la colère de Túrin : « C'est en toi que ta destinée repose, non en ton nom. »

Cette question complexe est tellement essentielle dans l'histoire, que mon père a même songé à un autre titre : *Narn e 'Rach Morgoth*, Le Conte de la Malédiction de Morgoth. Et sa conception transparaît dans ces termes : « Ainsi s'acheva l'histoire de Túrin l'infortuné ; ce fut la pire des œuvres de Morgoth chez les Hommes du monde ancien. »

Lorsque Sylvebarbe parcourt la forêt de Fangorn, portant Merry et Pippin chacun dans un bras, il récite un chant sur les lieux qu'il a connus dans des temps très anciens, et sur les arbres qui y poussaient :

*Dans les saussaies de Tasarinan, je me promenais*
*[au Printemps.*
*Ah ! la vue et la senteur du Printemps à Nan-tasarion !*
*Et je disais que c'était bon.*
*Je vagabondais l'Été dans les ormaies de l'Ossiriand.*
*Ah ! la lumière et la musique de l'Été*
*[près des Sept Rivières d'Ossir !*
*Et je pensais que c'était mieux.*
*Aux grèves de Neldoreth je vins en Automne.*
*Ah ! l'or et le rouge et le soupir des feuilles*
*[en Automne à Taur-na-Neldor !*
*Cela surpassait mon désir.*

*Jusqu'aux pins des hautes terres*
*[du Dorthonion je grimpais en Hiver.*
*Ah ! le vent et la blancheur et les branches noires*
*[de l'Hiver sur l'Orod-na-Thôn !*
*Ma voix s'élevait et chantait dans le ciel.*
*Et maintenant toutes ces terres gisent sous les flots,*
*Et je marche en Ambarona, en Tauremorna,*
*[en Aldalómë,*
*Dans ma propre terre, au pays de Fangorn,*
*Où les racines sont longues,*
*Où les années font une couche plus épaisse*
*[que les feuilles*
*En Tauremornalómë.*

Les souvenirs de Sylvebarbe, « L'Ent, né de la terre, vieux comme les montagnes », remontent en effet à des temps reculés. Il se souvient de forêts anciennes dans le vaste pays du Beleriand, détruit dans le chaos de la Grande Bataille à la fin des Jours Anciens. La Grande Mer s'est déchaînée et a englouti toutes les terres à l'ouest des Montagnes Bleues, appelées Ered Luin ou Ered Lindon : si bien que la carte contenue dans *Le Silmarillion* est limitée à l'est par cette chaîne de montagnes tandis que celle du *Seigneur des Anneaux* l'est par cette même chaîne mais à l'ouest ; et les terres côtières au-delà des montagnes, nommées Forlindon et Harlindon (Lindon du Nord et Lindon du Sud) sur cette carte sont tout ce qui reste, au Troisième Âge, du pays appelé Ossiriand, le Pays des Sept Rivières, ou encore Lindon : c'est dans ses forêts d'ormes que Sylvebarbe s'est autrefois promené.

Il a aussi parcouru les forêts des grands pins sur les hautes terres du Dorthonion (« Pays des Pins ») qui ont ensuite pris le nom de Taur-nu-Fuin, « La Forêt sous la Nuit », lorsque Morgoth les a transformées en « une région de ténèbres et de sombres enchantements, d'errance et de désespoir » ; et Sylvebarbe est venu en Neldoreth, la forêt septentrionale du Doriath, le royaume de Thingol.

C'est en Beleriand et dans les terres au nord que la terrible destinée de Túrin se joue ; et le Dorthonion et le Doriath, où Sylvebarbe s'est promené, sont essentiels dans sa vie. Il naît dans un monde où la guerre fait rage, même s'il n'est encore qu'un enfant lorsque la dernière et la plus grande des batailles a lieu, au cours des guerres du Beleriand. Un très succinct résumé des circonstances qui ont conduit à ces guerres permettra de répondre aux questions qui peuvent se poser et d'éclairer les références qui sont faites au fil du récit.

Au nord, les frontières du Beleriand semblent être formées par les Ered Wethrin, les Montagnes de l'Ombre, au-delà desquelles se trouve le pays de Húrin, le Dor-lómin, une région du Hithlum ; tandis qu'à l'est, le Beleriand s'étend jusqu'au pied des Montagnes Bleues. Encore plus à l'est, se trouvent des terres rarement mentionnées dans l'Histoire des Jours Anciens ; mais les peuples qui écrivent cette Histoire sont venus de l'est par les passes des Montagnes Bleues.

Les Elfes sont apparus sur terre très loin à l'est, à côté d'un lac nommé Cuiviénen, l'Eau de l'Éveil ; de là, les Valar les ont enjoints à quitter la Terre du Milieu, en traversant la Grande Mer pour parvenir au « Royaume Béni » d'Aman, la terre des Dieux, à l'ouest du monde. Ceux qui ont accepté cette injonction ont été conduits par le Vala Oromë, le Chasseur, dans une longue traversée de la Terre du Milieu depuis Cuiviénen ; on leur a donné le nom d'Eldar, les Elfes du Grand Voyage, les Hauts-Elfes : on les distingue de ceux qui, refusant cet appel, ont choisi la Terre du Milieu comme terre de leur destinée. Ceux-là sont les « Elfes Moindres », les Avari, Ceux du Refus.

Mais bien qu'ils aient franchi les Montagnes Bleues, tous les Eldar n'ont pas traversé la Mer ; et ceux qui ont demeuré en Beleriand sont appelés les Sindar, les Elfes-Gris. Leur grand roi est Thingol (ce qui signifie « Gris Manteau »), qui siège à Menegroth, les Mille Cavernes, en Doriath. Et parmi les Eldar qui ont franchi la Grande Mer, tous ne sont pas restés sur la terre des Valar ; car les Noldor (les « Maîtres de la Tradition »), l'une de leurs familles les plus importantes, sont retournés en Terre du Milieu, et on les appelle les Exilés. Le chef de la rébellion contre les Valar se nomme Feänor, « Esprit de Feu » : c'est le fils aîné de Finwë, qui a conduit la troupe des Noldor depuis Cuiviénen, mais est mort depuis. Cet événement primordial dans l'Histoire des Elfes est brièvement résumé de cette manière, par mon père, dans l'Appendice A du *Seigneur des Anneaux* :

> De tous les Eldar, Fëanor fut le plus illustre et le plus versé dans les savoirs et savoir-faire, mais aussi le plus orgueilleux et le plus opiniâtre. Il façonna les Trois Joyaux, les *Silmarilli*, et leur conféra l'éclat des Deux Arbres, Telperion et Laurelin, qui déversaient leur lumière sur le pays des Valar. Morgoth, l'Ennemi, convoitait les Joyaux, et il les déroba ; et lorsqu'il eut détruit les Arbres, il emporta les *Silmarilli* en Terre du Milieu et les renferma en sa puissante forteresse du Thangorodrim [les montagnes qui surmontent Angband]. Contre la volonté des Valar, Fëanor abandonna le Royaume Bienheureux et s'exila en Terre du Milieu, entraînant avec lui une large partie de son peuple ; car en son fol orgueil, il comptait contraindre Morgoth par la force à lui restituer les Joyaux. D'où la guerre que les Eldar et les Edain menèrent contre le Thangorodrim, guerre sans espoir et qui devait se terminer, pour eux, en déroute complète.

Fëanor est tué au cours d'une bataille, peu après le retour des Noldor en Terre du Milieu, et ses sept fils possèdent de vastes territoires à l'est du Beleriand, entre le Dorthonion (Taur-nu-Fuin) et les Montagnes Bleues ; mais leur puissance est détruite lors de la terrible Bataille des Larmes Innombrables qui est décrite dans *Les Enfants de Húrin* ; dès lors, « les Fils de Fëanor errèrent comme feuilles au vent » (p. 58).

Le deuxième fils de Finwë (et demi-frère de Fëanor) se nomme Fingolfin, et il est considéré comme le seigneur de tous les Noldor ; et c'est lui qui, avec son fils Fingon, règne sur le Hithlum, qui s'étend au nord et à l'ouest de la haute chaîne des Ered Wethrin, les Montagnes de l'Ombre. Fingolfin réside en Mithrim, près du grand lac du même nom, tandis que Fingon tient le Dor-lómin, au sud du Hithlum. Leur principale forteresse est Barad Eithel (la Tour de la Fontaine) à Eithel Sirion (la Fontaine du Sirion), où le fleuve prend sa source dans le versant oriental des Montagnes de l'Ombre : Sador, le vieux serviteur infirme de Húrin et de Morwen, y sert comme soldat pendant de nombreuses années, comme il le raconte à Túrin (p. 40-41). Après la mort de Fingolfin au cours du combat singulier avec Morgoth, Fingon prend sa place et devient le Grand Roi des Noldor. Túrin l'aperçoit à une occasion, lorsqu'il « travers[e] le Dor-lómin à cheval, escorté d'une foule de seigneurs, et que tout étincelants d'argent et de blancheur, ils [franchissent] le pont de Nen Lalaith » (p. 39).

Turgon est le deuxième fils de Fingolfin. Après le retour des Noldor, il réside tout d'abord dans sa demeure de Vinyamar, au bord de la mer, dans la région du Nevrast, à l'ouest du Dor-lómin ; mais il fait construire en secret la cité cachée de Gondolin, érigée sur une colline au milieu d'une plaine du nom de Tumladen, tout entière entourée par les Montagnes Encerclantes, à l'est du fleuve Sirion. Une fois Gondolin achevée, après de nombreuses années de labeur, Turgon quitte Vinyamar et va y vivre avec son peuple, qui compte à la fois des Noldor et des Sindar. Et pendant des siècles, cette magnifique forteresse elfique est préservée, dans le plus grand secret : son unique entrée, qui ne peut être découverte, est sévèrement gardée, si bien qu'aucun étranger ne peut y pénétrer, et Morgoth ne parvient pas à apprendre où elle se trouve. Ce n'est qu'à l'occasion de la Bataille des Larmes Innombrables, plus de trois cent cinquante ans après qu'il a quitté Vinyamar, que Turgon sort de Gondolin avec sa formidable armée.

Finarfin est le troisième fils de Finwë, le frère de Fingolfin et le demi-frère de Fëanor. Il ne rentre pas en Terre du Milieu, mais ses fils et sa fille accompagnent l'armée de Fingolfin et des siens. Le fils aîné de Finarfin est Finrod, qui fonde la ville-forteresse souterraine de Nargothrond, inspiré par la magnificence et la beauté de Menegroth, en Doriath ; pour cette raison, on l'appelle Felagund, qui signifie « le Seigneur des Cavernes » ou « le ciseleur de Cavernes » dans la langue des Nains. Les portes de Nargothrond ouvrent sur les gorges de la rivère Narog, dans l'ouest du Beleriand, là où la rivière coule à travers les hautes collines de Taur-en-Faroth, ou Haut Faroth ; mais le royaume de Finrod s'étend bien au-delà, à l'est du fleuve Sirion et à l'ouest du fleuve Nenning qui se jette dans la mer au niveau du havre d'Eglarest. Mais Finrod est tué dans les cachots de Sauron, le premier des serviteurs de Morgoth, et Orodreth, le deuxième fils de Finarfin, prend possession de la couronne de Nargothrond. Tout cela se déroule au cours de l'année qui suit la naissance de Túrin en Dor-lómin.

Les autres fils de Finarfin, Angrod et Aegnor, vassaux de leur frère Finrod, résident en Dorthonion, qui ouvre au nord sur la vaste plaine d'Ard-galen. Galadriel, la sœur de Finrod, demeure longtemps en Doriath, aux côtés de la Reine Melian. Celle-ci est une Maia, un esprit doté de grands pouvoirs qui a pris forme humaine et vit dans les forêts du Beleriand avec le Roi Thingol : c'est la mère de Lúthien et l'aïeule d'Elrond. Peu de temps avant que les Noldor ne reviennent d'Aman, lorsque les grandes armées venues d'Angband arrivent jusqu'en Beleriand, au sud, Melian (comme le raconte *Le Silmarillion*) « utilis[e] son pouvoir pour encercler ce domaine [les forêts de Neldoreth et de Region] d'un mur invisible et enchanté : l'Anneau de Melian. Nul ne pouvait le franchir contre son gré ou celui du Roi Thingol, s'il n'avait un pouvoir égal ou supérieur au sien, à celui de Melian la Maia ». Par la suite, ces terres prennent le nom de Doriath, « le Pays Clos ».

Au cours de la soixantième année qui suit le retour des Noldor, mettant un terme à une longue période de paix, une formidable armée d'Orques descend d'Angband, mais est vaincue et totalement anéantie par les Noldor, lors de la *Dagor Aglareb*, la Glorieuse Bataille. Mais cet épisode alerte les seigneurs des Elfes, qui décident de faire le Siège d'Angband, pendant près de quatre cents ans.

On raconte que les Hommes (que les Elfes nomment *Atani*, les Seconds, et *Hildor*, les Successeurs) sont apparus très loin dans l'Est de la Terre du Milieu, alors que les Jours Anciens s'achèvent ; mais de leur Histoire passée, les Hommes qui sont parvenus en Beleriand à l'époque de la Longue Paix, lorsque Angband est assiégée et ses portes closes, ne parleront jamais. Le chef de ces Hommes, les premiers à franchir les Montagnes Bleues, se nomme Bëor l'Ancien ; et à Finrod Felagund, Roi de Nargothrond, qui les découvre, il déclare : « Les ténèbres s'étendent derrière nous ; et nous nous en sommes détournés, et nous ne voulons pas y retourner, même en pensée. C'est vers l'ouest que nos cœurs se sont tournés, et nous pensons y trouver la Lumière. » Sador, le vieux serviteur de Húrin, tient les mêmes propos à Túrin enfant (p. 42). Mais l'on dit ensuite qu'apprenant l'apparition des Hommes, Morgoth quitte Angband pour la dernière fois et gagne l'Est ; et que les premiers Hommes à entrer en Beleriand « sont revenus de leur erreur, se sont rebellés contre le Pouvoir Sombre, et ont été chassés avec cruauté et opprimés par ceux qui le vénèrent comme par ses serviteurs ».

Ces Hommes appartiennent à trois Maisons, connues sous les noms de Maison de Bëor, Maison de Hador et Maison de Haleth. Galdor le Grand, le père de Húrin, appartient à la Maison de Hador, étant en effet son fils ; mais la mère de Húrin est de la Maison de Haleth, alors que sa propre femme, Morwen, est de la Maison de Bëor, et parente de Beren.

Les gens des Trois Maisons sont les *Edain* (forme sindarine d'*Atani*), et on les appelle les Amis des Elfes. Hador réside en Hithlum et se voit confier le Dor-lómin par le Roi Fingolfin ; les gens de Bëor s'installent en Dorthonion ; et le peuple de Haleth réside à cette époque dans la Forêt de Brethil. Une fois le Siège d'Angband levé, des Hommes d'un genre très différent franchissent les montagnes ; on les appelle communément les Orientaux, et quelques-uns d'entre eux jouent un rôle important dans l'histoire de Túrin.

Le Siège d'Angband prend fin très brutalement (bien qu'au terme d'une longue préparation) par une nuit en plein hiver, trois cent quatre-vingt-quinze années après avoir été mis en place. Morgoth déverse des rivières de feu qui dévalent les pentes du Thangorodrim et la vaste plaine verdoyante d'Ard-galen, qui s'étend au nord des hautes terres du Dorthonion, est transformée en un désert aride et brûlé, connu dès lors sous un autre nom, *Anfauglith*, la « Poussière d'Agonie ».

Ce terrible assaut est appelé la *Dagor Bragollach*, la Bataille de la Flamme Subite. Glaurung, le Père des Dragons, surgit d'Angband pour la première fois dans toute sa puissance ; de vastes armées d'Orques déferlent vers le sud ; les seigneurs elfes du Dorthonion sont tués, ainsi qu'une grande partie des soldats parmi le peuple de Bëor. Le Roi Fingolfin et son fils Fingon sont repoussés avec les guerriers du Hithlum jusqu'à la forteresse d'Eithel Sirion, sur le versant oriental des Montagnes de l'Ombre ; et Hador Tête d'Or perd la vie en la défendant. Alors Galdor, le père de Húrin, devient seigneur du Dor-lómin ; car les torrents de feu sont arrêtés par la barrière des Montagnes de l'Ombre, et ni le Hithlum ni le Dor-lómin ne tombent.

C'est dans l'année qui suit la Bragollach que Fingolfin, dans un accès de désespoir, se rend à Angband et défie Morgoth. Deux ans plus tard, Húrin et Huor parviennent à Gondolin. Quatre années passent encore, et Galdor, le père de Húrin, est tué dans la forteresse d'Eithel Sirion, au cours d'une nouvelle attaque contre le Hithlum : Sador est avec lui, comme il le raconte à Túrin (p. 40), et voit Húrin, alors un jeune homme de vingt et un ans, « assumer son titre et son commandement ».

Le souvenir de tous ces événements est encore vivace en Dor-lómin, lorsque naît Túrin, neuf années après la Bataille de la Flamme Subite.

## Note sur la prononciation

Les indications suivantes ont pour but de clarifier quelques principes essentiels dans la prononciation des noms.

*Consonnes*

C — a toujours la valeur d'un *k*, jamais d'un *s* ; *Celebros* est ainsi prononcé « *Kelebros* » et non « *Selebros* ».

CH — a toujours la valeur de *ch* dans le *loch* écossais ou *Buch*, en allemand, jamais celui du *ch* de l'anglais *church*. Voir par exemple : *Anach*, *Narn i Chîn Húrin*.

DH — représente toujours le son d'un *th* voisé (« doux ») en anglais, celui de *then* et non celui de *thin*. Voir par exemple : *Glóredhel*, *Eledhwen*, *Maedhros*.

G — a toujours le son de *g* dans l'anglais *get* ; ainsi, *Region* ne se prononce pas comme l'anglais *region*, et la syllabe initiale de *Ginglith* se prononce comme l'anglais *begin*, non comme *gin*.

*Voyelles*

| | |
|---|---|
| AI | se prononce comme l'anglais *eye* ; ainsi, la seconde syllabe du mot *Edain* est semblable à l'anglais *dine*, et non *Dane*. |
| AU | a la valeur de *ow* dans l'anglais *town* ; ainsi, la première syllabe du nom *Sauron* est comme l'anglais *sour*, et non *sore*. |
| EI | comme dans *Teiglin*, se prononce comme l'anglais *grey*. |
| IE | ne doit pas être prononcé comme l'anglais *piece*, mais on doit entendre les deux voyelles *i* et *e*, détachées ; ainsi, on dit *Ni-enor*, non « *Nee-nor* ». |
| AE | comme dans *Aegnor*, *Nirnaeth*, est une combinaison des voyelles *a* et *e*, mais qui peut être prononcée de la même manière que AI. |
| EA et EO | ne sont pas des diphtongues, mais forment deux syllabes dans chaque cas ; ces combinaisons sont écrites *ëa* et *ëo*, comme dans *Bëor*, ou *Eä* et *Eö* au début d'un nom, comme dans *Eärendil*. |
| Ú | dans des noms comme *Húrin* et *Túrin* doit être prononcé *ou* : ainsi, on dit « *Tourine* » et non « *Turin* » ni « *Tiourine*». |
| IR, UR | précédant une consonne (comme dans *Círdan*, *Gurthang*) doivent être prononcés, non comme l'anglais *fir*, *fur* mais comme *eer*, *oor*. |
| E | placé à la fin d'un nom, est toujours prononcé, et s'écrit *ë* dans cette position. Cette voyelle se prononce toujours lorsqu'elle est placée au milieu d'un nom, comme dans *Celebros* ou *Menegroth*. |

# NARN I CHÎN HÚRIN

## *Le Conte des Enfants de Húrin*

# Chapitre I

## L'enfance de Túrin

Hador Tête d'Or était un seigneur des Edain, et très aimé des Eldar. Il vécut les jours qui lui furent alloués sous la suzeraineté de Fingolfin, qui lui donna de vastes domaines dans cette région du Hithlum qu'on nomme Dor-lómin. Sa fille Glóredhel épousa Haldir, fils de Halmir, seigneur des Hommes de Brethil ; et au cours des mêmes festivités, son fils Galdor le Grand prit pour femme Hareth, fille de Halmir.

Galdor et Hareth eurent deux fils, Húrin et Huor. Húrin était l'aîné de trois ans, mais il était plus court de taille que les autres hommes de son peuple ; en cela il tenait de la lignée de sa mère, mais pour tout le reste il ressemblait à Hador, son grand-père, étant bâti en force avec une âme ardente. Mais le feu dans son âme brûlait avec constance, et il était persévérant en son vouloir. De tous les Hommes du Nord, il en savait le plus long sur les desseins des Noldor. Huor son frère était de haute taille, le plus grand de tous les Edain, hors son propre fils Tuor, et rapide à la course ; mais si la course était longue et dure, c'était Húrin qui touchait au but le premier, car il courait d'une foulée égale, du commencement à la fin. Les frères s'aimaient d'un amour fort, et dans leur jeunesse, on les voyait rarement séparés l'un de l'autre.

Húrin épousa Morwen, la fille de Baragund, fils de Bregolas, de la Maison de Bëor ; par là, elle était proche parente de Beren Une-Main. Morwen était noire de cheveux et élancée, et tels étaient l'éclat de ses prunelles et la beauté de son visage, que les Hommes l'appelaient Eledhwen, « Belle comme une Elfe » ; mais elle était d'humeur plutôt sombre et fière. Les malheurs de la Maison de Bëor attristaient son cœur ; car c'est exilée du Dorthonion qu'elle était venue en Dor-lómin, après le désastre de la Bragollach.

Le fils aîné de Húrin et de Morwen se nommait Túrin, et il était né en cette année où Beren vint au Doriath et trouva Lúthien Tinúviel, la fille de Thingol. Morwen donna aussi une fille à Húrin, et elle fut nommée Urwen ; mais tous ceux qui la connurent durant sa courte existence l'appelèrent Lalaith, l'Allégresse.

Huor épousa Rían, la cousine de Morwen : elle était fille de Belegund, fils de Bregolas. Ce fut un sort cruel qui la fit naître en ces jours d'affliction, car elle était douce de cœur et ne goûtait ni la chasse ni la guerre. Tout son amour allait aux arbres et aux fleurs sauvages, et volontiers elle chantait, et elle inventait des chansons. Elle n'avait été mariée à Huor que deux mois lorsqu'il s'en alla avec son frère à la bataille des Nirnaeth Arnoediad, et jamais plus elle ne le revit.

Mais ici le récit revient à Húrin et Huor, en leur jeune âge. On dit que les fils de Galdor vécurent un temps en Brethil comme fils adoptifs de leur oncle Haldir, selon la coutume des Hommes du Nord à cette époque. Ils partaient souvent en guerre avec les Hommes de Brethil contre les Orques, qui ravageaient alors les frontières septentrionales de leur pays ; car alors qu'il n'avait que dix-sept ans, Húrin était fort et Huor son frère cadet égalait déjà par sa taille la plupart des hommes adultes de ce peuple.

Or, un jour, les Orques tendirent une embuscade à Húrin et Huor accompagnés d'un groupe d'éclaireurs et ils les dispersèrent, et les deux frères furent pourchassés jusqu'au gué du Brithiach. Là, ils auraient été faits prisonniers ou tués sans le pouvoir d'Ulmo, qui n'avait rien perdu de sa force dans les eaux du Sirion ; et l'on raconte qu'une brume se leva de la rivière pour venir les cacher à leurs ennemis, et leur permit de s'échapper en Dimbar au-delà du Brithiach. Là, ils errèrent avec grande peine parmi les collines au pied des parois abruptes du Crissaegrim, et finirent par ne plus savoir quel chemin prendre pour avancer ou s'en retourner, tant cette terre trompeuse les jetait dans la confusion. C'est là que Thorondor les aperçut, et il envoya deux de ses Aigles à leur secours ; et les Aigles les transportèrent au-delà des Montagnes Encerclantes dans la vallée secrète de Tumladen et la cité cachée de Gondolin, sur lesquelles aucun Homme n'avait jamais posé les yeux.

Le Roi Turgon leur fit bon accueil quand il apprit leur parenté : Hador, en effet, était un Ami des Elfes et Ulmo avait par ailleurs donné conseil à Turgon de traiter les fils de cette Maison avec bonté, car ils en viendraient à aider le Roi dans le besoin. Pendant près d'une année, Húrin et Huor furent les invités du Roi dans sa maison, et l'on dit que Húrin, dont l'esprit était vif et avide, profita de ce séjour pour beaucoup apprendre des traditions des Elfes, et un peu également des pensées et desseins du Roi. Car Turgon s'était pris d'une grande affection pour les fils de Galdor et s'entretenait beaucoup avec eux ; et c'est bien par amour qu'il désirait les garder près de lui à Gondolin, et non seulement en vertu de sa loi, selon laquelle aucun étranger, Elfe ou Homme, qui trouverait le chemin du royaume secret ou poserait un œil sur la cité, ne pourrait jamais en repartir, avant que le Roi ne brise le siège de Gondolin, et que le peuple caché ne se dévoile.

Mais Húrin et Huor souhaitaient retourner parmi les leurs et prendre part aux guerres et aux souffrances auxquelles leur peuple était désormais confronté. Et Húrin dit à Turgon :

« Seigneur, nous ne sommes que des Hommes mortels, et différents des Eldar. Ils peuvent vivre de nombreuses années dans la longue attente d'une lointaine bataille avec leurs ennemis ; mais pour nous le temps est compté, et notre espoir et nos forces finissent vite par s'amenuiser. De plus, nous n'avons pas trouvé la route menant à Gondolin, et nous ne savons pas avec certitude à quel endroit cette cité se dresse ; car nous avons été amenés ici par les hauts chemins du ciel, en proie à la peur et à l'étonnement, et par pitié nos yeux avaient été voilés. » Alors Turgon accéda à sa prière, et répondit : « Par ce même chemin que vous avez emprunté, vous êtes autorisés à repartir, si Thorondor le veut bien. Cette séparation me chagrine fort ; avant longtemps néanmoins, selon le temps des Eldar, nous nous reverrons probablement. »

Mais Maeglin, le fils de la sœur du Roi, qui était puissant à Gondolin, ne s'attrista pas du tout de ce départ, car il enviait aux frères les faveurs du Roi, n'éprouvant aucune affection pour les Hommes et leurs parents ; et il dit à Húrin : « La grâce du Roi est plus grande que vous ne l'imaginez, et d'aucuns pourraient se demander pour quelle raison deux valets, enfants des Hommes, ne tombent pas sous le coup de la loi stricte. La prudence serait qu'ils n'aient d'autre choix que de demeurer ici, à nous servir jusqu'à la fin de leur vie. »

« Grande est la grâce du Roi en effet, répondit Húrin, mais si notre parole ne suffit pas, alors nous allons prêter serment devant toi. » Et les frères jurèrent de ne jamais révéler les desseins de Turgon, et de garder secret tout ce qu'ils avaient pu voir dans son royaume. Ils prirent ensuite congé, et les Aigles vinrent pour les emmener à la nuit tombée jusqu'en Dor-lómin, où ils les déposèrent avant l'aube. Leur famille éprouva une grande joie en les voyant, car des messagers de Brethil avaient rapporté qu'ils étaient perdus ; mais ils ne voulurent conter même à leur père où ils étaient allés, révélant seulement qu'ils avaient été secourus dans les solitudes sauvages par les mêmes Aigles qui les avaient ramenés chez eux. Mais Galdor demanda : « Avez-vous donc séjourné une année dans ces terres sauvages ? Ou bien les Aigles vous ont-ils donné refuge dans leurs aires ? Or vous avez trouvé de quoi manger et vous bien vêtir, et vous voilà tels de jeunes princes, non des enfants des bois qui auraient été abandonnés. » « Réjouis-toi, père, répondit Húrin, de notre retour ; car il ne nous a été accordé qu'au prix de notre silence. Ce serment nous lie toujours. » Alors Galdor cessa de les interroger, mais lui et bien d'autres soupçonnèrent la vérité. Car le serment de silence et les Aigles désignaient tous deux Turgon, pensait-on.

Ainsi passèrent les jours et l'ombre terrifiante de Morgoth s'étendit. Mais en l'année quatre cent soixante-neuf après le retour des Noldor en Terre du Milieu, l'espoir se ranima parmi les Elfes et les Hommes ; car ils eurent vent des hauts faits de Beren et de Lúthien, et de l'humiliation infligée à Morgoth alors même qu'il siégeait sur son trône d'Angband, et il y en avait qui soutenaient que Beren et Lúthien vivaient encore, ou qu'ils étaient revenus d'entre les Morts. Et en cette année-là, les grands desseins de Maedhros furent près de s'accomplir, et la force renaissante des Eldar et des Edain repoussa l'avancée de Morgoth, et les Orques furent chassés du Beleriand. Et certains se prirent alors à parler de victoires à venir et d'une revanche imminente sur la Bataille de la Bragollach, et ils disaient que l'on allait voir Maedhros, à la tête des armées coalisées, refouler Morgoth sous terre, et sceller les Portes d'Angband.

Mais les plus sages étaient dans l'inquiétude toujours, craignant que Maedhros ne révèle trop tôt sa force croissante et qu'on ne laisse à Morgoth le temps de s'armer contre lui. « Toujours quelque nouveau mal s'en va éclore à Angband, que ni Elfes ni Hommes ne sauraient prévoir », disaient-ils. Et à l'automne de cette année-là, comme pour corroborer leurs paroles, voilà qu'un vent mauvais se mit à souffler du Nord sous des cieux de plomb. Et on l'appela le Souffle Maléfique car il était pestilentiel ; et nombreux furent ceux qui prirent la maladie et moururent à l'automne de l'année, en ces terres septentrionales qui confinent à l'Anfauglith, et c'étaient pour la plupart des enfants ou des jeunes gens, la future vigueur des maisons des Hommes.

En cette année, Túrin, fils de Húrin, n'avait que cinq ans, et Urwen sa sœur eut ses trois ans au début du printemps. Lorsqu'elle courait dans l'herbe, ses cheveux étaient d'or comme les jonquilles des prés, et son rire était comme le joyeux babil du ruisseau qui sourdait des collines et baignait les murs de la maison de son père. Nen Lalaith, appelait-on ce ruisseau, et en son honneur tous les gens de la maison appelèrent l'enfant Lalaith, et leur cœur se réjouissait lorsqu'elle était parmi eux.

Mais on aimait Túrin moins bien qu'elle. Il était noir de cheveux comme sa mère, et promettait d'être de même disposition, car il n'avait pas l'humeur joyeuse, et il parlait peu, bien qu'il ait appris à parler très tôt, et même s'il parut toujours plus vieux que son âge. Túrin ne pardonnait guère une injustice ou une moquerie ; mais le feu de son père l'habitait également, et il pouvait être brusque et violent. Et cependant il était prompt à la pitié, et les souffrances ou les chagrins des créatures vivantes l'émouvaient aux larmes ; et en cela encore, il ressemblait à son père, car Morwen était aussi dure envers autrui qu'elle l'était envers elle-même. Il aimait sa mère, car elle lui parlait sérieusement et sans détours ; mais il voyait peu son père, car Húrin était souvent absent de chez lui pour de longues périodes, avec l'armée de Fingon qui gardait les frontières orientales du Hithlum, et lorsqu'il revenait, sa parole abrupte, pleine d'expressions étrangères et de bons mots et d'allusions, troublait Túrin et le mettait mal à l'aise. Dans ces moments-là, toute la chaleur de son cœur allait à Lalaith, sa sœur ; mais il jouait rarement avec elle, et préférait la surveiller sans être vu, tandis qu'elle foulait l'herbe ou passait sous les arbres, chantant les chansons telles qu'en inventaient autrefois les enfants des Edain, lorsque la langue des Elfes était encore neuve sur leurs lèvres.

« Belle comme une enfant elfe est Lalaith », dit Húrin à Morwen. « Mais plus éphémère, hélas ! Et peut-être plus belle ainsi, et plus chérie encore ! » Et entendant ces mots, Túrin se prit à songer, mais ne les put comprendre. Car il n'avait jamais vu d'enfants elfes. Aucun des Eldar ne vivait à l'époque sur les terres de son père, et il ne les avait entrevus qu'une seule fois, lorsque le Roi Fingon avait traversé le Dor-lómin à cheval, escorté d'une foule de seigneurs, et que tout étincelants d'argent et de blancheur, ils avaient franchi le pont de Nen Lalaith.

Mais avant que ne s'achève l'année, les paroles de son père se vérifièrent ; car le Souffle Maléfique atteignit le Dor-lómin, et Túrin tomba malade et demeura longtemps couché avec de la fièvre et en proie à un rêve ténébreux. Et lorsqu'il fut guéri, car tel était son destin et telle la force de vie en lui, il demanda à voir Lalaith. Et sa nourrice répondit : « Tu ne dois plus parler de Lalaith, fils de Húrin. Mais va-t'en demander à ta mère des nouvelles de ta sœur Urwen. »

Et lorsque Morwen vint à lui, Túrin lui dit : « Je ne suis plus malade, et je voudrais voir Urwen ; mais pourquoi ne dois-je plus dire Lalaith ? »

« Parce qu'Urwen est morte et que l'allégresse a fui cette maison, répondit-elle. Mais tu vis, toi, fils de Morwen ; et l'Ennemi qui nous a fait cela est en vie, lui aussi. »

Elle ne chercha pas à le consoler, non plus qu'elle ne chercha elle-même consolation ; car elle prenait son chagrin dans le silence et la froidure de son cœur. Mais Húrin se lamenta sans retenue, et il prit sa harpe et voulut faire un thrène ; mais il ne le put, et il brisa sa harpe, et sortant, il brandit le poing vers le Nord en criant : « Toi qui as marri la Terre du Milieu, qu'il me soit donné de te voir face à face, pour te marrir, comme le fit mon seigneur Fingolfin ! »

Et Túrin pleura amèrement la nuit tout seul, même si devant Morwen il ne prononça jamais plus le nom de sa sœur. En ce temps-là, il ne recherchait la compagnie que d'un seul ami, et à celui-ci il parla de son chagrin et du vide de la maison. Cet ami s'appelait Sador, et il était au service de Húrin ; il était infirme et homme de peu. Il avait été forestier, et par malchance ou maladresse dans le maniement de la hache, il s'était tranché le pied droit, et la jambe privée de pied avait raccourci ; et Túrin l'appelait Labadal, ce qui veut dire « Cloche-pied », mais le nom ne contrariait pas Sador, parce qu'il lui était donné par pitié et non par moquerie. Sador travaillait dans les communs, pour fabriquer ou réparer les humbles objets d'usage courant dans la maison, car il était assez habile à travailler le bois ; et Túrin lui procurait ce qui lui manquait, afin d'épargner sa pauvre jambe, et parfois il emportait en cachette quelque outil ou pièce de bois qu'il trouvait à l'abandon, s'il pensait que son ami en aurait l'emploi. Alors Sador souriait, mais il lui enjoignait de remettre ces cadeaux en place : « Donne à pleines mains, mais donne seulement ce qui est à toi », disait-il. Il récompensait comme il le pouvait la bonté de l'enfant, et lui sculptait des figurines d'hommes et de bêtes ; mais Túrin s'enchantait surtout des récits de Sador, car il avait été jeune homme à l'époque de la Bragollach et aimait s'attarder sur les jours brefs où il avait été un homme en pleine possession de ses moyens, avant de devenir un estropié.

« Ce fut là une grande bataille, dit-on, fils de Húrin. Tels furent les besoins, cette année-là, que l'on m'arracha à mes besognes forestières ; mais je ne me suis pas trouvé à la Bragollach, où j'aurais pu recevoir mon mauvais coup aussi bien, mais avec plus d'honneur. Car nous arrivâmes trop tard, sinon pour remporter le cercueil du vieux seigneur Hador qui tomba en protégeant le Roi Fingolfin. Là-dessus, je m'en allais comme soldat et je fus en garnison à Eithel Sirion, la grande forteresse des Rois elfes, pour de nombreuses années ; du moins à ce qu'il me semble aujourd'hui, car les mornes années qui se sont écoulées depuis se distinguent bien peu. J'étais à Eithel Sirion, lorsque le Roi Noir l'a investie, et Galdor, le père de ton père, était capitaine là-bas, au nom du Roi. Il fut tué dans l'assaut ; et je vis ton père assumer son titre et son commandement, alors qu'il avait tout juste atteint l'âge d'homme. Il y avait un feu en lui qui, disait-on, rendait son épée ardente dans sa main. À sa suite, nous refoulâmes les Orques dans les sables ; et jamais plus ils n'ont osé se montrer en vue de ces murs. Mais hélas, mon amour des combats était rassasié, car j'avais vu assez de sang versé et de blessures ; et on m'accorda de revenir aux forêts dont je me languissais. Et c'est là que je reçus mon mauvais coup ; car un homme qui fuit sa peur peut bien découvrir qu'il n'a fait qu'emprunter un raccourci pour la retrouver. »

Ainsi parlait Sador à Túrin qui grandissait ; et Túrin commença à poser un grand nombre de questions auxquelles Sador avait peine à répondre, songeant qu'il appartenait à ses proches de l'instruire. Et un jour, Túrin lui demanda :

« Lalaith était-elle vraiment pareille à une enfant elfe, comme l'a dit mon père ? Et que voulait-il dire lorsqu'il a dit qu'elle était plus éphémère ? »

« Toute pareille, dit Sador, car dans leur première jeunesse les enfants des Hommes et ceux des Elfes semblent proches parents. Mais les enfants des Hommes grandissent plus vite, et leur jeunesse passe rapidement ; tel est notre destin. »

Alors Túrin lui demanda : « Qu'est-ce que le destin ? »

« Quant au destin des Hommes, dit Sador, il te faut interroger ceux qui en savent plus long que Labadal. Mais comme tout le monde peut voir, nous nous épuisons bientôt, et nous mourons ; et nombreux sont ceux qui par malchance rencontrent la mort plus tôt encore. Mais les Elfes, eux, ne s'épuisent pas aussi vite, et ils ne meurent pas, sinon de coups inouïs. De blessures et de chagrins qui tueraient les Hommes, ils peuvent guérir ; et alors même que leur corps est marri, ils recouvrent vie, disent certains. Il n'en va pas ainsi pour nous. »

« Alors Lalaith ne reviendra pas, dit Túrin. Où est-elle donc partie ? »

« Elle ne reviendra pas, dit Sador. Mais où elle est partie, nul Homme ne le sait ; ou moi, du moins, je l'ignore. »

« Et cela a toujours été comme cela ? Ou souffrons-nous de la malédiction du Roi Maléfique, peut-être, comme du Souffle Maléfique ? »

« Je ne sais pas. Derrière nous s'étendent les ténèbres, et de ces ténèbres, peu de récits ont émergé. Les pères de nos pères ont pu avoir des choses à raconter, mais ils n'en ont rien fait. Leur nom même est oublié. Les Montagnes se dressent entre nous et la vie dont ils sont issus, fuyant on ne sait quoi. »

« Est-ce qu'ils avaient peur ? » dit Túrin.

« Cela se peut, dit Sador. Il se peut que nous ayons fui la peur de l'Obscur, seulement pour la retrouver ici-bas devant nous, et nulle part où fuir ailleurs, sinon vers la Mer. »

« Nous n'avons plus peur, dit Túrin. Nous n'avons pas tous peur. Mon père n'a pas peur, et je n'aurai pas peur ; ou du moins, comme ma mère, j'aurai peur mais je ne le montrerai pas. »

Il sembla alors à Sador que les yeux de Túrin n'étaient pas ceux d'un enfant, et il songea à part lui : « Le chagrin affûte un esprit fort. » Mais à haute voix, il dit : « Fils de Húrin et de Morwen, comment il en sera de ton cœur, Labadal ne le peut deviner ; mais à de rares moments et à de rares gens seulement, montreras-tu ce qu'il contient. »

Alors Túrin dit : « Peut-être vaut-il mieux ne pas dire ce que l'on souhaite si on ne peut l'obtenir. Mais je souhaiterais, Labadal, être un des Eldar. Alors Lalaith pourrait revenir et je serais encore ici, même si elle demeurait longtemps absente. Je m'en irai soldat avec un Roi elfe, dès que je le pourrai, comme tu as fait, Labadal. »

« Tu apprendras d'eux bien des choses, dit Sador, et il soupira. Ce sont de belles et merveilleuses gens, et qui ont pouvoir sur le cœur des Hommes. Et cependant je me prends parfois à penser qu'il aurait peut-être mieux valu que nous ne les ayons jamais rencontrés, et ayons persisté dans notre humble voie. Car ils détiennent un savoir déjà ancien ; et ils sont fiers et endurants. À leur lumière, nous paraissons ternes, ou nous brûlons d'une flamme trop vive, et le poids de notre destinée pèse sur nous d'autant. »

« Mais mon père les aime, dit Túrin, et il n'est pas heureux sans eux. Il dit que d'eux, nous avons appris presque tout ce que nous savons, et qu'à les fréquenter, nous avons gagné en noblesse ; et il dit que les Hommes qui sont venus récemment de par-delà les Montagnes ne valent guère mieux que des Orques. »

« C'est vrai, dit Sador, vrai au moins de certains d'entre nous. Mais s'élever est pénible, et de ces hauts, il est facile de retomber au plus bas. »

Túrin avait alors presque huit ans, et on était au mois de Gwaeron selon le calendrier des Edain, en cette année que nul n'oubliera jamais. Déjà circulaient des rumeurs parmi les aînés à propos d'un formidable ralliement d'Hommes et rassemblement d'armes, et lui, Túrin, n'en savait mot encore, tout en notant que son père le regardait souvent d'un air résolu, comme un homme qui regarde un bien précieux dont il doit se séparer.

Mais Húrin, connaissant le courage et la langue prudente de Morwen, s'entretenait souvent avec elle des projets des Rois elfes, et de ce qu'il pourrait advenir, en bien ou en mal. Son cœur était plein d'espoir et il ne craignait pas l'issue de la bataille ; car il ne concevait pas qu'une force quelconque issue de la Terre du Milieu puisse renverser la puissance et la splendeur des Eldar. « Ils ont contemplé la Lumière de l'Ouest, dit-il, et à la fin, les Ténèbres doivent cesser d'offusquer leur visage. » Morwen ne le contredisait pas car en compagnie de Húrin, l'espérance se faisait toujours plus vraisemblable. Mais dans sa propre lignée, on avait aussi connaissance des traditions des Elfes, et en son for intérieur elle se disait : « Et pourtant n'ont-ils pas abandonné la Lumière ? Et ne sont-ils pas à présent tenus à l'écart d'Elle ? Et il se pourrait que les Seigneurs de l'Ouest les aient chassés de leurs pensées ; et si cela est, comment même les Aînés des Enfants pourront-ils triompher de l'une des Puissances ? »

Mais nulle ombre d'un doute analogue ne semblait effleurer Húrin Thalion ; et cependant, un matin de printemps en cette année fatidique, il s'éveilla avec un poids comme d'un sommeil agité, et un nuage ternit son humeur ce jour-là ; et vers le soir, il dit soudain : « Lorsque je serai convoqué, Morwen Eledhwen, je laisserai en ta garde l'héritier de la Maison de Hador. La vie des Hommes est brève, et sujette à bien des vicissitudes, même en temps de paix. »

« Il en a toujours été ainsi, répondit Morwen. Mais que recouvrent tes paroles ? »

« La prudence, très certainement », dit Húrin ; et cependant il paraissait troublé. « Mais quiconque interroge l'avenir doit voir ceci : que les choses ne vont pas demeurer en leur état actuel. Un grand coup va être porté, et l'une des parties tombera nécessairement plus bas qu'elle ne se trouve aujourd'hui. Si la chute est celle des Rois elfes, alors un sort funeste se prépare pour les Edain ; et nos demeures, à nous autres, sont à portée de l'Ennemi. Cette terre pourrait bien tomber sous son joug. Mais même si les choses tournent au pire, je ne te dis pas : *Ne crains rien !* Car tu redoutes ce qui est véritablement redoutable, et cela seulement ; et la peur ne te trouble pas. Mais je te dis : *N'attends pas !* Je reviendrai comme je le pourrai, mais n'attends point ! Va-t'en au sud aussi vite que tu le peux – si je survis, je te suivrai, et je te trouverai, même s'il me faut chercher à travers tout le Beleriand. »

« Le Beleriand est vaste, et sans nul abri pour des exilés, dit Morwen. Où m'enfuirai-je donc, et avec qui : une petite ou une grande compagnie ? »

Húrin se prit alors à réfléchir quelques instants en silence. « Il y a la parenté de ma mère en Brethil, dit-il. À vol d'oiseau, ce n'est guère qu'à une trentaine de lieues. »

« Si ces temps de malheurs adviennent effectivement, de quel secours seraient des Hommes ? dit Morwen. La Maison de Bëor est tombée. Si l'illustre Maison de Hador tombe, dans quels trous se mottera le petit Peuple de Haleth ? »

« Dans ceux qui se présenteront, dit Húrin. Ils sont peu nombreux et sans grande lumière, mais ne doute pas de leur vaillance. Et en qui d'autre mettre notre espoir ? »

« Tu ne parles pas de Gondolin », dit Morwen.

« Non, car ce nom n'a jamais passé mes lèvres, dit Húrin, et cependant ce que tu as entendu dire est vrai : j'y suis allé. Mais je te dis en vérité, ce qu'à nul autre je n'ai dit, et point ne dirai : j'ignore où cette cité se trouve. »

« Mais tu le devines, et à ce que je pense, tu devines presque juste », dit Morwen.

« Cela se peut, dit Húrin. Mais à moins que Turgon lui-même ne me délivre de mon serment, je ne puis dire ce qu'effectivement je pressens, même à toi ; de sorte que ta quête serait vaine. Et même si, à ma honte, je parlais, tu ne parviendrais au mieux qu'à une porte close ; car sauf si Turgon sort lui-même guerroyer (et on n'a rien entendu dire de pareil et on ne le prévoit pas), personne ne peut rentrer. »

« Alors si ta parenté est de si piètre secours, et si tes amis te renient, dit Morwen, il me faut m'en remettre à moi-même ; et c'est au Doriath que je songe maintenant. »

« Tu vises toujours très haut », dit Húrin.

« Trop haut, te semble-t-il ? dit Morwen. Mais je pense que l'Anneau de Melian sera bien la toute dernière défense à capituler, et la Maison de Bëor n'encourra pas le mépris en Doriath. Car ne suis-je pas en parenté avec le Roi ? Beren, fils de Barahir, n'était-il pas petit-fils de Bregor, comme l'était mon père ? »

« Mon cœur ne m'entraîne pas vers Thingol, dit Húrin. Il ne portera nulle aide au Roi Fingon ; et je ne sais quelle ombre recouvre mon esprit lorsque l'on prononce le nom du Doriath. »

« Mon cœur à moi s'offusque de même au nom de Brethil », dit Morwen.

Là-dessus, Húrin se prit soudain à rire, et dit : « Nous voilà assis, à discuter de choses bien au-delà de notre pouvoir, et d'ombres nourries de rêves. Les choses n'iront pas si mal ; mais si malheur arrive, je confie tout à ton courage et à ta prudence. Fais donc ce que ton cœur t'enjoint de faire ; mais fais-le vite. Et si nous triomphons, alors les Rois elfes ont résolu de restituer tous les fiefs de la Maison de

Bëor à son héritier ; c'est-à-dire à toi-même, Morwen, fille de Baragund. De vastes seigneuries seront alors sous notre contrôle, et notre fils héritera de grands biens. Sans les puissances maléfiques qui sévissent au Nord, il devrait hériter de grandes richesses, et être un roi parmi les Hommes. »

« Húrin Thalion, dit Morwen, il me semble que la vérité est plutôt celle-ci : que tu aspires à de grandes choses, et que je crains de tomber bien bas. »

« Cela au moins, tu ne dois pas le craindre », dit Húrin.

Cette nuit-là, Túrin s'éveilla à demi, et il lui sembla que son père et sa mère se tenaient à son chevet à le contempler à la lueur des bougies qu'ils tenaient à la main ; mais il ne pouvait distinguer leurs traits.

Le matin de l'anniversaire de Túrin, Húrin donna à son fils un cadeau : un couteau forgé par les Elfes, dont le manche et le fourreau étaient d'argent et de jais. Et il dit :

« Héritier de la Maison de Hador, voici un cadeau en l'honneur de ce jour. Mais prends garde ! C'est une lame acérée, et l'acier sert seulement celui qui sait le manier. Il te coupera la main aussi volontiers qu'autre chose. » Et posant Túrin sur une table, il embrassa son fils, disant : « Et voilà que tu me domines déjà, fils de Morwen ; bientôt tu seras aussi haut que cela sur tes propres jambes. Et ce jour-là, nombreux seront ceux qui redouteront le tranchant de ta lame ! »

Sur ce Túrin s'échappa de la chambre et s'en alla tout seul, et il avait une douce brûlure au cœur comme le rayonnement du soleil lorsque, échauffant la terre gelée, il éveille toute chose à la germination. Et il se répétait à lui-même les paroles de son père : Héritier de la Maison de Hador ; mais d'autres mots lui venaient aussi à l'esprit : *Donne à pleines mains, mais donne seulement ce qui est à toi*. Et il alla trouver Sador et s'écria : « Labadal, c'est mon anniversaire, l'anniversaire de l'héritier de la Maison de Hador ! Et je t'ai apporté un cadeau pour marquer ce jour. Voici un couteau, celui-là même dont tu as justement besoin ; il coupera tout ce que tu peux souhaiter, fin comme un cheveu. »

Mais Sador fut confus, car il savait bien que Túrin avait lui-même reçu le couteau ce jour-là ; or parmi les Hommes, on tenait pour indigne de refuser un don librement prodigué, de quelque main que ce soit. Il s'adressa à lui gravement :

« Tu viens d'une lignée généreuse, Túrin, fils de Húrin. Je n'ai rien fait pour me rendre digne de ton cadeau, et je ne puis espérer guère mieux faire dans les jours qui me sont laissés ; mais ce que je peux faire, je le ferai. » Et lorsque Sador tira le couteau du fourreau, il dit : « Voici un véritable cadeau : une lame d'acier trempée par les Elfes ! Depuis bien longtemps, j'en avais perdu le toucher ! »

Húrin remarqua bientôt que Túrin ne portait pas le couteau, et il lui demanda si sa mise en garde le lui avait rendu redoutable. Alors Túrin répondit : « Non, mais j'ai donné le couteau à Sador, le charpentier. »

« Serait-ce que tu dédaignes le cadeau de ton père ? » dit Morwen ; et de nouveau Túrin répondit : « Non, mais j'aime Sador et j'ai pitié de lui. »

Et Húrin dit : « Les trois dons étaient tiens, pour en user à ta guise, Túrin : l'amour, la pitié, et le couteau, le plus pauvre des trois. »

« Et pourtant je doute que Sador le mérite, dit Morwen. Il s'est mutilé lui-même, par maladresse, et il est lent à la tâche, car il passe beaucoup de son temps à des babioles qui ne lui ont pas été commandées. »

« Accorde-lui cependant la pitié, dit Húrin. Une main honnête et un cœur loyal peuvent trancher de travers, et le mal encouru pourrait bien être plus dur à supporter que l'œuvre d'un ennemi. »

« Toutefois, il te faudra maintenant attendre pour avoir une autre lame, dit Morwen, et ainsi le cadeau sera un cadeau véritable, à tes propres dépens. »

Túrin remarqua cependant que l'on traitait désormais Sador avec plus de mansuétude et qu'on lui confia la fabrication d'un grand trône destiné au seigneur lorsqu'il siégeait en sa salle d'honneur.

Vint un clair matin du mois de Lothron, où Túrin fut réveillé par de soudaines fanfares et, courant vers les portes, il vit dans la cour un grand rassemblement d'hommes, fantassins et cavaliers, tous armés de pied en cap comme pour la guerre. Parmi eux se tenait Húrin, et il parlait aux hommes et donnait des ordres ; et Túrin apprit qu'ils s'en allaient ce jour-là pour Barad Eithel. C'était la garde personnelle de Húrin et les hommes de sa maison ; mais on avait convoqué aussi tous les hommes de ses terres qui pouvaient être libérés de leurs occupations. Certains étaient déjà partis avec Huor, le frère de son père ; et nombre d'autres devaient rejoindre le Seigneur du Dor-lómin en route, et suivre sa bannière pour se rendre au grand rassemblement du Roi.

Puis Morwen fit ses adieux à Húrin sans larmes verser, et elle dit : « Je veillerai sur ce que tu laisses à mes soins, tant ce qui est que ce qui sera. »

Et Húrin lui répondit : « Adieu, Dame du Dor-lómin ; nous chevauchons à présent avec plus d'espoir que nous n'en avons jamais eu auparavant. Songeons que la prochaine fête du solstice d'hiver sera la plus gaie qui fut jamais, et qu'elle sera suivie d'un printemps de gloire ! » Puis il souleva Túrin sur ses épaules, et cria à ses hommes : « Que l'héritier de la Maison de Hador voie l'éclat de vos épées ! » Et cinquante épées jaillies du fourreau flamboyèrent au soleil, et la cour résonna du cri de guerre des Edain du Nord : *Lacho calad ! Drego morn !* Que flambe le Jour ! Que fuie la Nuit !

Enfin Húrin sauta en selle, et on déploya son oriflamme dorée, et les trompettes retentirent encore une fois dans l'air du matin ; et ainsi Húrin Thalion s'en fut chevauchant vers les Nirnaeth Arnoediad.

Mais Morwen et Túrin se tinrent immobiles à la porte jusqu'à percevoir au loin le faible appel d'un unique cor porté par le vent : Húrin avait passé la crête de la colline, et de l'autre versant il ne pouvait plus apercevoir sa demeure.

# Chapitre II

## La Bataille des Larmes Innombrables

Les Elfes chantent encore bien des complaintes et font encore bien des récits à propos des Nirnaeth Arnoediad, la Bataille des Larmes Innombrables, où tomba Fingon et où fut fauchée la fleur des Eldar. Une vie d'homme ne suffirait pas pour en raconter toutes les péripéties. On rapportera donc ici seulement ceux des faits qui ont pesé sur la destinée de la Maison de Hador et des enfants de Húrin l'Inflexible.

Ayant fini par rassembler toutes les forces qu'il pouvait, Maedhros choisit un jour, le matin du solstice d'été. Ce jour-là, les trompettes des Eldar saluèrent le lever du Soleil, et à l'est on brandit l'étendard des fils de Fëanor ; et à l'ouest, celui de Fingon, Roi des Noldor.

Alors Fingon observa les terres alentour depuis les murailles d'Eithel Sirion, et son armée était déployée dans les vallées et les forêts recouvrant le versant est des Ered Wethrin, bien cachée aux yeux de l'Ennemi ; mais Fingon savait combien elle était puissante. Car tous les Noldor du Hithlum étaient rassemblés, et de nombreux Elfes du Falas et de Nargothrond les avaient rejoints ; et il avait une grande troupe d'Hommes. À sa droite se trouvaient l'armée du Dor-lómin et tout le courage de Húrin et de son frère Huor, à qui s'était joint Haldir de Brethil, leur parent, avec de nombreux hommes des bois.

Puis Fingon regarda vers l'est, et ses yeux d'Elfe perçurent au loin un nuage de poussière et l'éclat de l'acier, semblables à des étoiles dans la brume, et il sut que Maedhros s'avançait ; et il se réjouit. Il regarda ensuite vers le Thangorodrim, surmonté d'un nuage sombre et d'une fumée noire ; et il sut que la colère de Morgoth était ravivée et que leur défi serait accepté, et l'ombre du doute assombrit son cœur. Mais à ce moment-là, un cri se fit entendre au sud, porté par le vent de vallée en vallée, et les voix des Elfes et des Hommes s'élevèrent, exprimant joie et étonnement. Turgon, sans avoir été appelé et de manière inattendue, avait en effet mis fin au siège de Gondolin, et arrivait avec une armée forte de dix mille hommes, formant une forêt aux mailles brillantes, aux longues épées et aux longues lances. Alors, quand Fingon entendit au loin la forte trompette de Turgon, l'ombre passa et son cœur fut transporté, et il cria d'une voix forte : « *Utúlie'n aurë ! Aiya Eldalië ar Atanatarni, utúlie'n aurë !* Voici venu le jour ! Regardez, peuple des Eldar et Pères des Hommes, voici venu le jour ! » Et tous ceux qui entendirent sa formidable voix retentir à travers les collines, répondirent en criant : « *Auta i lómë !* La nuit arrive à son terme ! »

Bientôt la grande bataille s'engagea. Car Morgoth connaissait l'essentiel de ce qui avait été préparé et prévu par ses ennemis et il avait arrangé ses plans en fonction de l'heure de leur assaut. Déjà, une redoutable armée partie d'Angband se rapprochait du Hithlum, tandis qu'une autre, encore plus importante, se portait à la rencontre de Maedhros pour empêcher que les forces des deux rois ne s'unissent. Et ceux qui allaient affronter Fingon étaient tous vêtus d'habits bruns et avaient dissimulé leurs armes d'acier ; et ils réussirent ainsi à s'avancer loin sur les sables de l'Anfauglith avant d'être découverts.

Alors les cœurs des Noldor s'embrasèrent, et leurs capitaines voulurent attaquer l'ennemi sur la plaine ; mais Fingon s'éleva contre cette idée.

« Méfiez-vous de la ruse de Morgoth, seigneurs ! dit-il. Sa force est toujours supérieure à ce qu'elle semble être, et ses desseins différents de ce qu'il laisse paraître. Ne révélez pas vos propres forces, laissez d'abord l'ennemi épuiser les siennes en attaquant les collines. » Car les rois avaient décidé que Maedhros traverserait l'Anfauglith sans se dissimuler, avec toute son armée, composée d'Elfes, d'Hommes et de Nains ; et une fois qu'il aurait attiré vers lui, comme il l'espérait, les plus grosses troupes de Morgoth par cette manœuvre, alors Fingon viendrait de l'ouest, et la puissance de Morgoth serait ainsi prise comme entre le marteau et l'enclume, et mise en pièces ; et le signal de cette attaque devait venir d'un grand fanal qu'on allumerait en Dorthonion.

Mais le Capitaine qui commandait les armées de Morgoth à l'ouest avait reçu l'ordre d'attirer Fingon hors des collines par tous les moyens. Il s'avança donc, jusqu'à ce que la ligne de front s'approche des eaux du Sirion, s'étendant depuis les murailles de Barad Eithel jusqu'aux Marais de Serech ; et des avant-postes de Fingon, on voyait les yeux des ennemis. Mais personne ne répondit à leurs défis, et les railleries des Orques s'évanouirent face aux murailles silencieuses et à la menace cachée dans les collines.

Alors le Capitaine de Morgoth envoya des cavaliers pour parlementer, qui s'approchèrent jusqu'au pied des murs extérieurs de Barad Eithel. Ils amenèrent avec eux Gelmir, fils de Guilin, un seigneur de Nargothrond, qu'ils avaient capturé lors de la Bragollach et avaient aveuglé ; et leurs hérauts le poussèrent en avant en criant : « Des comme lui, nous en avons bien plus chez nous, mais si vous voulez les revoir, vous devez vous dépêcher. Car lorsque nous rentrerons, nous nous occuperons d'eux tous de cette manière. » Et ils tranchèrent bras et jambes à Gelmir, et le laissèrent.

Par un hasard malencontreux, à cet endroit des avant-postes se trouvait Gwindor, fils de Guilin, avec une compagnie nombreuse venue de Nargothrond ; il était justement parti en guerre, avec autant d'hommes qu'il avait pu réunir, parce que son frère avait été pris, et pour la grande douleur que cela lui causait. Sa colère brûlait à présent telle une flamme, et il s'élança à cheval, de nombreux cavaliers à sa suite, à la poursuite des hérauts d'Angband, qu'ils tuèrent ; et tous les gens de Nargothrond les suivirent, et ils s'enfoncèrent profondément dans les rangs de l'armée d'Angband. Voyant cela, l'armée des Noldor s'enflamma, et Fingon coiffa son heaume blanc, fit sonner ses trompettes, et toute son armée fondit des collines dans un assaut brutal.

L'éclat des épées que les Noldor tiraient des fourreaux était semblable à l'embrasement d'un champ de roseaux ; et si féroce et vive fut leur attaque que les plans de Morgoth faillirent être déjoués. Avant que l'armée qu'il avait envoyée vers l'ouest pour servir d'appât puisse être secourue, elle fut balayée et anéantie, et les bannières de Fingon traversèrent l'Anfauglith et furent hissées devant les murailles d'Angband.

Toujours en première ligne des combats allaient Gwindor et les gens de Nargothrond, et même là, rien ne put les arrêter ; et ils enfoncèrent les portes extérieures et tuèrent les gardes dans les cours mêmes d'Angband ; et Morgoth trembla sur son trône souterrain en les entendant frapper contre ses portes. Mais là, Gwindor fut pris au piège et capturé vivant, et ses compagnons massacrés ; car Fingon ne put lui venir en aide. Par de nombreuses portes dérobées, Morgoth lâcha hors du Thangorodrim le gros de son armée, qu'il n'avait pas encore lancé dans la bataille, et Fingon défait dut battre en retraite avec force pertes hors des murailles d'Angband.

Alors, sur la plaine de l'Anfauglith, au quatrième jour de cette bataille, commencèrent les Nirnaeth Arnoediad, dont aucun récit ne peut rapporter toutes les souffrances. De tout ce qui advint lors de cette bataille à l'est : de la déroute infligée à Glaurung le Dragon par les Nains de Belegost, de la trahison des Orientaux, de la défaite de l'armée de Maedhros et de la fuite des fils de Fëanor, on ne dira rien ici. À l'ouest, l'armée de Fingon battit en retraite au-delà des sables, où périrent Haldir, fils de Halmir, et la plupart des Hommes de Brethil. Mais alors que la nuit tombait sur le cinquième jour, et que les Ered Wethrin étaient encore loin, les armées d'Angband encerclèrent celle de Fingon, et les combats durèrent jusqu'à l'aube, resserrant l'étau. Au matin vint l'espoir, lorsque l'on entendit les cors de Turgon, qui s'avançait avec l'armée principale de Gondolin ; car Turgon avait été posté au sud pour garder les Passes du Sirion, et il avait empêché la plupart de ses soldats de se joindre au téméraire assaut. À présent, il accourait pour aider son frère ; et les Noldor de Gondolin étaient forts, et leurs rangs étincelaient comme une rivière d'acier sous le soleil, car l'épée et le harnais du dernier des guerriers de Turgon avaient plus de valeur que la rançon de n'importe quel roi des Hommes.

Alors la phalange de la garde royale enfonça les lignes des Orques, et Turgon se fraya à l'épée un passage jusqu'aux côtés de son frère. Et l'on raconte que les retrouvailles de Turgon et Húrin, qui accompagnait Fingon, furent un moment de joie au milieu de la bataille. Et pendant un moment, les armées d'Angband furent repoussées, et la retraite de Fingon put reprendre. Mais une fois Maedhros en déroute à l'est, Morgoth eut de nouveau d'importants renforts à sa disposition, et avant que Fingon et Turgon ne puissent se mettre à l'abri des collines, ils furent assaillis par une marée d'ennemis, trois fois plus nombreux que toutes les forces qui leur restaient. Gothmog, le premier Capitaine d'Angband, était présent ; et il coupa en deux l'armée des Elfes, encerclant le Roi Fingon et repoussant Turgon et Húrin vers les Marais de Serech. Puis il fit face à Fingon. Et ce fut un funeste affrontement. À la fin, Fingon se retrouva seul, au milieu des cadavres de sa garde, et il lutta contre Gothmog jusqu'à ce qu'un Balrog se glisse dans son dos, l'emprisonnant avec un fil d'acier. Alors Gothmog abattit sa hache noire, et une flamme blanche jaillit du heaume de Fingon au moment où il se fendit. Ainsi tomba le Roi des Noldor ; et ils le frappèrent dans la poussière avec leurs masses, et sa bannière, bleu et argent, ils la piétinèrent dans la boue formée par son sang.

Cette bataille fut perdue ; mais Húrin et Huor et ceux qui restaient de la Maison de Hador tenaient bon avec Turgon de Gondolin ; et les armées de Morgoth ne parvenaient toujours pas à gagner les Passes du Sirion. Alors Húrin s'adressa à Turgon : « Pars maintenant, seigneur, tant qu'il est encore temps ! Car tu es le dernier de la Maison de Fingolfin, et en toi réside le dernier espoir des Eldar. Tant que Gondolin résistera, Morgoth connaîtra la peur en son cœur. »

« À présent, Gondolin ne pourra demeurer longtemps cachée, et une fois découverte, elle finira forcément par tomber », répondit Turgon.

« Pourtant, si elle résiste encore un peu, dit Huor, alors de ta Maison viendra l'espoir pour les Elfes et les Hommes. Cela je te le dis, seigneur, avec la mort dans les yeux : même si nous nous séparons ici pour toujours, et que je ne pose plus jamais les yeux sur tes blanches murailles, de nos deux lignées une nouvelle étoile se lèvera. Adieu ! »

Maeglin, le fils de la sœur de Turgon, qui se tenait là, entendit ces paroles et ne les oublia pas.

Alors Turgon suivit le conseil de Húrin et de Huor, et il donna des ordres pour que son armée commence à battre en retraite en traversant les Passes du Sirion ; et Ecthelion et Glorfindel, ses capitaines, gardaient ses flancs à droite et à gauche, afin qu'aucun ennemi ne puisse les dépasser, car la seule route dans cette région était étroite et longeait la rive ouest du flot grossissant du Sirion. Mais les Hommes du Dor-lómin tenaient l'arrière-garde, comme Húrin et Huor l'avaient demandé ; car en leur cœur ils ne souhaitaient pas fuir les terres du Nord ; et s'il ne leur était pas possible de trouver un chemin jusqu'à leurs foyers, ils voulaient tenir ici jusqu'à la fin. Ainsi Turgon se fraya par l'épée une voie vers le sud, jusqu'à dépasser l'arrière-garde de Húrin et de Huor, pour franchir le Sirion et s'échapper ; et il disparut dans les montagnes et fut dissimulé au regard de Morgoth. Mais les frères rassemblèrent autour d'eux ceux qui restaient parmi les Hommes puissants de la Maison de Hador, et ils se replièrent pied à pied jusqu'à franchir les Marais de Serech, pour se trouver face aux flots du Rivil. Là, ils firent halte et ne reculèrent plus. Alors toutes les armées d'Angband s'abattirent sur eux, comblant le lit du Rivil avec leurs morts, encerclant les survivants du Hithlum comme la marée montante le fait d'un rocher. Là, comme le Soleil passait à l'ouest et que les ombres des Ered Wethrin se faisaient plus denses, Huor tomba, l'œil percé d'une flèche empoisonnée, et autour de lui tous les courageux Hommes de Hador furent tués et formèrent un tas ; et les Orques les décapitèrent et les entassèrent, comme une montagne d'or dans le soleil couchant.

Seul demeurait Húrin, le dernier de tous. Alors il jeta son bouclier, et saisit la hache d'un capitaine des Orques pour la brandir à deux mains ; et les chants disent que la hache fuma dans le sang noir des Trolls qui composaient la garde de Gothmog, jusqu'à l'anéantir, et qu'à chaque fois qu'il tuait, Húrin hurlait : « *Aure entuluva !* Le jour reviendra ! » Soixante-dix fois, il lança ce cri ; mais ils finirent par le prendre vivant, sur l'ordre de Morgoth, qui pensait ainsi lui causer plus de mal qu'en le tuant. Aussi les Orques se saisirent-ils de Húrin à mains nues, et les mains restaient accrochées à lui, alors qu'il les avait tranchées de leurs bras ; et ils étaient toujours plus nombreux, jusqu'à ensevelir Húrin sous leur nombre. Alors Gothmog l'enchaîna et le traîna sous les railleries jusqu'à Angband.

Ainsi prirent fin les Nirnaeth Arnoediad, tandis que le Soleil se couchait au-delà de la Mer. La nuit tomba sur le Hithlum, et une formidable tempête se leva, venue de l'ouest.

Grand était le triomphe de Morgoth, même si tous ses desseins maléfiques ne s'étaient pas encore accomplis. Une pensée le troublait profondément et l'inquiétude gâchait sa victoire : Turgon avait réchappé de ses filets, lui que parmi tous ses ennemis il avait le plus voulu capturer ou anéantir. Car Turgon, de la noble Maison de Fingolfin, était désormais de droit le Roi de tous les Noldor ; et Morgoth craignait et haïssait la Maison de Fingolfin, parce que ses membres l'avaient méprisé en Valinor et qu'ils avaient l'amitié d'Ulmo, son ennemi ; et aussi en raison des blessures que Fingolfin lui avait infligées lors de leur combat. Et plus que tout, Morgoth craignait Turgon, car lorsqu'en Valinor, bien longtemps auparavant, ses yeux s'étaient posés sur lui, une ombre ténébreuse avait fondu sur ses pensées, comme depuis elle le faisait à chaque fois qu'il s'approchait de lui, annonçant qu'un jour, encore caché par le destin, sa ruine lui viendrait de Turgon.

# Chapitre III

## Les paroles de Húrin et de Morgoth

Alors, suivant les ordres de Morgoth, les Orques rassemblèrent avec grand-peine tous les corps de leurs ennemis, et tous leurs harnais et leurs armes, et les entassèrent pour former un monticule au beau milieu de la plaine de l'Anfauglith, et l'on aurait dit une grande colline que l'on pouvait voir de loin, et les Eldar lui donnèrent le nom de Haudh-en-Nirnaeth. Mais l'herbe revint en cet endroit, et repoussa, haute et verte, sur cette colline, seule au milieu du désert ; et aucun des serviteurs de Morgoth ne foula de nouveau la terre sous laquelle les épées des Eldar et des Edain rouillaient et tombaient en poussière. Le royaume de Fingon n'était plus, et les Fils de Fëanor errèrent comme feuilles au vent. En Hithlum, aucun des Hommes de la Maison de Hador ne parvint, ni aucune nouvelle de la bataille ou du sort de leurs seigneurs. Mais Morgoth envoya là-bas des Hommes qui étaient sous ses ordres, des Orientaux à la peau bistre ; et il les enferma sur cette terre, leur interdisant d'en partir. Et ce fut tout ce qu'il leur donna des riches récompenses qu'il leur avait promises pour prix de leur trahison à l'égard de Maedhros : piller et tourmenter les anciens, les enfants et les femmes du peuple de Hador. Ceux qui restaient chez les Eldar du Hithlum, tous ceux qui ne s'étaient pas enfuis dans les solitudes sauvages et dans les montagnes, il les conduisit dans les mines d'Angband pour en faire ses esclaves. Mais les Orques allaient librement à travers les terres du Nord et poussaient toujours plus loin vers le sud, pour entrer en Beleriand. Là, le Doriath tenait encore, ainsi que Nargothrond ; mais Morgoth ne leur prêtait guère d'attention, soit parce qu'il ne connaissait pas grand-chose d'eux, ou que leur heure n'était pas encore venue, dans ses maléfiques desseins. Mais toujours ses pensées se tournaient vers Turgon.

Húrin fut donc amené devant Morgoth, car Morgoth savait, par ses maléfices et ses espions, que Húrin avait l'amitié du Roi ; et il chercha à le soumettre par son regard. Mais nul ne pouvait encore soumettre Húrin, et il défia Morgoth. Aussi Morgoth le fit charger de chaînes et lui fit subir de lentes tortures ; et après quelque temps, il se rendit auprès de lui, et lui offrit le choix de s'en aller librement où il voulait, ou de recevoir les pouvoirs et le rang de premier capitaine de ses armées, sous condition qu'il révèle où se trouvait la citadelle de Turgon, et toute autre chose qu'il savait concernant les desseins de ce Roi. Mais Húrin l'Inflexible se rit de lui, disant : « Aveugle es-tu, Morgoth Bauglir, et aveugle tu seras toujours, n'entrevoyant que les ténèbres. Tu ne sais pas ce qui gouverne les cœurs des Hommes, et le sachant, tu ne pourrais le donner. Mais bien fou qui se fierait à ce qu'offre Morgoth. Tu t'approprierais d'abord le prix, et ensuite faillirais à ta promesse ; et je ne gagnerais qu'une mort certaine, à te dire ce que tu me demandes. »

Et Morgoth de rire, et il dit : « Peut-être me supplieras-tu un jour de t'accorder la mort comme un bienfait ! » Alors il emmena Húrin au Haudh-en-Nirnaeth qui venait d'être érigé, et la puanteur de la mort y flottait ; et Morgoth enchaîna Húrin au sommet et lui enjoignit de regarder vers l'ouest, en direction du Hithlum, et de penser à sa femme et à son fils et à ses autres parents. « Car ils vivent à présent sous ma loi, dit Morgoth, et ils sont à ma merci. »

« Tu n'as pas autorité sur eux, répondit Húrin. Et tu n'atteindras pas Turgon à travers eux, car ils ne savent rien de ses secrets. »

La rage alors s'empara de Morgoth, et il dit : « Et pourtant je saurai t'atteindre, toi et toute ta maison maudite ; et tu seras rompu par ma volonté, quand bien même vous seriez tous faits d'acier ! » Et il prit une longue épée qui se trouvait là et la rompit devant les yeux de Húrin, et un éclat de l'épée le blessa au visage ; mais Húrin ne cilla point. Alors Morgoth, étendant son long bras vers le Dor-lómin, jeta sa malédiction sur Húrin et Morwen, et toute leur descendance, disant : « Vois ! L'ombre de ma pensée pèsera sur eux partout où ils iront, et ma haine les poursuivra jusqu'aux confins du monde. »

Mais Húrin dit : « Tu parles en vain. Car tu ne peux les voir, ni les gouverner de loin ; tu ne le puis tant que tu revêts cette forme et ambitionnes encore d'être roi, et un roi visible sur terre. »

Alors Morgoth se retourna vers Húrin, et il dit : « Fou que tu es, et infime parmi les Hommes, et eux-mêmes, quantités infimes parmi tous les êtres doués de parole ! As-tu vu les Valar, ou les limites du pouvoir de Manwë et de Varda ? Connais-tu la portée de leur pensée ? Ou crois-tu peut-être que leur pensée t'enveloppe et qu'ils peuvent te protéger de loin ? »

« Je ne sais, dit Húrin. Et cependant cela se pourrait si telle était leur volonté. Car l'Ancien Roi ne sera pas détrôné tant que perdurera Arda. »

« Tu dis vrai, répondit Morgoth, mais c'est moi l'Ancien Roi : Melkor, le premier et le plus puissant des Valar, qui fut avant que le monde ne fût, et qui fit le monde. L'ombre de mon dessein se projette sur Arda, et tout ce qui s'y trouve se soumet lentement et sûrement à mon vouloir. Mais sur tous ceux qui te sont chers, ma pensée pèsera comme un nuage fatal, et elle les plongera dans les ténèbres et le désespoir. Partout où ils iront, le mal régnera. Dès qu'ils parleront, leurs paroles seront de mauvais conseil. Tout ce qu'ils feront se retournera contre eux. Ils mourront sans espoir, maudissant et la vie et la mort. »

Mais Húrin répondit : « Oublies-tu à qui tu parles ? Ces choses-là, tu les as dites autrefois à nos pères ; mais nous avons échappé à ton ombre. Et maintenant nous savons à quoi nous en tenir sur toi, car nous avons considéré les visages de ceux qui ont vu la Lumière, et entendu les voix qui ont parlé avec Manwë. Tu étais là avant Arda ; mais d'autres également ; et tu ne l'as point créée. Et tu n'es pas non plus le plus puissant ; car tu as gaspillé tes forces pour toi-même, et t'es épuisé dans ton propre néant. Tu n'es guère plus qu'un esclave des Valar désormais, un esclave évadé, mais leur chaîne t'attend toujours. »

« Tu as appris par cœur les leçons de tes maîtres, dit Morgoth. Mais de telles inepties ne te seront d'aucun secours, maintenant qu'ils ont tous fui au loin. »

« Ceci encore je te dirai, esclave Morgoth, dit Húrin, et cela ne provient pas du savoir des Eldar, mais est né en mon cœur en cet instant même. Tu n'es pas le Seigneur des Hommes, et ne le seras point quand bien même tout Arda et tout Menel tomberaient en ton pouvoir. Au-delà des Cercles du Monde, tu ne poursuivras pas ceux qui te renient. »

« Au-delà des Cercles du Monde, je ne les poursuivrai certes pas, dit Morgoth. Car au-delà des Cercles du Monde, c'est le Néant. Mais en deçà, ils ne m'échapperont pas, et cela jusqu'à ce qu'ils entrent dans le Néant. »

« Tu mens », dit Húrin.

« Tu verras, et tu viendras à confesser que je ne mens pas », dit Morgoth. Et ramenant Húrin à Angband, il le fixa sur un siège de pierre au sommet du Thangorodrim, d'où son regard plongeait au loin sur le pays du Hithlum à l'ouest, et sur les terres du Beleriand, au sud. Et il se trouva lié par le pouvoir de Morgoth ; et Morgoth, debout à ses côtés, une fois encore le maudit, et lui imposa ses pouvoirs, de telle sorte qu'il ne pouvait ni bouger de ce lieu, ni mourir, jusqu'à ce que Morgoth l'en délivre.

« Demeure donc là assis, dit Morgoth, et contemple les terres où le Mal et le désespoir vont visiter ceux que tu m'as livrés. Car tu as osé me tourner en dérision et douter de la puissance de Melkor, Maître des destinées d'Arda. Dès lors, avec mes yeux, tu verras, et avec mes oreilles, tu entendras, et rien ne te sera caché. »

# Chapitre IV

## Le départ de Túrin

Trois hommes seulement parvinrent finalement à s'en retourner à Brethil, par Taur-nu-Fuin, un chemin plein d'embûches ; et lorsque Glóredhel, la fille de Hador, apprit la chute de Haldir, elle s'affligea et mourut.

Aucune nouvelle n'atteignit Dor-Lómin. Rían, la femme de Huor, s'enfuit tout éperdue dans les solitudes sauvages, mais elle fut secourue par les Elfes-Gris du Mithrim, et lorsque son enfant Tuor naquit, ils le prirent en nourrice et l'élevèrent. Mais Rían s'en alla au Haudh-en-Nirnaeth, et là elle se coucha à terre et mourut.

Morwen Eledhwen demeura en Hithlum, silencieuse dans sa douleur. Son fils Túrin n'avait que neuf ans, et elle portait de nouveau un enfant. Elle connut des jours funestes. Les Orientaux avaient envahi le pays en grand nombre, et ils traitèrent cruellement le peuple de Hador, pillant tous leurs biens et les asservissant. Tous les habitants des domaines de Húrin qui pouvaient travailler ou servir à quelque chose furent traînés en captivité, même de toutes jeunes filles et des gamins, et ils tuèrent les vieux ou les chassèrent dans les solitudes désolées, les condamnant à mourir de faim. Mais ils n'osèrent lever la main sur la Dame du Dor-lómin ou l'expulser de sa demeure ; car le bruit courait parmi eux qu'elle était dangereuse, une sorcière qui fréquentait les blancs-démons : tel était le nom qu'ils donnaient aux Elfes, les haïssant mais les redoutant d'autant. Pour cette raison, ils craignaient aussi les montagnes et évitaient de s'y aventurer, car de nombreux Eldar y avaient trouvé refuge, plus particulièrement au sud du pays ; et après quelques razzias et expéditions de pillage, les Orientaux se retirèrent vers le nord. Car la maison de Húrin se trouvait au sud-est du Dor-lómin, et les montagnes étaient proches. De fait, le Nen Lalaith jaillissait à l'ombre d'Amon Darthir, que franchissait un sentier escarpé. Par là, les intrépides pouvaient escalader les Ered Wethrin et redescendre par les gorges du Glithui jusqu'au Beleriand. Mais cela, les Orientaux l'ignoraient, et pour lors Morgoth aussi ; car tout ce pays, tant que perdurait la Maison de Fingolfin, était hors de sa portée, et aucun de ses serviteurs n'y avait mis le pied. Il tenait les Ered Wethrin pour une muraille infranchissable, interdisant toute fuite depuis le nord, comme tout assaut venant du sud ; et en vérité, il n'y avait aucun autre passage pour qui ne possédait pas des ailes, entre les Serech et les confins ouest où le Dor-lómin rejoignait le Nevrast.

Ainsi advint-il qu'après les premières incursions, on laissa Morwen en paix, mais des hommes rôdaient dans les bois alentour et il y avait danger à trop s'écarter. Sous la protection de Morwen demeuraient encore Sador le charpentier et quelques vieux, hommes et femmes, et Túrin, qu'elle ne laissait pas sortir hors du courtil. Mais la demeure de Húrin en vint bientôt à tomber en ruine, et même si Morwen travaillait dur, elle était miséreuse, et elle aurait connu la faim sans les secours que lui faisait porter secrètement Aerin, une parente de Húrin, qu'un certain Brodda, l'un des Orientaux, avait de force épousée. L'aumône était chose amère pour Morwen, mais elle acceptait cette aide pour Túrin et pour son enfant à naître, et parce que, disait-elle, il s'agissait somme toute de son propre bien. Car ce Brodda avait saisi les gens, les biens et le bétail de Húrin, et les avait fait transférer dans ses demeures. C'était un audacieux mais un homme de peu parmi les siens avant qu'il ne vienne en Hithlum ; et, avide de richesses, il était prêt à s'emparer de terres que d'autres de son espèce ne convoitaient pas. Il n'avait vu Morwen qu'une seule fois, lorsque à l'occasion d'une razzia, il avait chevauché jusqu'à sa maison ; mais à sa vue, il avait été pris d'effroi, croyant contempler les yeux féroces d'une blanche-démone et il était resté plein d'une angoisse mortelle à l'idée que ces yeux lui avaient jeté un sort néfaste ; et c'est pourquoi il ne mit pas sa maison à sac, ni ne découvrit Túrin, autrement la vie de l'héritier du seigneur légitime aurait été brève.

Brodda réduisit en esclavage les Têtes-de-paille, comme il nommait les gens de Hador, et il les commit à lui construire un palais en bois sur les terres qui s'étendaient au nord de la maison de Húrin ; et il parquait ses esclaves derrière des palissades, comme du bétail dans un enclos, mais ils étaient mal gardés. Et il s'en trouvait encore parmi eux que la peur n'avait pas abattus, et qui au péril de leur vie étaient prêts à secourir la Dame du Dor-lómin ; et ils faisaient parvenir à Morwen de secrets renseignements sur la situation, même s'il n'y avait guère de quoi nourrir l'espoir dans les nouvelles qu'ils apportaient. Mais Brodda fit d'Aerin son épouse, non son esclave, car il y avait peu de femmes parmi ceux de son peuple, et aucune qui se pouvait comparer aux filles des Edain ; et il ambitionnait de se faire seigneur du lieu, et d'avoir un héritier qui posséderait le domaine après lui.

De ce qui était advenu et de ce qui pouvait advenir dans les jours prochains, Morwen ne parlait guère à Túrin ; et il craignait de rompre son silence par ses questions. Lorsque les Orientaux pénétrèrent pour la première fois en Dor-lómin, il dit à sa mère : « Quand est-ce que mon père reviendra pour renvoyer ces affreux brigands ? Pourquoi ne vient-il pas ? »

Morwen répondit : « Je ne sais pas. Il se peut qu'il ait été tué, ou fait prisonnier ; ou encore qu'on l'ait chassé au loin et qu'il ne puisse à ce jour se frayer un chemin jusqu'à nous, à travers les ennemis qui nous environnent. »

« Alors je pense qu'il est mort », dit Túrin, et devant sa mère, il retint ses larmes. « Car personne ne pourrait l'empêcher de venir à notre secours, s'il était vivant. »

« Je crois que rien de cela n'est vrai, mon fils », dit Morwen.

Avec le temps qui passait, le cœur de Morwen s'assombrissait, car elle craignait pour son fils Túrin, héritier du Dor-lómin et de Ladros ; elle n'entrevoyait d'autre sort pour lui, avant longtemps, que de devenir esclave des Orientaux. Aussi lui revinrent en mémoire les paroles de Húrin, et ses pensées se tournèrent à nouveau vers Doriath ; et enfin elle résolut de faire partir Túrin secrètement, si elle le pouvait, et de supplier le Roi Thingol de lui accorder asile. Et comme elle demeurait là assise à réfléchir à la manière de réaliser la chose, elle entendit clairement en sa pensée la voix de Húrin lui disant : *Pars en toute hâte ! Ne m'attends pas !* Mais la naissance de son enfant approchait, et la route serait dure et périlleuse ; et plus elle tardait, plus s'amenuisaient les chances de s'échapper. Et son cœur la trompait toujours d'un espoir inavoué ; en son for intérieur, elle n'admettait pas que Húrin soit mort et, insomnieuse, elle prêtait l'oreille à son pas dans la nuit, ou elle se réveillait croyant entendre dans la cour le hennissement de son cheval Arroch. De plus, si elle admettait que son fils soit élevé dans un palais étranger, selon la coutume de l'époque, elle ne pouvait plier son orgueil à vivre elle-même d'aumône, fût-ce à la cour d'un roi. Et ainsi fut enfreinte l'injonction de Húrin, ou le souvenir de sa parole, et tissé le premier fil du destin de Túrin.

L'automne de l'Année de la Lamentation tirait déjà à sa fin avant que Morwen n'en vienne à prendre une décision, et alors elle voulut faire vite ; il fallait maintenant presser le voyage, car elle redoutait que Túrin ne soit fait prisonnier si elle attendait la fin de l'hiver. Des Orientaux rôdaient autour du courtil et espionnaient les allées et venues de la maison. C'est pourquoi un jour, elle dit soudainement à Túrin :

«Ton père ne vient pas. Alors il te faut, toi, partir, et partir vite. C'est lui qui l'aurait voulu ainsi. »

« Partir ? s'écria Túrin. Mais où partirons-nous ? Au-delà des Montagnes ? »

« Oui, dit Morwen, au-delà des Montagnes, vers le sud, au loin. Au sud : là est peut-être l'espoir. Mais je n'ai pas dit *nous*, mon fils. Tu dois partir, mais je dois rester. »

« Je ne peux pas partir seul ! dit Túrin. Je ne vais pas te laisser. Pourquoi ne partirions-nous pas ensemble ? »

« Je ne peux pas partir, dit Morwen. Mais tu ne t'en iras pas seul. J'enverrai Gethron avec toi, et peut-être aussi Grithnir. »

« Et pas Labadal ? » dit Túrin.

« Non, car Sador est infirme, dit Morwen, et la route sera rude ; et parce que tu es mon fils et que les temps sont durs, je te parlerai durement et sans détours : tu peux mourir en route. L'année est avancée. Mais si tu demeures ici, ton sort sera bien pire : le sort d'un esclave. Si tu souhaites être un homme, alors que tu approches de l'âge d'homme, tu feras bravement ce que je t'enjoins de faire. »

« Mais je te laisserais toute seule, avec Sador et Ragnir l'aveugle, et les vieilles femmes, dit Túrin. Mon père n'a-t-il pas dit que j'étais l'héritier de Hador ? L'héritier doit demeurer dans la maison de Hador pour la défendre. Maintenant je regrette de ne plus avoir mon couteau ! »

« L'héritier devrait rester, mais il ne le peut, dit Morwen. Un jour viendra, cependant, où il pourra revenir. Maintenant, prends courage ! Si les choses s'aggravent, je te suivrai ; si je le puis. »

« Mais comment me trouveras-tu, perdu dans ces solitudes ? » dit Túrin ; et soudain défaillit son cœur, et il pleura sans retenue.

« Si tu pleurniches, d'autres créatures te trouveront avant moi, dit Morwen. Je connais le lieu où tu vas, et si tu y parviens et si tu y demeures, je saurai t'y retrouver, si je le puis. Car je t'envoie auprès du Roi Thingol, en Doriath. Ne préfères-tu pas être l'hôte d'un roi plutôt qu'un esclave ? »

« Je ne sais pas, dit Túrin. Je ne sais pas ce que c'est qu'un esclave. »

« Je t'envoie au loin pour que tu n'aies pas à l'apprendre », répondit Morwen. Et elle prit Túrin devant elle et le regarda au fond des yeux, comme si elle cherchait à y déchiffrer une énigme : « C'est une dure chose, Túrin, mon fils, dit-elle enfin. Dure non seulement pour toi. Il est difficile pour moi aussi, en ces jours de malheur, de juger ce qu'il y a de mieux à faire. Mais je fais ce que je crois être juste ; car sinon, pourquoi me séparerais-je de ce qui me reste de plus cher au monde ? »

Ils n'en parlèrent plus ensemble, et le chagrin et la confusion se mêlèrent en Túrin. Au matin, il vint trouver Sador qui avait fait du petit bois pour le feu, car on manquait de bois à brûler, personne n'osant s'aventurer dans la forêt ; il le trouva appuyé sur sa béquille, à regarder le grand trône de Húrin qui avait été relégué, inachevé, dans un coin. « Il faudra bien qu'il y passe, dit-il, car en ces jours-ci, on ne doit songer à satisfaire que les besoins immédiats. »

« Ne le casse pas encore, dit Túrin. Peut-être reviendra-t-il à la maison, et cela lui fera plaisir de voir ce que tu as fait pour lui en son absence. »

« Les espoirs fallacieux sont plus dangereux encore que la peur, dit Sador, et ce ne sont pas eux qui nous réchaufferont cet hiver. » Il caressa les moulures du bois et soupira : « J'ai perdu mon temps, dit-il, même si les heures passées me furent bonnes ; mais ce sont choses de courte durée ; et en la seule joie du travail tient leur but véritable, j'imagine. Et maintenant mieux vaut que je te rende ton cadeau. »

Túrin tendit la main, et promptement la retira. « Un homme ne reprend pas ce qu'il a donné », dit-il.

« Mais si c'est à moi, ne puis-je le donner à qui je veux ? » dit Sador.

« Oui, dit Túrin, à tout homme, sauf à moi. Mais pourquoi souhaiter t'en défaire ? »

« Je n'ai aucun espoir de m'en servir pour des tâches dignes de lui, dit Sador. Il n'y aura point d'ouvrage pour Labadal dans les jours à venir, sinon de la besogne d'esclave. »

« Qu'est-ce donc qu'un esclave ? » dit Túrin.

« Un homme qui fut homme mais qui est traité comme une bête, répondit Sador. Nourri juste pour être maintenu en vie, maintenu en vie juste pour peiner à la tâche, peinant à la tâche juste par peur de la souffrance ou de la mort. Et ces bandits peuvent lui infliger souffrances ou mort par pur jeu. J'ai entendu dire qu'ils choisissent les meilleurs coureurs pour les courser à mort avec leurs chiens. Ils ont appris plus vite des Orques, que nous des Belles Gens. »

« Maintenant je comprends mieux tout cela », dit Túrin.

« Il est regrettable qu'il te faille comprendre ces choses si jeune », dit Sador ; et voyant l'étrange expression sur le visage de Túrin, il ajouta : « Et que comprends-tu maintenant ? »

« La raison pour laquelle ma mère m'envoie au loin », dit Túrin, et ses yeux s'embuèrent de larmes.

« Ah ! » dit Sador, et il marmotta à part lui : « Mais pourquoi avoir tant tardé ? » Et se tournant vers Túrin, il dit :

« Cela ne me paraît pas à moi des nouvelles à vous arracher les larmes. Mais tu ne devrais pas ébruiter les décisions de ta mère devant Labadal ou devant quiconque. Ces jours-ci, il n'est murs ou palissades qui n'aient des oreilles, et des oreilles qui ne poussent pas sur des têtes nobles. »

« Mais il me faut bien parler avec quelqu'un ! dit Túrin, et je t'ai toujours dit les choses. Je ne veux pas te quitter, Labadal. Je ne veux pas quitter cette maison, ni ma mère. »

« Mais si tu ne le fais pas, dit Sador, c'en sera bientôt fait de la maison de Hador à jamais ; cela, il te faut le comprendre maintenant. Labadal ne souhaite pas que tu t'en ailles ; mais Sador, serviteur de Húrin, sera plus heureux lorsque le fils de Húrin sera hors d'atteinte des Orientaux. Allons, allons, on n'y peut rien ! Il faut nous dire adieu. Maintenant ne prendras-tu pas mon couteau comme cadeau de départ ? »

« Non ! dit Túrin, car je m'en vais chez les Elfes, chez le Roi du Doriath, m'a dit ma mère. Là, j'en recevrai d'autres pareils à celui-là. Mais il ne sera plus en mon pouvoir de t'envoyer des cadeaux, Labadal. Je serai au loin, et tout seul. » Et Túrin se mit à pleurer ; mais Sador lui dit : « Eh bien, où donc est le fils de Húrin ? Car je l'ai entendu qui disait, il n'y a guère : *Je m'en irai soldat avec un Roi elfe, dès que je le pourrai.* »

Alors Túrin ravala ses larmes et dit : « Très bien, si le fils de Húrin a dit cela, il doit tenir parole, et s'en aller. Mais chaque fois que je promets de faire ceci ou cela, les choses paraissent toutes différentes quand vient le moment. Aujourd'hui je m'en vais à regret. Je dois prendre garde de ne plus dire ce genre de choses. »

« Cela vaudrait sans doute mieux, dit Sador. La plupart des hommes sont d'accord là-dessus, et cependant il y en a bien peu qui appliquent ce qu'ils disent. Mais laissons là ce qui n'est pas encore advenu. Car à chaque jour suffit sa peine. »

Or donc on apprêta Túrin pour son voyage et il fit ses adieux à sa mère et s'en alla secrètement avec ses deux compagnons. Mais lorsqu'ils engagèrent Túrin à se retourner pour jeter un dernier regard sur la maison de son père, l'angoisse de la séparation le transperça comme une épée, et il s'écria :

« Morwen, Morwen, quand te reverrai-je ? » Et debout sur le seuil de la porte, Morwen perçut ce cri que lui renvoyaient les pentes boisées, et elle étreignit le chambranle de la porte jusqu'à s'en déchirer les doigts. Tel fut le premier des tourments de Túrin.

Tôt dans l'année qui suivit le départ de Túrin, Morwen donna naissance à sa fille, et elle la nomma Niënor, ce qui veut dire Deuil ; mais Túrin était déjà loin lorsqu'elle vit le jour. Long et ardu fut le cheminement de Túrin, car les pouvoirs de Morgoth s'étendaient sur tout le pays ; mais il avait Gethron et Grithnir pour guides, qui avaient été jeunes du temps de Hador et avaient gardé toute leur vaillance malgré leur âge, désormais avancé, et ils connaissaient bien le pays pour avoir souvent parcouru le Beleriand autrefois. Ainsi, par la bonne grâce du destin et par leur courage, ils franchirent les Montagnes de l'Ombre et descendirent dans le Val du Sirion pour s'enfoncer dans la Forêt de Brethil ; et, épuisés et hagards, ils atteignirent enfin les confins du Doriath. Mais là, ils se fourvoyèrent et dans les labyrinthes de la Reine s'égarèrent et errèrent, perdus dans d'impénétrables sous-bois, jusqu'à ce que leurs vivres soient épuisés. Et survinrent l'hiver et la froidure du Nord et ils côtoyèrent la mort. Mais d'un poids autrement écrasant était le destin de Túrin. Alors même qu'ils gisaient là dans le désespoir, ils entendirent le son d'un cor. Beleg à l'Arc de Fer chassait dans les parages, car il vivait toujours sur les marches du Doriath, le plus illustre forestier de son temps. Il entendit leurs plaintes et alla à eux, et lorsqu'il leur eut donné à manger et à boire, il apprit leurs noms et d'où ils venaient, et la stupeur et la pitié l'envahirent ; et il considéra Túrin avec amitié, car il avait la beauté de sa mère et les yeux de son père, et il était robuste et fort.

« Quel bienfait attends-tu du Roi Thingol ? » dit Beleg à l'enfant.

« Je voudrais être l'un de ses chevaliers, et marcher contre Morgoth, et venger mon père », dit Túrin.

« Et pourquoi pas, lorsque les ans t'auront fortifié, dit Beleg. Car bien que tu sois encore petit, il y a en toi de quoi faire un homme courageux, le digne fils de Húrin l'Inflexible, si cela se pouvait. » Car le nom de Húrin était tenu en grand honneur sur toutes les terres des Elfes. Aussi Beleg se fit volontiers le guide des voyageurs, et il les amena à une cabane où il logeait avec d'autres chasseurs, où on leur donna l'hospitalité tandis qu'un messager était dépêché à Menegroth. Et quand la réponse vint, que Thingol et Melian recevraient le fils de Húrin et ceux qui lui faisaient escorte, Beleg les conduisit par des chemins détournés jusqu'au Royaume Caché.

Ainsi Túrin emprunta le grand pont qui enjambe l'Esgalduin, et passa les portes du palais de Thingol ; et, enfant, il contempla les merveilles de Menegroth, que nul Homme mortel n'avait jamais entrevues, sauf Beren. Alors Gethron délivra le message de Morwen devant Thingol et Melian ; et Thingol les reçut avec bonté, et fit s'agenouiller Túrin en l'honneur de Húrin, le plus puissant des Hommes, et de Beren son parent. Et tous ceux qui assistaient s'étonnèrent, car cela signifiait que Thingol prenait Túrin pour fils adoptif ; or, en ce temps-là, cela ne se faisait pas chez les rois, et cela ne s'est jamais vu depuis de la part d'un Seigneur des Elfes à l'égard d'un Homme. Or donc Thingol lui dit : « Ici même, fils de Húrin, sera ta maison ; et ta vie durant, on te traitera comme mon fils bien que tu sois un Homme. La Sagesse te sera départie bien au-delà de ce qu'il échoit à l'Homme mortel, et les armes des Elfes seront placées entre tes mains. Peut-être viendra le temps où tu recouvreras les domaines de ton père en Hithlum, mais pour l'instant demeure ici et reçois notre affection. »

Ainsi commença le séjour de Túrin en Doriath. Pendant quelque temps, Grithnir et Gethron, ses serviteurs, restèrent avec lui malgré leur désir de retourner auprès de leur Dame, en Dor-lómin. Puis l'âge et la maladie affligèrent Grithnir, qui demeura auprès de Túrin jusqu'à sa mort ; mais Gethron s'en alla, et Thingol envoya avec lui une escorte pour le guider et le protéger, et leur confia un message adressé à Morwen. Et ils parvinrent enfin à la maison de Húrin, et lorsque Morwen apprit que Túrin avait été reçu avec honneur dans le palais de Thingol, son chagrin en fut allégé ; et les Elfes lui remirent aussi de riches présents de la part de Melian, et un message la priant de revenir en Doriath auprès des gens de Thingol. Car Melian était sage et prévoyante, et elle espérait de la sorte prévenir le mal qui était en préparation dans l'esprit de Morgoth. Mais Morwen ne voulut pas quitter sa maison, car son cœur était toujours le même, et son orgueil toujours haut placé ; de plus, Niënor était encore un nourrisson. Aussi renvoya-t-elle les Elfes du Doriath avec ses remerciements, et elle leur donna en cadeau le peu qui lui restait de ses biens en or, dissimulant sa pauvreté ; et elle leur demanda d'apporter à Thingol le Heaume de Hador. Mais Túrin guettait sans cesse le retour des messagers de Thingol, et quand il les vit rentrer seuls, il s'enfuit dans les bois pour pleurer, car il connaissait la teneur du message de Melian et avait espéré la venue de Morwen. Ce fut le second tourment de Túrin. Lorsque les messagers rapportèrent la réponse de Morwen, Melian fut prise de compassion, car elle devinait son sentiment. Et elle vit que le destin qu'elle pressentait ne se laisserait pas si aisément déjouer.

Le Heaume de Hador fut remis entre les mains de Thingol. Ce heaume était d'acier gris tout ouvragé d'or, et s'y trouvaient gravées les runes de la victoire. Un pouvoir l'habitait, qui protégeait quiconque le portait des blessures et de la mort, car l'épée qui le frappait se brisait, et la flèche qui le touchait déviait brusquement. Il avait été fabriqué par Telchar, le forgeron de Nogrod, célèbre pour ses ouvrages. Le heaume avait une visière (semblable à celle qu'utilisaient les Nains dans leurs forges pour s'abriter les yeux), et le visage de qui le portait jetait l'épouvante dans les cœurs de ceux qui le contemplaient, mais restait lui à l'abri de toute flèche et de toute flamme. Sur son cimier se dessinait, en signe de défi, la tête dorée de Glaurung le Dragon ; car le heaume avait été fabriqué peu après que le monstre eut surgi des portes de Morgoth. Bien souvent Hador, et Galdor après lui, l'avait porté à la guerre ; et les cœurs des soldats du Hithlum s'exaltaient lorsqu'ils l'apercevaient, haut dressé, dans le feu du combat, et ils criaient : « Gloire au Dragon du Dor-lómin, et honte au Ver d'Or d'Angband ! » Mais Húrin ne portait pas le heaume du Dragon avec aisance, et de toute manière dédaignait de s'en coiffer, disant : « Je préfère contempler mes ennemis à visage découvert. » Il n'en tenait pas moins le heaume pour l'héritage le plus précieux de sa maison.

Or Thingol possédait à Menegroth d'immenses armureries où étaient entreposées armes et armures à profusion : des cottes de métal travaillées comme des écailles de poisson et brillantes comme l'eau sous la lune ; des épées et des haches, des boucliers et des heaumes, tous fabriqués par Telchar lui-même, ou par son maître Gamil Zirak l'ancien, ou bien par les Elfes forgerons, plus habiles encore. Car certaines pièces venaient du Valinor, et Thingol les avait reçues en don, et elles étaient l'œuvre de Fëanor, maître en art de la forge, dont l'habileté n'a jamais été égalée depuis que le monde est monde. Et pourtant Thingol prit dans ses mains le Heaume de Hador comme si son propre fonds n'était rien, et il en parla en termes courtois, disant : « Fière fut la tête qui porta ce heaume, que les pères de Húrin ont porté ! »

Puis lui vint une idée, et il fit appeler Túrin, et lui dit que Morwen avait fait envoyer à son fils une chose de grande valeur, l'héritage de ses ancêtres : « Prends à présent la Tête-du-Dragon du Nord, dit-il, et lorsque le temps viendra, porte-la à bon escient. » Mais Túrin était encore bien trop jeune pour soulever le heaume, et il n'y prêta guère attention à cause du tourment qu'il avait au cœur.

# Chapitre V

# Túrin en Doriath

Durant les années de son enfance au royaume du Doriath, Túrin fut pris en charge par Melian, même s'il ne la voyait que rarement. Mais il y avait une jeune fille nommée Nellas qui vivait dans les bois ; et sur ordre de Melian, elle suivait Túrin lorsqu'il s'en allait errer en forêt, et souvent elle se trouvait sur son passage, comme par hasard. Alors ils jouaient ensemble, ou se promenaient en se tenant par la main ; car Túrin grandissait rapidement tandis qu'elle-même paraissait toujours être du même âge que lui, et son cœur restait jeune en dépit de toutes ses années d'Elfe. De Nellas, Túrin apprit beaucoup concernant les coutumes et la vie sauvage en Doriath, et elle lui enseigna le sindarin tel qu'on le parlait dans l'ancien royaume, la vieille langue, plus courtoise et plus riche en mots splendides. Et ainsi, pour un temps, son humeur s'éclaira, jusqu'à ce qu'il revienne à nouveau sous l'emprise de l'ombre, et alors cette amitié s'évanouit comme un matin de printemps. Car Nellas n'allait pas à Menegroth, et elle répugnait à marcher sous des voûtes de pierre ; de sorte que l'enfance de Túrin passa, et il tourna ses pensées vers les exploits des hommes, il vit Nellas de moins en moins souvent, et finalement, il cessa de la rechercher. Mais elle continua à veiller sur lui, même si à présent elle demeurait cachée.

Neuf années durant, Túrin vécut dans le palais de Menegroth. Mais son cœur et sa pensée le portaient sans cesse vers les siens, et de temps à autre, il recevait des nouvelles, et son cœur s'apaisait. Car Thingol envoyait aussi souvent que possible des messagers à Morwen, et elle renvoyait des messages pour son fils ; ainsi Túrin apprit-il que la dure condition de Morwen s'améliorait et que sa sœur Niënor croissait en beauté, une fleur dans la grisaille du Nord. Et Túrin grandit en stature, jusqu'à devenir l'un des plus grands parmi les Hommes et dépasser en taille les Elfes du Doriath, et sa force et sa hardiesse étaient célèbres au royaume de Thingol. Au cours de ces années, il apprit beaucoup sur les traditions, écoutant avec enthousiasme les récits des jours anciens et des hauts faits d'autrefois ; et il devint réfléchi et peu loquace. Beleg à l'Arc de Fer venait souvent à Menegroth le chercher, et l'emmenait loin dans les bois, lui enseignant les arts forestiers et le tir à l'arc, et aussi (et c'est ce qu'il préférait) le maniement de l'épée ; mais il était moins habile à la fabrication d'objets, car il fut lent à maîtriser sa propre force, et souvent il gâchait ce qu'il avait fait d'un geste trop brusque. Dans d'autres domaines également, il semblait que la fortune lui était contraire, de sorte que souvent ses projets avortaient, et ses désirs ne se réalisaient pas ; et il ne gagnait pas non plus facilement l'amitié d'autrui, car il n'était pas gai et riait peu, et une ombre recouvrait sa jeunesse. Toutefois, ceux qui le connaissaient bien lui vouaient de l'amour et de l'estime, et il était honoré comme le fils adoptif du Roi.

Quelqu'un en Doriath lui enviait pourtant cet honneur, et toujours plus à mesure que Túrin se faisait homme : Saeros était son nom. Il était orgueilleux, traitant avec dédain ceux qu'il considérait comme de moindre condition et de moindre valeur que lui. Il se lia d'amitié avec Daeron le ménestrel, car lui aussi était habile dans l'art du chant ; et il n'avait point d'amour pour les Hommes, et surtout pas pour les parents de Beren Une-Main. « N'est-ce point étrange, disait-il, que ce pays accueille encore un représentant de cette malheureuse espèce ? L'autre n'a-t-il pas causé suffisamment de dommage en Doriath ? » Et depuis lors, il regardait Túrin de travers et critiquait tout ce qu'il faisait, en disant de lui tout le mal possible ; mais ses paroles étaient artificieuses et sa malice voilée. S'il rencontrait Túrin seul à seul, il lui parlait avec hauteur et lui manifestait clairement son mépris ; et Túrin finit par se lasser de lui, même s'il répondit pendant longtemps à ses paroles venimeuses par le silence, car Saeros était puissant parmi les gens du Doriath et un conseiller du Roi. Mais le silence de Túrin déplaisait à Saeros autant que ses dires.

L'année de ses dix-sept ans, le chagrin de Túrin se raviva car, à cette époque, toute communication avec les siens s'interrompit. Le pouvoir de Morgoth n'avait cessé de croître et tout le Hithlum vivait maintenant sous son ombre. Il ne faisait aucun doute qu'il en savait long sur les agissements des parents et des gens de Húrin, et s'il les avait laissés en paix un temps, c'était pour que son dessein s'accomplisse ; mais voilà que pour en venir maintenant à ses fins, il fit garder étroitement toutes les passes des Montagnes de l'Ombre de sorte que personne ne puisse désormais sortir du Hithlum ni y entrer, sinon au péril de sa vie, et les Orques fourmillaient autour des sources du Narog et du Teiglin et le long du cours amont du Sirion. Et il vint un temps où l'on ne revit plus les messagers de Thingol, qui n'en envoya plus. Celui-ci avait toujours répugné à laisser ses gens vaguer au-delà de ses frontières bien gardées, et rien n'avait si fortement exprimé son bon vouloir envers Húrin et les siens que d'avoir dépêché ses messagers sur les routes dangereuses, pour qu'ils se rendent auprès de Morwen en Dor-lómin.

Et Túrin s'attrista en son cœur, ignorant quel nouveau malheur le guettait et redoutant qu'un noir destin n'ait échu à Morwen et Niënor ; et plusieurs jours durant, il demeura assis, silencieux, songeant à la chute de la Maison de Hador et des Hommes du Nord. Alors il se leva et s'en alla à la recherche de Thingol ; et il le trouva siégeant avec Melian sous le Hirilorn, le grand hêtre de Menegroth.

Thingol considéra Túrin avec étonnement en voyant soudain devant lui, à la place de son fils adoptif, un Homme et un étranger, grand et noir de cheveux, qui le fixait d'un regard profond dans un blanc visage, l'air sévère et fier ; mais il ne dit mot.

« Que désires-tu, fils adoptif ? » demanda Thingol, devinant que ce ne serait pas de faible importance.

« Une cotte de mailles, une épée et un bouclier à ma taille, seigneur, répondit Túrin. Et si vous me le permettez, je voudrais également reprendre à présent le heaume du Dragon de mes ancêtres. »

« C'est accordé, dit Thingol. Mais quel besoin as-tu de telles armes ? »

« Un besoin propre à un Homme, dit Túrin, et à un fils qui ne doit pas oublier les siens. Et j'ai également besoin de vaillants compagnons d'armes. »

« Je vais t'assigner une place parmi mes chevaliers de l'épée, car l'épée sera toujours ton arme, dit Thingol. À leurs côtés, tu pourras faire ton apprentissage de la guerre sur les marches du pays, si tel est ton désir. »

Mais Túrin dit : « Bien au-delà des marches du Doriath, me porte mon cœur. Car je languis de me mesurer à notre ennemi, plutôt que de défendre ce pays. »

« En ce cas, il te faut aller seul, dit Thingol. Je décide selon la sagesse qui est mienne du rôle que mon peuple doit assumer dans la guerre avec Angband, Túrin, fils de Húrin. Aucune force armée du Doriath n'enverrai-je guerroyer hors les murs en ce moment, ni en aucun moment que je puisse actuellement prévoir. »

« Toutefois tu es libre d'aller à ta guise, fils de Morwen, dit Melian. L'Anneau de Melian ne s'oppose pas au passage de ceux qui ont pénétré avec notre consentement. »

« À moins que de sages conseils ne te retiennent », dit Thingol.

« Quels sont tes conseils, seigneur ? » dit Túrin.

« Tu as l'apparence d'un Homme de par ta stature, et même déjà plus que beaucoup d'autres, répondit Thingol ; cependant tu n'es pas encore l'Homme accompli que tu seras un jour. En attendant ce jour, tu dois te montrer patient, entraîner ta force et la mettre à l'épreuve. Alors, peut-être, il te sera permis de ne pas oublier les tiens ; mais il n'y a guère d'espoir qu'un Homme seul puisse faire plus contre le Roi Noir que de participer à la défense des seigneurs des Elfes, tant que dure celle-ci. »

Alors Túrin dit : « Beren, mon parent, a fait plus. »

« Beren, et Lúthien, dit Melian. Mais il y a de la présomption à parler ainsi au père de Lúthien. Ta destinée n'est pas si grande, il me semble, Túrin, fils de Morwen, bien qu'il y ait quelque chose de grand en toi, et que ton sort soit entremêlé à celui du peuple des Elfes, pour le meilleur ou pour le pire. Prends bien garde à toi, que ce ne soit pour le pire. » Puis après un silence, elle lui parla de nouveau, disant : « Va maintenant, fils adoptif ; et écoute les conseils du roi. Ils seront toujours plus avisés que tes propres desseins. Et cependant je crois que tu ne demeureras pas longtemps avec nous en Doriath, lorsque tu auras accédé à l'âge d'homme. Si dans les jours à venir tu te souviens des paroles de Melian, ce sera pour ton bien : redoute tant l'ardeur de ton cœur que sa froidure, et astreins-toi à la patience, si tu le peux. »

Alors Túrin s'inclina devant eux et prit congé. Et promptement il coiffa le heaume du Dragon, et s'arma, et s'en alla vers les marches septentrionales, et là il s'enrôla parmi les guerriers elfes qui combattaient sans relâche les Orques et tous les serviteurs et créatures de Morgoth. Et c'est ainsi qu'à peine sorti de l'enfance, il prouva sa force et sa vaillance ; et se souvenant des malheurs des siens, il fut toujours le premier à s'illustrer par de hauts faits d'armes, et il reçut de nombreuses blessures par la lance ou les flèches, ou par les lames crochues des Orques.

Mais son destin lui épargna la mort ; et le bruit courut par les bois, et il retentit bien au-delà du Doriath, que le heaume du Dragon du Dor-lómin avait réapparu. Et nombreux furent ceux qui s'interrogèrent, disant : « L'esprit d'un homme, quel qu'il soit, peut-il revenir du séjour des morts ? Ou bien Húrin du Hithlum s'est-il vraiment échappé des mines de l'Enfer ? »

Un seul, à cette époque, était plus fort que Túrin dans le maniement des armes, parmi les gardes-frontières de Thingol, et c'était Beleg à l'Arc de Fer ; et Beleg et Túrin combattaient côte à côte dans tous les périls, et ils parcouraient les grands bois sauvages ensemble.

Trois années s'écoulèrent de la sorte, et durant ce temps Túrin vint rarement au palais de Thingol ; et il ne prêtait plus attention à son apparence ou à ses vêtements, et ses cheveux étaient hirsutes, et sa cotte de mailles couverte d'un manteau gris tout taché par les intempéries. Mais voici que le troisième été après son départ, comme il atteignait l'âge de vingt ans et désirait prendre un peu de repos et faire réparer ses armes par un forgeron, Túrin vint à l'improviste un soir à Menegroth, et entra dans la grande salle du trône. Thingol était absent, car, au fort de l'été, il se plaisait à séjourner dans les vertes forêts, en compagnie de Melian. Túrin prit un siège sans prêter attention, car il était épuisé et préoccupé ; et la malchance voulut qu'il s'assoie justement à une table d'anciens du royaume, et à la place même où Saeros avait coutume de s'asseoir. Saeros, entrant tardivement, fut saisi de colère, croyant que Túrin avait agi par orgueil et pour lui faire un affront délibéré ; et sa colère ne fut guère apaisée lorsqu'il vit que Túrin n'encourait aucun reproche de la part de ceux qui siégeaient là, mais qu'au contraire on lui souhaitait la bienvenue et lui reconnaissait le droit de prendre place à cette table.

Ainsi, Saeros feignit quelque temps de faire bonne figure et prit un autre siège, face à Túrin, de l'autre côté de la table.

« Le garde-frontière nous fait rarement la faveur de sa présence, dit-il, et je lui cède bien volontiers mon siège habituel pour le plaisir de l'entretenir. » Mais Túrin, qui discutait avec Mablung le Chasseur, ne se leva pas et ne se fendit que d'un « Merci » assez sec.

Puis Saeros le pressa de diverses questions, pour prendre des nouvelles des frontières et de ses exploits dans les solitudes sauvages ; mais alors que ses paroles étaient courtoises en apparence, la moquerie dans sa voix ne se pouvait dissimuler. Et Túrin finit par se lasser, et il regarda autour de lui, et connut l'amertume de l'exil ; et se détournant de toutes les lumières et des rires du palais des Elfes, sa pensée retourna à Beleg et à leur vie dans les bois, et plus loin encore, à Morwen dans la maison de son père, en Dor-lómin ; et il se rembrunit, si noires étaient les pensées qui l'assaillaient, et il ne répondit pas à Saeros. Sur ce, croyant que cette sombre humeur s'adressait à lui, Saeros ne maîtrisa plus sa rage, et il saisit un peigne d'or et le jeta sur la table devant Túrin, s'écriant : « Sans doute, Homme du Hithlum, tu es venu en toute hâte à cette table, et on peut excuser ton manteau haillonneux ; mais rien ne t'oblige à garder la tête aussi broussailleuse qu'un buisson de ronces. Et peut-être que si tes oreilles n'étaient pas cachées, tu entendrais mieux ce que l'on te dit ! »

Túrin ne dit mot, mais il tourna ses yeux vers Saeros, et un éclair passa dans ses noires prunelles. Mais Saeros ne prit pas garde à cette menace, et répondit à son regard par des mots de mépris, que tous purent entendre : « Si les Hommes du Hithlum sont à ce point sauvages et rudes, que penser des femmes de ce pays ? Courent-elles comme des biches, revêtues de leur seule chevelure ? »

Alors Túrin empoigna une lourde coupe et la lança au visage de Saeros, qui s'écroula en arrière, se faisant grand mal ; et Túrin tira son épée et l'aurait pourfendu, si Mablung ne l'avait retenu. Et Saeros, se relevant, cracha du sang sur la table et articula comme il put, de sa bouche brisée : « Combien de temps encore allons-nous héberger cet homme des bois ? Qui est maître ici ce soir ? La loi du Roi est sévère envers qui blesse ses vassaux dans les salles du palais ; et pour ceux qui tirent l'épée en ces lieux, la proscription est le moindre châtiment. Hors du palais, je pourrai te répondre, Homme des bois ! »

Mais lorsque Túrin vit le sang sur la table, son humeur se glaça ; et s'arrachant à la poigne de Mablung, il quitta la salle sans un mot.

Et Mablung dit à Saeros : « Qu'est-ce qui te prend ce soir ? Pour ce mal, je te tiens responsable ; et il se peut que la loi du Roi juge qu'une bouche en sang est le juste prix de tes sarcasmes. »

« Si ce jeune loup a des doléances, qu'il les soumette au jugement du Roi, répondit Saeros. Mais tirer l'épée ici n'est d'aucune manière excusable. Hors de ce palais, si l'homme des bois brandit son épée contre moi, je le tuerai. »

« Cela ne me paraît pas si certain, dit Mablung. Mais si l'un ou l'autre est tué, ce sera un acte mauvais, plus digne d'Angband que du Doriath, et il en sortira plus de mal encore. J'ai d'ailleurs le sentiment qu'une ombre du Nord est venue jusqu'à nous et nous a effleurés cette nuit. Prends garde, Saeros, de peur que tu n'accomplisses dans ta superbe les vœux de Morgoth, et souviens-toi que tu es du peuple des Eldar. »

« Je ne l'oublie point », dit Saeros ; mais il ne tempéra pas son courroux, et durant la nuit, sa malveillance alla croissant, soignant sa blessure.

Au matin, il guetta Túrin au passage lorsque celui-ci quitta Menegroth de bonne heure pour retourner vers les frontières. Et alors que Túrin n'avait parcouru que quelques mètres, Saeros se rua sur lui de derrière, l'épée nue et l'écu au bras. Mais Túrin, en véritable forestier, était toujours aux aguets et l'avait aperçu du coin de l'œil, et sautant de côté, il dégaina promptement et se précipita sur son adversaire. « Morwen ! s'écria-t-il, celui qui t'a bafouée va payer maintenant son injure ! » Et il fendit en deux l'écu de Saeros, puis les deux ennemis croisèrent le fer vivement. Mais Túrin avait été depuis longtemps à rude école, et il était devenu aussi agile qu'un Elfe, mais plus robuste. Bientôt, il eut le dessus, et lui blessant le bras qui tenait l'épée, il tint Saeros à sa merci. Alors il mit le pied sur l'épée que Saeros avait laissée choir.

«Saeros, lui dit-il, tu as une longue course à faire, et les vêtements te seront un embarras : les cheveux te suffiront. » Et le jetant brusquement à terre, il le dénuda, et Saeros éprouva la grande force de Túrin et eut très peur. Mais Túrin le laissa se relever, et cria : « Cours, cours, toi qui bafoues les femmes. Cours ! Et à moins que tu n'ailles aussi vite que le cerf, je viendrai derrière t'éperonner ! » Sur ce, il fit sentir la pointe de son épée au train de Saeros, qui s'enfuit éperdu dans les bois, appelant désespérément au secours ; mais Túrin venait derrière, le pourchassant comme chien courant, et malgré sa rapidité et les détours qu'il prenait, toujours Túrin, de son épée, l'aiguillonnait plus avant.

Les cris de Saeros en amenèrent nombre d'autres à la traque, et ils suivirent la course, mais seuls les plus rapides pouvaient soutenir l'allure des coureurs. Au premier rang de ceux-ci venait Mablung, et il était troublé en son esprit, car si les sarcasmes lui avaient paru mauvais, « la malveillance qui s'éveille au matin devient le rire de Morgoth avant la tombée de la nuit » ; de plus, c'était chose grave que de ridiculiser un Elfe, et de se faire à soi-même justice sans en référer au jugement du Roi. Personne, à l'époque, ne savait que Túrin avait été agressé le premier par Saeros, et que celui-ci voulait sa mort.

« Assez, assez, Túrin ! cria-t-il. C'est faire œuvre d'Orques dans les bois ! » Mais Túrin répliqua : « Oui, œuvre d'Orques, il y eut ; là, ce n'est qu'enfantillages d'Orques. » Avant que Mablung n'intervienne, il avait été sur le point de relâcher Saeros, mais à présent il poussa un cri et se rua à nouveau à la suite de Saeros ; ce dernier, désespérant que l'on vienne le secourir et pensant que la mort le talonnait de près, courait toujours comme un fou et arriva au bord d'un torrent, un affluent de l'Esgalduin qui coulait dans une gorge profonde entre des parois abruptes, et c'était large pour un saut de cerf. Cependant, mû par l'effroi, Saeros tenta sa chance et sauta ; mais il perdit pied sur l'autre rive et tomba en arrière avec un cri, se fracassant sur un grand rocher à fleur d'eau. Ainsi acheva-t-il sa vie en Doriath ; et Mandos n'allait pas le lâcher de sitôt.

Túrin contempla son corps gisant dans le torrent, et il pensa : « Misérable imbécile ! D'ici, je l'aurais laissé revenir au pas jusqu'à Menegroth. Et voilà qu'il m'a posé sur les épaules le fardeau d'une culpabilité imméritée. » Et il se tourna et regarda sombrement Mablung et ses compagnons, qui s'approchaient à présent pour le rejoindre au bord du courant. Après un silence, Mablung dit gravement : « Hélas ! Mais à présent viens avec nous, Túrin, car le Roi doit juger ces faits. »

Mais Túrin dit : « Si le Roi est juste, il me jugera innocent. Mais ce Saeros n'était-il point un de ses conseillers ? Comment se fait-il qu'un roi juste choisisse un cœur malveillant pour ami ? J'abjure sa loi et son jugement. »

« Tes paroles sont trop fières », dit Mablung, bien qu'éprouvant de la pitié en son cœur pour le jeune homme. « Apprends la sagesse ! Tu ne vas pas t'en aller courir les bois. Je t'enjoins de revenir avec moi, en ami. Et il y a d'autres témoins. Lorsque le Roi apprendra la vérité, tu peux espérer son pardon. »

Mais Túrin était las des palais des Elfes, et il craignait d'être retenu captif ; et il dit à Mablung : « Je refuse de me plier à tes ordres. Je ne solliciterai aucun pardon du Roi Thingol ; et j'irai à présent là où ses arrêts ne peuvent m'atteindre. Tu n'as que deux choix : me laisser aller librement, ou me tuer, si cela est conforme à ta loi. Car vous êtes trop peu nombreux pour me prendre vivant. »

Ils lurent dans le feu de ses yeux sa résolution, et ils le laissèrent partir. Et Mablung dit : « Il suffit d'une mort. »

« Je ne l'ai pas voulue, dit Túrin, mais je ne le pleurerai point. Que Mandos le juge avec équité ; et si jamais il revient au pays des vivants, qu'il se montre plus sage. Bonne chance à vous ! »

« Libre chance à toi ! dit Mablung, car tel est ton vœu. Mais qu'elle soit *bonne*, je n'en dirai rien, si tu t'en vas de cette manière. Une ombre plane sur toi. Pourvu qu'elle ne soit pas plus noire encore, lorsque nous nous retrouverons ! »

À cela, Túrin ne fit aucune réponse, mais il les laissa et s'en fut rapidement, seul, nul ne sait où.

On dit que lorsque Túrin ne réapparut pas sur les marches septentrionales du Doriath, et qu'il ne donna pas signe de vie, Beleg à l'Arc de Fer vint lui-même à Menegroth le chercher ; et le cœur lourd, il écouta l'histoire des méfaits de Túrin et de sa fuite. Peu après, Thingol et Melian revinrent en leur palais, car l'été tirait à sa fin ; et lorsque le Roi entendit le récit de ce qui s'était passé, il dit : « C'est là chose affligeante, dont je dois entendre le complet récit. Bien que Saeros, mon conseiller, ait été tué, et que Túrin, mon fils adoptif, ait pris la fuite, je siégerai demain pour le jugement des faits, et écouterai tout cela à nouveau, par le menu, avant de rendre mon arrêt. »

Le lendemain, le Roi s'assit sur le trône dans la grande salle de Menegroth, et rassembla autour de lui tous les chefs et les anciens du Doriath. De nombreux témoins furent alors entendus, parmi lesquels Mablung, dont le récit était le plus long et le plus clair. Et quand il raconta la querelle à table, il sembla au Roi que la sympathie de Mablung allait à Túrin.

« Parles-tu de Túrin, fils de Húrin, comme d'un ami ? » demanda Thingol. « Cela, je l'ai été, mais la vérité est mon amie bien davantage et depuis plus longtemps, répondit Mablung. Écoutez-moi jusqu'à la fin, seigneur ! »

Quand tout fut dit, jusqu'aux paroles d'adieu de Túrin, Thingol soupira ; et considérant ceux qui étaient assis devant lui, il dit : « Hélas ! Je vois une ombre sur vos visages. Comment s'est-elle insinuée dans mon royaume ? La malveillance est à l'œuvre ici même. Je tenais Saeros pour loyal et prudent ; mais s'il avait survécu, il aurait senti le poids de mon courroux, car ses sarcasmes étaient mauvais, et je le considère responsable de tout ce qui est advenu dans l'enceinte du palais. Pour cela, Túrin a mon pardon. Mais je ne peux excuser ce qu'il fit après, alors que sa colère aurait dû s'apaiser. Humilier Saeros et le pourchasser jusqu'à ce que mort s'ensuive, c'est là un tort plus grave que l'offense. Ils sont l'œuvre d'un cœur dur et fier. »

Et Thingol se tut, livré à ses pensées pendant un instant, puis enfin il parla avec tristesse : « C'est un fils adoptif ingrat, et à la vérité c'est un homme trop fier pour son état. Comment puis-je encore donner asile à qui me bafoue, moi et ma loi ? ou pardonner à qui se refuse au repentir ? Voici l'arrêt que je prononce. Je vais bannir Túrin du Doriath. S'il cherche à y pénétrer, qu'il soit amené en jugement devant moi ; et tant qu'il n'a pas sollicité mon pardon à mes pieds, il n'est plus mon fils. Si quelqu'un ici y voit un manque à l'équité, qu'il parle sur l'heure ! »

Le silence se fit dans la salle et Thingol leva la main pour prononcer son arrêt. Mais à cet instant, Beleg entra précipitamment, criant : « Seigneur, puis-je encore parler ? »

« Tu viens tard, dit Thingol, n'as-tu pas été mandé comme les autres ? »

« Il est vrai, seigneur, répondit Beleg, mais j'ai été retardé ; je cherchais quelqu'un que je connaissais. Et voici que j'amène enfin un témoin qui doit être entendu, avant que ne soit prononcé ton arrêt. »

« Ont été convoqués tous ceux qui avaient quelque chose à dire, dit le Roi. Que pourrait-on encore ajouter qui pèserait plus lourd que ce que j'ai écouté ? »

« Tu en jugeras lorsque tu auras entendu, dit Beleg. Accorde-le-moi, si jamais j'ai mérité grâce de ta part. »

« À toi, je l'accorde », dit Thingol. Alors Beleg sortit, et revint conduisant par la main Nellas, la jeune fille qui vivait dans les bois et ne venait jamais à Menegroth ; et elle était grandement effarouchée, tant par la vaste salle à colonnes et la voûte de pierre, que par tous les yeux fixés sur elle. Et lorsque Thingol l'engagea à parler, elle dit : « Seigneur, j'étais assise dans un arbre ...», mais elle se troubla, toute confuse devant le Roi, et ne put dire un mot de plus.

Cela fit sourire le Roi, qui dit : « D'autres en ont fait de même qui n'ont pas éprouvé le besoin de me le raconter. »

« D'autres en effet, dit-elle, encouragée par son sourire. Même Lúthien ! Et c'est à elle que je pensais ce matin-là, et à Beren l'Homme. »

À cela Thingol ne répondit pas, et il ne souriait plus, mais attendait que Nellas reprenne.

« Car Túrin me rappelait Beren, dit-elle enfin. Ils sont parents, m'a-t-on dit, et leur parenté est visible pour certains : pour ceux qui regardent attentivement. »

Alors Thingol s'impatienta : « Cela se peut, dit-il. Mais Túrin, fils de Húrin, s'en est allé en me bafouant, et tu n'auras plus jamais l'occasion d'interroger la parenté de ses traits. Car je vais à présent prononcer mon jugement. »

« Seigneur Roi ! s'écria-t-elle alors. Prends patience et laisse-moi parler d'abord. J'étais là assise dans un arbre, et je regardais Túrin qui s'en retournait ; et je vis Saeros sortir du couvert des bois avec son épée et son écu, et bondir sur Túrin par surprise. »

À ces mots, il y eut une rumeur dans la salle ; et le Roi leva la main, disant : « Tu apportes à mon oreille des nouvelles plus graves qu'on n'avait lieu de croire. Pèse bien à présent toutes tes paroles ; car ici on juge du destin d'un homme. »

« C'est ce que m'a dit Beleg, répondit-elle, et c'est seulement pour cette raison que j'ai osé venir ici, afin que Túrin ne soit pas méjugé. Il est vaillant, mais il est miséricordieux. Ils se sont battus, seigneur, ces deux-là, jusqu'à ce que Túrin ait enlevé à Saeros son écu et son épée ; mais il l'a épargné. C'est pourquoi je ne crois pas qu'il ait voulu sa mort au bout du compte. Si Saeros a connu la honte, c'est une honte qu'il avait méritée. »

« C'est à moi qu'il appartient de juger, dit Thingol. Mais ce que tu as dit pèsera sur mon arrêt. » Et il questionna Nellas de près ; et à la fin, il se tourna vers Mablung, disant : « Il est étrange que Túrin ne t'ait rien dit de tout cela. »

« Et pourtant il n'a rien dit, dit Mablung, sinon je l'aurais rapporté. Et mes mots d'adieu à son égard auraient été tout autres. »

« Et tout autre sera désormais mon arrêt, dit Thingol. Qu'on m'écoute ! Quelque faute que l'on puisse imputer à Túrin, ici même je l'en absous, car je tiens pour prouvé qu'il a reçu offense et provocation. Et comme ce fut en effet, ainsi qu'il l'a dit, un qui siégeait en mon conseil qui lui a fait injure, il n'aura pas à venir quêter ce pardon, mais je le lui ferai parvenir, où qu'il soit ; et je le rappellerai en tout honneur dans mes palais. »

Mais lorsque l'arrêt fut rendu, soudain Nellas se mit à pleurer. « Et où pourra-t-on le trouver ? dit-elle. Il a quitté notre pays, et le monde est grand. »

« On le recherchera », dit Thingol. Puis il se leva, et Beleg emmena Nellas hors de Menegroth ; et il lui dit : « Ne pleure pas ; car si Túrin vit ou s'il court le monde, je le trouverai, même si tous les autres échouent. »

Le jour suivant, Beleg se rendit devant Thingol et Melian, et le Roi lui dit : « Donne-moi conseil, Beleg, car j'ai grand-peine. J'ai pris le fils de Húrin pour mien, et tel il demeurera jusqu'à ce que Húrin lui-même, ressurgi de l'ombre, vienne réclamer son sang. Je ne voudrais point que l'on dise que Túrin a été chassé injustement dans les solitudes sauvages, et avec joie j'accueillerais son retour ; car je l'aimais d'amour vrai. »

« Avec ta permission, seigneur, dit Beleg, et en ton nom, je vais redresser ce tort, si je le puis. Car un homme promis à une telle vie ne devrait pas se perdre dans les solitudes sauvages. Le Doriath a besoin de lui, et ce besoin ira croissant. Et je l'aime, également. »

Alors Thingol dit à Beleg : « À présent je reprends espoir en cette quête ! Pars avec mon assentiment, et si tu le trouves, protège-le et guide-le du mieux possible. Beleg Cúthalion, longtemps tu as été de première importance pour la défense du Doriath, et pour tes nombreux actes de bravoure et de prudence, tu as gagné ma gratitude. Le plus grand de tous ces actes sera pour moi de retrouver Túrin. Aucun présent que tu pourrais me demander avant de me quitter ne te sera refusé. »

« Alors je demande une épée de valeur, répondit Beleg, car les Orques viennent maintenant en trop grand nombre, et bien trop près, pour être reçus par un seul arc, et les lames en ma possession sont peu de chose face à leurs armures. »

« Fais ton choix parmi tout ce que je possède, dit Thingol, hormis ma propre épée, Aranrúth. »

Beleg choisit alors Anglachel ; et c'était une épée de grand renom, et elle avait été nommée ainsi car elle avait été forgée avec du fer tombé des cieux comme une étoile flamboyante : elle pouvait fendre en deux tout fer extrait de la terre. Une seule autre épée en Terre du Milieu lui était semblable. Cette épée n'entre pas dans le présent récit bien qu'elle ait été faite du même minerai, par le même forgeron ; et ce forgeron était Eöl l'Elfe Sombre, qui prit Aredhel, sœur de Turgon, pour femme. Il donna Anglachel en paiement à Thingol, qui la prit à contrecœur, en échange du droit de résider en Nan Elmoth ; mais l'autre épée, Anguirel, sa semblable, il la garda, jusqu'à ce que son fils Maeglin la lui vole.

Mais comme Thingol présentait la garde d'Anglachel à Beleg, Melian regarda la lame, et elle dit : « Il y a de la malveillance dans cette épée. Le cœur de son créateur y réside encore, et ce cœur était sombre. Elle n'aimera pas la main qu'elle sert ; et elle ne demeurera pas longtemps non plus en ta possession. »

« Je la brandirai cependant, tant que je le pourrai », répondit Beleg ; et, remerciant le roi, il prit l'épée et s'en alla. Il parcourut toutes les terres du Beleriand, tentant en vain de recueillir des nouvelles de Túrin, à travers maints périls ; et l'hiver s'écoula, et le printemps suivant.

# Chapitre VI

## Túrin chez les hors-la-loi

Ici le récit revient à Túrin. Se croyant lui-même un hors-la-loi que le Roi allait faire traquer, il ne retourna pas auprès de Beleg sur les marches septentrionales du Doriath, mais s'en alla vers l'ouest et, passant secrètement hors du Royaume Gardé, pénétra dans les forêts au sud du Teiglin. Là, avant les Nirnaeth, vivaient de nombreux Hommes, dans des domaines éparpillés ; ils étaient pour la plupart du peuple de Haleth mais ne se reconnaissaient pas de seigneur et vivaient de la chasse et de l'agriculture, gardant des troupeaux de porcs dans les hêtraies et cultivant dans les clairières qu'ils clôturaient pour se protéger des dangers de la forêt. Mais à présent, la plupart d'entre eux avaient péri ou fui en Brethil, et toute la région vivait dans la crainte des Orques et des hors-la-loi. Car en ces temps de malheur, des hommes sans feu ni lieu ni espérance se dévoyaient, qui avaient vu des batailles et des défaites et des campagnes ravagées ; et certains étaient des hommes que de noirs forfaits avaient relégués dans les solitudes. Ils chassaient et ramassaient ce qu'ils pouvaient pour se nourrir ; mais beaucoup se mettaient à voler et devenaient féroces lorsque la faim ou d'autres besoins impérieux les tenaillaient. En hiver, ils étaient aussi redoutables que des loups ; et ceux qui défendaient encore leurs maisons les appelaient les Gaurwaith, les Hommes-Loups. Une soixantaine d'entre eux avait formé une bande, errant dans les bois au-delà des marches occidentales du Doriath ; et on les haïssait presque autant que les Orques car, parmi eux, il y avait des proscrits au cœur endurci, qui en voulaient à tous ceux de leur propre espèce.

Le plus cruel d'entre eux était un nommé Andróg, chassé du Dor-lómin pour avoir tué une femme ; et il y en avait d'autres originaires de ce pays : le vieil Algund, l'ancien de la bande, qui avait fui lors des Nirnaeth, et Forweg, comme il se nommait lui-même, un homme aux cheveux blonds et aux yeux éclairés d'une flamme vacillante, grand et hardi, mais ayant bien failli aux coutumes des Edain et du peuple de Hador. Il savait cependant se montrer sage et généreux à l'occasion ; et c'était le capitaine de leur communauté. Leur nombre était maintenant réduit à une cinquantaine, à cause des morts entraînées par les épreuves et les rixes ; et ils étaient devenus très méfiants, et soit qu'ils fassent mouvement, soit qu'ils fassent halte, ils plaçaient des éclaireurs ou des gardes alentour. Aussi furent-ils vite au courant des allées et venues de Túrin lorsqu'il vint errer dans les parages. Ils le suivirent à la trace et l'encerclèrent, de sorte que lorsque ce dernier déboucha dans une clairière au bord d'un torrent, il se trouva soudain entouré d'hommes, l'arc bandé et l'épée nue.

Alors Túrin s'arrêta, mais ne marqua aucune peur : « Qui êtes-vous ? dit-il. Je pensais que seuls les Orques piégeaient les Hommes, mais je vois que je me suis trompé. »

« Tu maudiras peut-être ton erreur, dit Forweg, car ce sont nos terrains de chasse, et nous n'autorisons pas d'autres hommes à les parcourir. Nous prenons leur vie en gage, à moins de pouvoir en tirer rançon. »

Alors Túrin partit d'un rire farouche : « Tu n'obtiendras pas de rançon de moi, banni et hors-la-loi. Tu peux me fouiller lorsque je serai mort, mais il t'en coûtera cher de prouver que je dis vrai. Nombre d'entre vous trouveront sans doute la mort avant. »

Sa mort, cependant, semblait proche, car les flèches étaient encochées dans les cordes, attendant un mot du capitaine, et même si sous sa tunique et sa cape grises il portait une cotte de mailles forgée par les Elfes, certaines l'atteindraient bien d'un coup mortel. Et aucun de ses ennemis ne se tenait à portée d'une brusque estocade. Mais Túrin, apercevant des pierres en bordure du torrent à ses pieds, se baissa soudain, et au même instant, un des hors-la-loi, irrité par ses paroles fières, visa son visage et lâcha sa flèche ; mais celle-ci fila au-dessus de Túrin qui, se redressant d'un bond, lança une pierre avec force en direction de l'archer ; il visa juste et l'homme tomba au sol, le crâne fracassé.

« Je pourrai vous être plus utile vivant, à la place de cet homme malchanceux », dit Túrin ; et se tournant vers Forweg, il dit : « Si tu es le capitaine ici, tu ne devrais pas permettre à tes hommes de tirer sans commandement. »

« Je ne le leur permets pas, dit Forweg, mais il a été assez promptement puni. Je veux bien te prendre à sa place, si tu obéis mieux à mes ordres. »

« Je le ferai, dit Túrin, tant que tu seras capitaine, et pour tout ce que tu demanderas en tant que capitaine. Mais le choix de faire entrer un nouvel homme dans sa communauté ne lui revient pas à lui seul, je pense. Toutes les voix devraient être entendues. Est-il quelqu'un ici à qui ma venue ne sied pas ? »

Alors deux des hors-la-loi protestèrent, et l'un d'eux était l'ami de l'homme abattu. Ulrad était son nom. « Une étrange manière de s'ouvrir les rangs d'un groupe de compagnons, dit-il, en tuant l'un des meilleurs d'entre eux ! »

« Non sans provocation, dit Túrin. Mais approchez ! Je me mesurerai contre vous deux à la fois, soit avec des armes, soit à mains nues. Et vous verrez alors si je suis digne de remplacer l'un de vos meilleurs hommes. Mais s'il doit y avoir des arcs dans ce combat, il m'en faut un aussi. » Et il se dirigea vers eux ; mais Ulrad se retira et ne voulut pas combattre. L'autre jeta son arc à terre et s'avança vers Túrin. Cet homme était Andróg du Dor-lómin. Il s'arrêta devant Túrin et le considéra des pieds à la tête.

« Non, dit-il enfin en secouant la tête. Je ne suis pas un peureux, comme le savent les hommes ; mais tu es trop fort pour moi. Personne ici ne peut te défier, m'est avis. Tu peux te joindre à nous, en ce qui me concerne. Mais tes yeux ont un singulier éclat ; tu es un homme dangereux. Quel est ton nom ? »

« Neithan, le Dépossédé, je me nomme », dit Túrin, et de ce jour les proscrits l'appelèrent Neithan ; il leur dit qu'il avait souffert d'injustices (et à quiconque prétendait au même, il prêtait une oreille bien trop complaisante), mais il ne voulut rien révéler de plus, touchant sa vie ou sa maison. Et cependant ils voyaient à l'évidence qu'il était déchu d'une haute condition, et même si pour tout bien il ne possédait que ses armes, celles-ci étaient faites des mains des Elfes forgerons. Bientôt il gagna leur considération car il était fort et vaillant, et plus habile qu'eux dans les arts forestiers, et ils lui faisaient confiance, car il n'était pas cupide, et ne pensait guère à lui-même ; mais ils le craignaient pour ses brusques colères, auxquelles ils ne comprenaient pas grand-chose.

En Doriath, Túrin ne pouvait ou, par orgueil, ne voulait retourner ; et depuis la chute de Felagund, personne ne trouvait admission à Nargothrond. Aux petites gens de Haleth, dans la Forêt de Brethil, il ne daignait se mêler ; et en Dor-lómin, il n'osait se rendre car le Dor-lómin était assiégé de toutes parts, et un homme seul, à cette époque, ne pouvait espérer, pensait-il, franchir les passes des Montagnes de l'Ombre. Ainsi Túrin partagea-t-il la vie des hors-la-loi, car la compagnie d'hommes, quels qu'ils soient, rendait moins dures à supporter les rigueurs de la vie sauvage ; et parce qu'il souhaitait vivre et ne pouvait pas être toujours en guerre avec ses compagnons, il ne chercha guère à refréner leurs actes criminels. Ainsi s'accoutuma-t-il bientôt à une vie mauvaise et souvent cruelle, et cependant, par moments, la pitié et le dégoût l'envahissaient, et il devenait dangereux dans sa colère. Ainsi Túrin passa-t-il l'année, selon un mode de vie mauvais et périlleux, et il traversa l'hiver sans connaître le dénuement et la faim, jusqu'à ce que les premiers frémissements du printemps se fassent sentir, annonçant la belle saison.

Or on a vu que dans les bois du Teiglin, il y avait encore quelques domaines habités par des Hommes, courageux et prudents, bien que peu nombreux désormais. Ils n'aimaient pas du tout les Gaurwaith, et n'éprouvaient guère de pitié à leur égard ; toutefois, au plus fort de l'hiver, ils déposaient la nourriture dont ils pouvaient se passer là où les Hommes-Loups la pouvaient trouver ; ainsi espéraient-ils se prémunir contre les attaques de leurs hordes affamées. Mais ils recevaient moins de gratitude des proscrits que des bêtes et des oiseaux, et leur salut, ils le devaient plutôt à leurs chiens et à leurs palissades. Car les terres mises en culture autour de chaque domaine étaient clôturées, et la maison était entourée d'un fossé et fortifiée d'une enceinte ; et des chemins menaient d'une maison à l'autre, et au besoin les Hommes pouvaient appeler au secours en sonnant du cor.

Lorsque le printemps battait son plein, il y avait danger cependant, pour les Gaurwaith, à s'attarder si près des maisons des Forestiers, qui pouvaient se rassembler et leur courir sus ; et Túrin se demandait pourquoi Forweg ne les conduisait pas ailleurs. Car il y avait plus de nourriture et de gibier, et moins de danger, au sud, en ces solitudes où les Hommes ne s'aventuraient pas. Puis un jour, Túrin constata l'absence de Forweg et celle aussi d'Andróg, son ami ; et il demanda où ils étaient, mais ses compagnons ne firent que rire.

« À leurs affaires, sans doute, dit Ulrad. Ils reviendront sous peu, et nous lèverons le camp. Et peut-être en toute hâte, car nous aurons de la chance s'ils n'amènent pas à leurs trousses toutes les abeilles de la ruche. »

Le soleil brillait et les jeunes pousses verdoyaient, et Túrin souffrait du sordide campement des hors-la-loi, et il s'en alla errer seul assez loin sous la ramée. Malgré lui, il se remémora le Royaume Caché, et il lui sembla entendre les noms des fleurs du Doriath comme les échos d'une très ancienne langue quasiment oubliée. Mais soudain il perçut des cris, et d'un buisson de coudriers une jeune femme émergea précipitamment ; ses vêtements étaient déchirés par les épines, et elle avait grand-peur, et trébuchant, elle tomba haletante à terre. Alors Túrin, se ruant vers le bosquet l'épée nue, abattit un homme qui jaillissait du fourré à la poursuite de la jeune femme ; et c'est seulement en frappant qu'il reconnut Forweg.

Mais comme il se tenait là regardant avec stupeur le sang sur l'herbe, Andróg surgit, et s'immobilisa, également stupéfait. « Du mauvais travail, Neithan ! » cria-t-il, et il tira son épée ; mais l'humeur de Túrin se figea, et il dit à Andróg :

« Où sont donc les Orques ? Les avez-vous gagnés de vitesse pour lui porter secours ? »

« Les Orques ? dit Andróg. Fou que tu es ! Et tu te prétends un hors-la-loi. Les hors-la-loi n'ont de loi que leurs besoins. Occupe-toi des tiens, Neithan, et laisse-nous aux nôtres. »

« Ainsi ferai-je, dit Túrin. Mais aujourd'hui nos chemins se sont croisés. Tu laisseras la femme avec moi, ou tu iras rejoindre Forweg. »

Andróg se mit à rire : « Si c'est comme ça, fais ce que tu veux, dit-il, je n'ai pas l'intention de me mesurer seul à seul avec toi ; mais les nôtres trouveront peut-être à redire à ce meurtre. »

Alors la femme se releva et posa sa main sur le bras de Túrin. Elle regarda le sang, et elle regarda Túrin, et son regard brillait de plaisir : « Tue-le, seigneur ! dit-elle. Tue-le, lui aussi ! Et viens ensuite avec moi. Si tu apportes leurs têtes, cela ne déplaira pas à Larnach, mon père. Pour deux "têtes-de-loups" il a déjà offert bonne compensation à des hommes. »

Mais Túrin dit à Andróg : « Y a-t-il loin jusque chez elle ? »

« Environ une lieue, répondit Andróg. C'est là-bas, dans un domaine enclos. Elle s'était égarée au-dehors. »

« Va-t'en vite, dit Túrin, se tournant vers la jeune femme. Et dis à ton père de te mieux surveiller. Mais je ne trancherai pas la tête de mes compagnons pour gagner ses faveurs, ni rien d'autre. »

Et il remit l'épée au fourreau. « Viens ! dit-il à Andróg. Nous rentrons. Mais si tu souhaites enterrer ton capitaine, tu dois t'en charger toi-même. Et fais vite, car on va nous courir sus. Et rapporte ses armes ! »

La jeune femme s'en alla par les bois, et elle se retourna plusieurs fois avant d'être cachée par les arbres. Puis Túrin s'en alla de son côté sans un mot de plus, et Andróg le regarda partir, le sourcil froncé, comme qui cherche le mot de l'énigme.

Lorsque Túrin revint au camp des hors-la-loi, il les trouva nerveux et inquiets, car ils avaient séjourné trop longtemps au même endroit, aux abords d'habitations bien gardées, et ils s'indignaient contre Forweg : « Il nous fait courir des risques, disaient-ils, et d'autres pourraient avoir à payer pour ses plaisirs. »

« Alors choisissez-vous un nouveau capitaine ! dit Túrin, se tenant devant eux. Forweg ne peut plus vous commander ; car il est mort. »

« Comment le sais-tu ? demanda Ulrad. Est-ce que tu es allé voler du miel à la même ruche que lui ? Et les abeilles l'ont-elles piqué ? »

« Non, dit Túrin. Un dard a suffi. Je l'ai tué. Mais j'ai épargné Andróg, et il sera bientôt de retour. » Alors il leur raconta tout ce qui avait eu lieu, leur reprochant de vivre de cette manière ; et tandis qu'il parlait, Andróg revint portant les armes de Forweg. « Tu vois, Neithan ! cria-t-il. L'alerte n'a pas été donnée. Peut-être espère-t-elle te rencontrer de nouveau. »

« Si tu te moques de moi, dit Túrin, je regretterai de lui avoir refusé ta tête. Maintenant dis ton histoire, et sois bref. »

Alors Andróg raconta sans détours tout ce qui s'était passé.

« Qu'allait faire Neithan par là, dit-il, je me le demande. Mais pas la même chose que nous, semble-t-il. Car lorsque je me suis approché, il avait déjà tué Forweg. Cela plut bien à la femme, et elle offrit de le suivre, demandant nos têtes comme présent de noces. Mais il ne voulut pas d'elle, et il l'a renvoyée chez elle ; de sorte que ce pour quoi il en avait après le capitaine, je ne le peux deviner. Il m'a laissé ma tête sur mes épaules, ce pour quoi je lui suis reconnaissant, bien que fort perplexe. »

« Alors je te dénie la prétention d'appartenir au Peuple de Hador, dit Túrin. Tu appartiens plutôt à Uldor le Maudit, et devrais aller prendre du service à Angband. Mais écoutez-moi maintenant ! lança-t-il à la ronde. Voici le choix que je vous donne. Vous devez me prendre pour capitaine à la place de Forweg, ou me laisser partir. Ou bien je gouvernerai cette communauté, ou bien je m'en irai. Mais si vous voulez me tuer, en garde ! Je vous combattrai tous jusqu'à la mort – la mienne ou la vôtre. »

Là-dessus, plusieurs d'entre eux coururent aux armes, mais Andróg s'interposa : « Non ! La tête qu'il a épargnée n'est pas privée de cervelle. Si nous nous battons, plus d'un mourra inutilement, avant que nous ne tuions le meilleur d'entre nous. » Et il se mit à rire : « Tout comme cela fut lorsqu'il s'est joint à nous, eh bien, il en va de même aujourd'hui. Il tue pour faire de la place. Et si nous nous en sommes trouvés bien alors, il en sera de même aujourd'hui ; et peut-être nous conduira-t-il à une meilleure fortune que de rôder autour des tas de fumier de nos voisins. »

Et le vieil Algund dit : « Le meilleur d'entre nous. Il fut un temps où nous aurions agi pareillement, si nous avions osé ; mais nous avons oublié beaucoup de choses. Peut-être qu'à la fin, il nous ramènera chez nous. »

Et la pensée vint à Túrin que de cette petite bande, il pourrait se forger une libre seigneurie tout à lui. Mais il regarda Algund et Andróg, et il dit : « Chez nous, dites-vous ? Mais devant nous se dressent les Montagnes de l'Ombre, hautes et froides. Et derrière se tient le peuple d'Uldor, et alentour les légions d'Angband. Si de telles choses ne rebutent pas l'ardeur de sept fois sept hommes, alors je peux vous ramener au pays. Mais jusqu'où, avant que la mort ne gagne sur nous ? »

Ils demeurèrent tous silencieux. Et Túrin parla de nouveau : « Me prenez-vous pour votre capitaine ? Si oui, je vous conduirai d'abord dans les solitudes sauvages, loin des maisons des Hommes. Là, il se peut que nous trouvions un sort plus clément, ou non ; mais au moins nous ne nous attirerons plus la haine de nos propres frères ! »

Alors, tous ceux qui étaient du Peuple de Hador se rassemblèrent autour de lui et le prirent pour capitaine ; et les autres, bien que de moins bonne grâce, l'acceptèrent. Et immédiatement, il les conduisit hors du pays.

Thingol avait envoyé de nombreux messagers à la recherche de Túrin, en Doriath même et sur les terres des confins ; mais durant toute l'année de sa fuite, ils le cherchèrent en vain, car personne ne savait, ou ne pouvait deviner, qu'il était avec les hors-la-loi et les ennemis des Hommes. Lorsque vint l'hiver, ils retournèrent auprès du Roi, tous sauf Beleg. Ainsi, lorsque les autres furent rentrés, il poursuivit sa quête seul.

Mais en Dimbar et le long des marches septentrionales du Doriath, la situation s'était aggravée. On ne voyait plus guerroyer le Heaume du Dragon, et l'Arc de Fer manquait lui aussi ; et les serviteurs de Morgoth avaient repris courage et croissaient toujours en nombre et en audace. L'hiver vint et passa, et avec le printemps leur assaut reprit : ils envahirent le Dimbar et les Hommes de Brethil avaient peur, car le Mal rôdait maintenant le long de toutes leurs frontières, sauf au sud.

Il y avait près d'un an à présent que Túrin s'était enfui, et Beleg le cherchait encore, mais son espoir allait s'amenuisant. Il poussa son errance vers le nord jusqu'aux Gués du Teiglin, mais là les mauvaises nouvelles lui firent rebrousser chemin, car les Orques, sortis de Taur-nu-Fuin, ravageaient de nouveau le pays. Et c'est ainsi qu'il tomba par hasard sur les demeures des Forestiers, peu après que Túrin eut quitté la région. Là, il entendit l'étrange histoire qui circulait parmi eux. Un Homme de haute taille et de noble allure, d'après certains un guerrier elfe, s'était précipité hors d'un taillis pour porter secours à la fille de Larnach, et avait tué le Gaurwaith qui la poursuivait. « Très fier était-il, dit la fille de Larnach à Beleg, avec des yeux brillants qui ont à peine daigné me regarder. Et cependant, il nommait les Hommes-Loups ses compagnons, et se refusa à en tuer un autre qui se tenait là, et qui savait son nom : Neithan, l'appelait-il. »

« Peux-tu déchiffrer cette énigme ? » demanda Larnach à l'Elfe.

« Je le puis, hélas ! dit Beleg. L'Homme dont vous parlez est bien celui que je cherche. » Il n'en dit pas plus sur Túrin aux Forestiers ; mais il les mit en garde contre d'inquiétants mouvements de troupes, vers le nord. « Sous peu, les Orques vont dévaler en force pour piller le pays, et ils seront trop nombreux pour que vous puissiez résister, dit-il. Voici venue l'année où il vous faudra sacrifier enfin votre liberté ou votre vie. Allez-vous-en vite en Brethil tant qu'il est encore temps ! »

Alors Beleg reprit son chemin en toute hâte, et chercha les repaires des hors-la-loi, et les signes qui pouvaient montrer par où ils étaient passés. Il les trouva bientôt, mais Túrin avait plusieurs journées d'avance, et il se déplaçait rapidement, craignant d'être poursuivi par les Forestiers, et il usait de tous les artifices qu'il connaissait pour dérouter ou égarer quiconque essayait de le suivre. Il conduisit ses hommes vers l'ouest, loin des Forestiers et des confins du Doriath, jusqu'à la limite septentrionale des grands plateaux qui s'élevaient entre le Val du Sirion et celui du Narog. Là, la terre était plus aride, et la forêt s'arrêtait brutalement au bord d'une corniche. En contrebas, on pouvait voir l'ancienne Route du Sud, qui grimpait des Gués du Teiglin pour aller vers Nargothrond, en passant au pied des landes, à l'ouest. Les hors-la-loi demeurèrent en ce lieu pendant un moment, évitant avec prudence de rester deux nuits au même endroit et laissant pareillement peu de traces de leurs passages. Et il advint ainsi que même Beleg les traqua en vain. Conduit par des signes qu'il pouvait déchiffrer, ou par la rumeur du passage d'Hommes parmi les créatures sauvages avec qui il avait communication, il s'approcha souvent d'eux, mais toujours leur repaire était vide lorsqu'il y parvenait ; car ils montaient la garde jour et nuit, et dès qu'ils soupçonnaient une présence, ils levaient le camp en toute hâte, et disparaissaient. « Hélas ! se lamenta-t-il. J'ai trop bien appris à cet enfant des Hommes les secrets des bois et des champs ! On croirait presque être face à une bande d'Elfes ! » Mais pour leur part, ils finirent par se rendre compte qu'ils étaient traqués par un poursuivant infatigable, qu'ils ne pouvaient apercevoir et dont cependant ils ne pouvaient se débarrasser ; et leur inquiétude grandit.

Peu de temps après, comme Beleg l'avait redouté, les Orques franchirent le Brithiach, et repoussés par Handir de Brethil avec toutes les forces qu'il pouvait rassembler, ils franchirent au sud les Gués du Teiglin, en expédition de pillage. Beaucoup parmi les Forestiers avaient suivi les conseils de Beleg, et envoyé leurs femmes et leurs enfants quêter refuge en Brethil. Ceux-là et ceux qui leur faisaient escorte eurent la vie sauve, car ils passèrent les Gués à temps ; mais les hommes en armes qui protégeaient leur retraite se heurtèrent aux Orques, et ils furent battus. Quelques-uns se frayèrent un chemin les armes à la main jusqu'en Brethil, mais beaucoup furent tués ou faits prisonniers ; et les Orques envahirent les habitations et les mirent à sac et les brûlèrent. Puis ils rebroussèrent chemin sur l'heure, filant vers l'ouest, cherchant à rejoindre la Route, car ils voulaient revenir le plus vite possible au nord avec leur butin et leurs captifs.

Mais les éclaireurs des hors-la-loi eurent tôt fait de les repérer ; et s'ils ne tenaient pas aux prisonniers, en revanche le butin des Forestiers leur paraissait bon à prendre. Túrin jugeait qu'il y avait danger pour eux à se révéler aux Orques, jusqu'à ce qu'ils sachent l'importance des forces à affronter ; mais les hors-la-loi ne voulurent pas l'écouter, car bien des choses leur faisaient défaut dans les solitudes, et certains regrettaient déjà d'avoir pris Túrin pour chef. C'est pourquoi, avec un certain Orleg pour seul compagnon, Túrin partit espionner les Orques ; et laissant le commandement de la bande à Andróg, il chargea ce dernier de rester sur place et bien caché durant leur absence.

Or l'armée des Orques était à présent beaucoup plus importante que la bande des proscrits, mais elle parcourait des terres où les Orques avaient rarement osé s'aventurer, et ils savaient aussi qu'au-delà de la Route s'étendait la Talath Dirnen, la Plaine Gardée, que surveillaient les guetteurs et les espions de Nargothrond ; et pressentant le danger, ils avançaient précautionneusement, et leurs éclaireurs se glissaient d'arbre en arbre, flanquant leurs lignes de marche. Et c'est ainsi que furent surpris Túrin et Orleg, sur qui trois éclaireurs orques vinrent buter alors que les deux compagnons se tenaient tapis ; et alors que ces derniers en tuèrent deux, le troisième s'échappa et donna l'alerte, criant dans sa course : *Golug ! Golug !* Nom que les Orques donnaient aux Noldor. Et soudain la forêt fut pleine d'Orques s'égaillant de tous côtés silencieusement, et fouillant partout. Alors Túrin, voyant qu'ils avaient peu de chances d'en réchapper, chercha au moins à égarer ses poursuivants et à les conduire loin du repaire de ses hommes ; et comprenant par le cri de *Golug !* qu'ils redoutaient les espions de Nargothrond, il prit la fuite avec Orleg vers l'ouest. Mais ils étaient suivis de près, et malgré leurs tours et détours, ils furent bientôt conduits hors de la forêt et repérés ; et comme ils tentaient de traverser la Route, Orleg fut abattu par une volée de flèches. Túrin dut la vie sauve à sa cotte de mailles, forgée par les Elfes, et il s'échappa seul dans les solitudes sauvages au loin ; et grâce à sa promptitude et à sa ruse, il éluda ses ennemis, et poursuivit sa course jusqu'à des terres inconnues de lui. Alors les Orques, craignant que l'alerte soit donnée chez les Elfes de Nargothrond, tuèrent leurs prisonniers et déguerpirent vers le nord.

Or trois jours s'étaient écoulés, et Túrin et Orleg ne revenaient point, et parmi les hors-la-loi, il y en avait qui souhaitaient quitter les grottes où ils étaient restés tapis ; mais Andróg s'y opposa. Et tandis qu'ils débattaient la chose, une silhouette grise se dressa soudain devant eux. Beleg les avait enfin trouvés. Il s'avança désarmé, tenant les paumes de ses mains ouvertes vers eux ; mais ils sursautèrent d'effroi, et Andróg, se faufilant derrière le visiteur, lui passa une corde par-dessus la tête, de manière à lui maintenir les bras.

« Si vous ne voulez pas d'invités, il vous faut faire meilleure garde, dit Beleg. Pourquoi m'accueillir de la sorte ? Je viens en ami, et je cherche seulement un ami, celui que vous appelez Neithan, il me semble. »

« Il n'est pas ici, dit Ulrad. Mais à moins que tu ne nous espionnes depuis longtemps, comment sais-tu ce nom ? »

« Depuis longtemps, il est là à nous espionner, dit Andróg. C'est lui, l'ombre qui nous a pourchassés. À présent, nous saurons peut-être son véritable dessein. » Et il leur ordonna d'attacher Beleg à un arbre près de la grotte ; et lorsqu'il eut pieds et poings liés, ils le questionnèrent. Mais à toutes leurs questions, Beleg ne donnait qu'une seule réponse : « J'ai été l'ami de ce Neithan depuis le moment où je l'ai trouvé dans les bois, et il n'était alors qu'un enfant. Je ne le cherche que pour son bien, et pour lui apporter de bonnes nouvelles. »

« Tuons-le, et débarrassons-nous de son espionnage », dit Andróg en colère ; et il regardait le grand arc de Beleg avec convoitise, car c'était un archer. Mais d'autres moins durs de cœur parlèrent contre lui, et Algund lui dit : « Le capitaine peut encore revenir ; et il t'en cuira s'il apprend qu'il a été dépouillé et d'un ami et d'heureuses nouvelles. »

« Je n'ajoute pas foi au récit de cet Elfe, dit Andróg. C'est un espion du Roi du Doriath. Mais s'il a en effet des nouvelles, qu'il nous les dise à nous, et nous jugerons si elles justifient que nous lui laissions la vie sauve. »

« J'attendrai ton capitaine », dit Beleg.

« Alors tu resteras là jusqu'à ce que tu parles », dit Andróg.

Et à l'instigation d'Andróg, ils laissèrent Beleg attaché à l'arbre sans nourriture et sans eau, et ils s'assirent à proximité et se mirent à manger et à boire ; mais il ne leur adressa plus la parole. Après deux jours et deux nuits passés ainsi, la colère les prit et l'angoisse, et ils eurent hâte soudain de partir ; et ils furent d'avis, pour la plupart, de tuer l'Elfe. Comme la nuit montait, ils s'assemblèrent autour de lui, et Ulrad approcha un tison tiré du feu de brindilles qu'ils avaient allumé à l'entrée de la caverne. Mais à cet instant surgit Túrin. S'approchant silencieusement, comme à l'accoutumée, il s'était trouvé dans l'ombre, au-delà du cercle des hommes, et il avait aperçu le visage hagard de Beleg à la lueur du tison.

Et il fut comme transpercé de part en part, et en une subite débâcle, les larmes trop longtemps retenues lui emplirent les yeux. Il bondit et courut à l'arbre. « Beleg ! Beleg ! cria-t-il. Toi ici ! Et pourquoi ligoté ainsi ? » À l'instant il coupa les liens de son ami, et Beleg tomba en avant dans ses bras.

Lorsque Túrin eut écouté tout ce que les hommes avaient à dire, il fut en grande colère et tristesse ; mais au début, il n'eut souci que de Beleg. En le soignant avec tout l'art de guérir dont il disposait, il songea à sa vie dans les bois, et sa colère se tourna contre lui-même. Car souvent des étrangers avaient été tués, qui s'étaient aventurés près des repaires des hors-la-loi, ou étaient tombés dans leurs rets, et il avait laissé faire ; et souvent il avait lui-même médit du Roi Thingol et des Elfes-Gris, de sorte que s'ils étaient traités en ennemis, il pouvait bien s'en prendre à lui-même. Alors il se tourna avec amertume vers ses hommes. « Vous avez été cruels, dit-il, et cruels sans raison. Jamais jusqu'à aujourd'hui, nous n'avons torturé un prisonnier ; mais à mener la vie que nous menons, on en vient à faire œuvre d'Orque. Sans loi et sans fruit ont été toutes nos entreprises, utiles à nous seuls, et nourrissant la haine dans nos cœurs. »

Mais Andróg protesta : « Et qui donc servirions-nous, sinon nous-mêmes ? Qui aimer, lorsque tous nous haïssent ? »

« Mes mains, du moins, jamais plus ne se lèveront à l'encontre des Elfes et des Hommes, dit Túrin. Angband a des serviteurs en suffisance. Si d'autres ne prononcent pas ce vœu avec moi, je m'en irai seul. »

Alors Beleg ouvrit les yeux et souleva la tête : « Non pas seul ! dit-il. À présent, je peux enfin annoncer les nouvelles que j'apporte ! Tu n'es plus proscrit, et Neithan est un nom qui ne te convient pas. Les fautes qui te furent imputées t'ont été pardonnées. Une année entière, on t'a cherché pour te ramener dans l'honneur et au service du Roi. Depuis bien trop longtemps, on ne voit plus le Heaume du Dragon. »

Mais Túrin ne manifesta aucune joie à ces nouvelles, et il demeura longtemps assis en silence ; car aux paroles de Beleg, une ombre l'avait de nouveau envahi. « Laissons passer la nuit sur tout cela, dit-il enfin. Et puis je déciderai. Quoi qu'il en soit, nous devons quitter ce repaire demain ; car bien des gens nous cherchent, et ils ne nous veulent pas tous du bien. »

« Que non », dit Andróg, et il jeta un regard mauvais à Beleg.

Au matin, Beleg se trouva rapidement guéri de ses blessures, comme en avaient pouvoir les Elfes des temps anciens, et il prit Túrin à part.

« Je m'attendais à ce que les nouvelles que j'apporte soient accueillies avec plus de joie, dit-il. Tu vas revenir en Doriath à présent, n'est-ce pas ? » Et il supplia Túrin de le faire, avec tous les arguments qu'il pouvait trouver ; mais plus il insistait, plus Túrin hésitait. Néanmoins, il questionna Beleg étroitement à propos du jugement de Thingol. Alors Beleg lui dit tout ce qu'il savait, et à la fin Túrin dit : « Alors Mablung s'est révélé mon ami, comme il m'avait bien paru l'être jadis ? »

« L'ami de la vérité plutôt, dit Beleg, et c'était mieux en fin de compte ; mais le jugement n'aurait pas été aussi juste sans le témoignage de Nellas. Mais pourquoi donc, Túrin, n'as-tu pas parlé à Mablung de l'attaque de Saeros ? Toutes choses auraient pu être bien différentes. Et, dit-il en jetant un regard sur les hommes affalés à l'entrée de la caverne, tu porterais toujours bien haut ton heaume, et tu n'en serais pas venu à cette déchéance. »

« Cela se peut, si tu vois là déchéance, dit Túrin. Cela se peut. Mais il en a été autrement, et les mots me sont restés dans la gorge. Il y avait un reproche dans les yeux de Mablung, sans qu'on ne me pose aucune question, au sujet d'un forfait que je n'avais pas commis. Mon cœur d'Homme est fier, comme a dit le Roi elfe. Et il l'est resté, Beleg Cúthalion. Et il ne m'autorise pas encore à retourner à Menegroth et à supporter les regards de pitié et de pardon, comme ceux que l'on accorde à un jeune garçon dissipé qui s'est amendé. C'est à moi d'accorder un pardon, non pas d'en recevoir. Et je ne suis plus un enfant, mais un homme, au regard de mon peuple ; et, de par mon destin, un homme rude. »

Beleg alors se troubla : « Et que vas-tu donc faire ? » demanda-t-il.

« Je vais courir ma libre chance, dit Túrin, ainsi que me l'a souhaité Mablung à mon départ. Je doute que la grâce de Thingol s'étende jusqu'à recevoir en ses palais ces compagnons de ma déchéance ; mais je ne vais pas me séparer d'eux à présent, s'ils ne souhaitent pas se séparer de moi. Je les aime à ma façon, même les pires d'entre eux, un peu. Ils sont de mon espèce, et il y a en chacun d'eux une parcelle de bien qui pourrait fructifier. Je crois qu'ils me demeureront fidèles. »

« Tu vois les choses avec d'autres yeux que les miens, dit Beleg. Si tu essayes de les sevrer du mal, ils te trahiront. Ils m'inspirent méfiance, et l'un d'eux tout particulièrement. »

« Comment un Elfe pourrait-il juger des Hommes ? » dit Túrin.

« Comme il juge de toute action, quel qu'en soit l'auteur », répondit Beleg, mais il ne poursuivit pas, et il ne dit rien de la vilenie d'Andróg, le principal responsable des mauvais traitements qu'il avait subis ; car, percevant l'humeur de Túrin, il craignit de n'être pas cru et de porter ombrage à leur ancienne amitié, et de renvoyer ainsi Túrin à ses mauvais penchants.

« Ta libre chance, dis-tu, Túrin, mon ami, rétorqua-t-il. Que veux-tu dire ? »

« Je veux commander mes propres hommes, et faire la guerre à ma manière, répondit Túrin. Mais sur un point, au moins, mon cœur a changé : je me repens de tous les coups donnés, sauf de ceux infligés à l'Ennemi des Hommes et des Elfes. Et plus que tout, je souhaiterais te garder auprès de moi. Reste avec moi ! »

« Si je restais près de toi, ce serait obéir à l'amour, et non à la sagesse, dit Beleg. Mon cœur m'avertit qu'il nous faut retourner en Doriath. Ailleurs, une ombre plane sur nous. »

« Et cependant je n'irai pas », dit Túrin.

« Hélas ! s'exclama Beleg. Toutefois, tel un père aimant qui accorde à son fils ce qu'il désire contre son propre pressentiment, je m'incline devant ta volonté. À ta demande, je veux bien rester. »

« Voilà qui est bien parler ! » répondit Túrin. Puis il se plongea aussitôt dans le silence, comme si lui-même percevait la présence de l'ombre et luttait avec son orgueil, qui lui interdisait de s'en retourner. Il resta assis un long moment, à songer sombrement aux années passées.

Mais émergeant soudain de ses pensées, il regarda Beleg et lui dit : « La jeune Elfe que tu as nommée, de je ne sais plus quel nom : je lui dois beaucoup pour son témoignage opportun ; et pourtant je ne puis me souvenir d'elle. Pourquoi veillait-elle sur mes allées et venues ? » Alors Beleg le considéra étrangement : « Pourquoi, en effet ? dit-il. Túrin, as-tu toujours vécu avec ton cœur et la moitié de ton esprit au loin ? Tu te promenais avec Nellas dans les bois lorsque tu étais encore enfant. »

« C'était sans doute il y a bien longtemps, dit Túrin. Ou du moins est-ce ainsi qu'aujourd'hui m'apparaît mon enfance, et un brouillard recouvre tout – hors le souvenir de la maison de mon père en Dor-lómin. Mais comment se fait-il que je me sois promené avec une jeune Elfe ? »

« Peut-être pour apprendre ce qu'elle pouvait t'enseigner, dit Beleg, ne serait-ce que quelques-uns des mots elfiques pour les noms de fleurs des bois. Ces noms-là, du moins, tu ne les as pas oubliés. Hélas, enfant des Hommes ! Il y a bien d'autres chagrins en cette Terre du Milieu que les tiens, et des blessures que nulle arme n'a infligées. Et vraiment, je commence à penser que les Elfes et les Hommes ne devraient pas se rencontrer ni se fréquenter. »

Túrin ne répondit pas, mais il scruta longtemps le visage de Beleg, comme s'il voulait y lire l'énigme de ses paroles. Nellas du Doriath jamais ne le revit, et d'elle à jamais, son ombre s'éloigna. Alors Beleg et Túrin se tournèrent vers d'autres questions, se demandant en quel endroit résider.

« Retournons en Dimbar, sur les marches septentrionales, que nous avons autrefois parcourues ensemble ! dit Beleg avec empressement. On a besoin de nous là-bas. Car les Orques ont depuis peu trouvé une voie pour quitter Taur-nu-Fuin, se frayant ainsi une route pour franchir la Passe d'Anach. »

« Je n'en ai pas souvenir », répondit Túrin.

« Non, car nous ne nous sommes jamais à ce point éloignés des frontières, dit Beleg. Mais tu as pu voir les pics du Crissaegrim au loin, et les sombres parois des Gorgoroth, à l'est. La Passe d'Anach se trouve entre les deux, au-dessus des torrents du Mindeb. C'est une voie dangereuse et rude, et pourtant nombreux sont ceux qui l'empruntent désormais ; et le Dimbar, qui naguère était en paix, tombe peu à peu sous la domination de la Main Sombre, et les Hommes de Brethil sont inquiets. Allons en Dimbar, je t'y engage ! »

« Non, je ne veux pas revenir en arrière, dit Túrin. Et à présent je ne puis non plus aller en Dimbar sans difficultés. Le Sirion fait obstacle, sans un pont ni un gué en aval de celui du Brithiach, tout au nord ; il y a grand péril à le traverser. Excepté en Doriath. Mais je ne veux pas aller en Doriath en usant de la permission de Thingol et de son pardon. »

« Tu t'es dit un homme rude, Túrin. Rude tu es en effet, au sens d'obstiné. Maintenant, à mon tour de l'être. Je vais partir, si tu me le permets, dès que possible, et je te fais mes adieux. Si tu souhaites vraiment avoir l'Arc de Fer à tes côtés, viens me chercher en Dimbar. » Túrin ne dit mot sur le moment.

Le lendemain, Beleg se mit en route, et Túrin l'accompagna à une portée d'arc du camp, mais sans rien dire. « Sont-ce donc là des adieux, fils de Húrin ? » demanda Beleg.

« S'il est vrai que tu souhaites tenir parole et rester à mes côtés, répondit Túrin, alors viens me chercher sur Amon Rûdh ! » Ainsi parla-t-il, car il était ensorcelé et ignorant de ce qui l'attendait et qu'il ne pouvait empêcher. « Sinon, c'est bien là notre dernier adieu. »

« Cela vaut peut-être mieux comme cela », répondit Beleg, et il partit de son côté.

On raconte que Beleg retourna à Menegroth, et se présenta devant Thingol et Melian pour leur raconter tout ce qui s'était produit, en passant sous silence les mauvais traitements que les compagnons de Túrin lui avaient fait subir. Alors Thingol soupira, et il dit : « J'ai repris le rôle de père pour le fils de Húrin, et ni l'amour ni la haine ne peuvent m'en décharger, à moins que Húrin le Vaillant ne revienne en personne. Que pourrait-il attendre de plus de ma part ? »

Mais Melian dit : « Tu vas recevoir à présent un cadeau de mes mains, Cúthalion, pour ton aide, et pour ton sens de l'honneur, car je n'en ai pas de plus précieux à te donner. »

Et elle lui remit une provision de *lembas*, le pain de route des Elfes, enveloppée dans des feuilles d'argent ; et les nœuds des ficelles qui les attachaient étaient scellés du sceau de la Reine, cachet de cire blanche en forme d'une fleur unique de Telperion. Car selon les coutumes des Eldaliё, il revenait à la Reine seule de conserver et d'offrir cette nourriture. « Ce pain de route, Beleg, dit-elle, t'aidera dans les terres sauvages et pendant l'hiver, comme il aidera ceux que tu choisiras. Car je te charge maintenant de le distribuer selon ta volonté, en mon nom. » Melian ne fit jamais de plus grande faveur à Túrin que par ce cadeau ; car les Eldar n'avaient jusqu'alors jamais permis aux Hommes de consommer ce pain de route, et ne le firent que rarement par la suite.

Puis Beleg quitta Menegroth et retourna sur les marches septentrionales, où il résidait, avec de nombreux amis ; mais lorsque vint l'hiver et que les combats cessèrent, il quitta brutalement ses compagnons, pour ne plus les revoir.

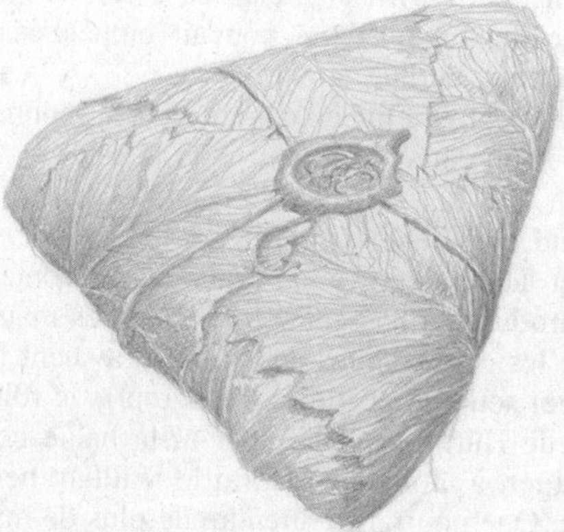

## Chapitre VII

## Où l'on rencontre Mîm le Nain

Ici le récit se tourne vers Mîm le Petit-Nain. Les Petits-Nains sont depuis longtemps sortis des mémoires, car Mîm était le dernier d'entre eux. On ne savait pas grand-chose sur eux, même au temps jadis. Les Elfes du Beleriand les appelaient autrefois les Nibin-nogrim, mais ils ne les aimaient point ; et les Petits-Nains n'aimaient qu'eux-mêmes. S'ils haïssaient et craignaient les Orques, ils ne haïssaient pas moins les Eldar, et tout particulièrement les Exilés ; car les Noldor, disaient-ils, avaient volé leurs terres et leurs maisons. Ce sont les Petits-Nains qui les premiers ont découvert Nargothrond et entrepris d'y creuser, bien avant que Finrod Felagund n'y parvienne après avoir traversé la Mer.

Ils descendaient, selon certains, des Nains qui avaient jadis été bannis des cités naines de l'Est. Bien avant le retour de Morgoth, ils avaient sillonné vers l'ouest. Sans chef et peu nombreux, il leur avait été difficile de se procurer des minerais de métaux, et leur savoir-faire de forgerons avait diminué, ainsi que leurs réserves d'armes ; et ils s'étaient mis à vivre clandestinement, et devinrent d'une stature sensiblement plus petite que leurs parents de l'Est, marchant les épaules courbées, d'un pas rapide et furtif.

Néanmoins, comme tout le peuple nain, ils étaient bien plus forts que leur stature ne le laissait présager, et ils étaient capables de s'accrocher à la vie dans les pires épreuves. Mais ils avaient à présent fini par se faire plus rares puis par s'éteindre en Terre du Milieu, tous à l'exception de Mîm et de ses deux fils ; et Mîm était âgé, même selon les calculs des Nains – âgé et oublié.

Après le départ de Beleg (c'est-à-dire le second été de la fuite de Túrin hors du Doriath), les choses allèrent fort mal pour les proscrits. Il y eut des pluies hors saison, et les Orques, plus nombreux que jamais, dévalèrent du Nord et, par l'ancienne Route du Sud, traversèrent le Teiglin, infestant tous les bois sur les frontières occidentales du Doriath. On ne connaissait plus guère la sécurité ni la tranquillité, et la bande de Túrin était plus souvent gibier que chasseur.

Une nuit qu'ils étaient tapis dans les ténèbres sans feu, Túrin songea à sa vie, et trouva qu'il y avait bien lieu de chercher à l'améliorer. « Il me faut trouver un refuge sûr, pensa-t-il, et faire quelques provisions en prévision de l'hiver et de la famine. » Mais il ne savait vers où se tourner.

Le jour suivant, il mena ses hommes au loin vers le sud, bien plus loin qu'ils n'étaient encore jamais allés, au-delà du Teiglin et des confins du Doriath ; et après trois jours de marche, ils firent halte à l'orée d'un bois sur la rive ouest du Val du Sirion. Là, la terre se faisait plus aride et plus désertique, à mesure qu'on gagnait les hautes brandes.

Peu après, comme la lumière grise d'un jour de pluie déclinait, Túrin et ses hommes en vinrent à s'abriter sous un bosquet de houx ; dans la clairière au-delà, quantité de grosses pierres étaient appuyées ou éboulées les unes contre les autres. Tout était immobile sinon la pluie qui dégouttait du feuillage.

Soudain une sentinelle hucha, et surgissant de leur abri, ils virent trois formes encapuchonnées, vêtues de gris, qui cheminaient furtivement dans l'éboulis. Elles étaient chargées chacune d'un grand sac, mais n'en allaient pas moins d'un pas rapide. Túrin leur cria de s'arrêter, et les hommes se précipitèrent sur elles comme des chiens lâchés sur du gibier ; mais elles poursuivirent leur chemin, et malgré les flèches que leur décocha Andróg, deux d'entre elles disparurent dans le crépuscule. La troisième traînait derrière, étant plus lente ou plus lourdement chargée ; et elle fut bientôt saisie, jetée à terre, et plaquée au sol par de nombreuses mains brutales, bien que se débattant avec rage et mordant comme une bête. Mais Túrin s'approcha, et rabroua ses hommes ; « Qu'avez-vous trouvé là ? demanda-t-il. Et pourquoi tant de férocité ? C'est vieux et tout petit. Quel mal y a-t-il là-dedans ? »

« Ça mord, dit Andróg en frottant sa main qui saignait. C'est un Orque, ou de la même espèce que les Orques. Tuez-le ! »

« Ça ne mérite guère mieux, pour avoir déçu notre espoir, dit un autre qui s'était emparé du sac. Il n'y a rien là-dedans que des racines et des petits cailloux. »

« Non, dit Túrin, c'est barbu. Je crois bien que ce n'est qu'un Nain. Laissez-le se relever, et nous parler. »

Ainsi Mîm vint-il à figurer dans *Le Conte des Enfants de Húrin*. Car il se mit à genoux aux pieds de Túrin et supplia qu'on lui laisse la vie sauve. « Je suis vieux, dit-il, et pauvre. Rien qu'un Nain, comme vous dites, non un Orque. Mîm est mon nom. Ne les laisse pas me tuer, maître, comme ça pour rien, comme font les Orques. »

Alors Túrin, en son cœur, fut pris de pitié pour lui, mais il dit : « Tu sembles pauvre, Mîm, ce qui est singulier pour un Nain ; mais nous sommes plus pauvres encore, je pense ; des Hommes sans feu ni lieu, et sans amis. Si je disais que nous n'épargnons pas par pure pitié seulement, étant donné que nous sommes dans le plus âpre dénuement, qu'offrirais-tu pour ta rançon ? »

« Je ne sais pas ce que tu désires, seigneur », dit Mîm prudemment.

« Pour l'instant, bien peu de chose ! dit Túrin en regardant autour de lui amèrement avec de la pluie dans les yeux. Un endroit sûr pour dormir hors des bois détrempés. Tu as certainement un tel endroit à ta propre convenance. »

« J'en ai bien un, dit Mîm, mais ne puis le donner en rançon. Je suis trop vieux pour vivre sous la nue. »

« Il n'est pas nécessaire que tu vieillisses encore, dit Andróg en s'approchant avec un couteau dans sa main non blessée. Je peux t'éviter ça. »

« Seigneur ! cria Mîm en s'agrippant aux genoux de Túrin de grand effroi. Si je perds la vie, tu perdras la maison ; parce que tu ne la trouveras pas sans Mîm. Je ne peux pas la donner, mais je peux la partager. Il y a davantage de place qu'il n'y en eut jadis, si nombreux sont-ils qui ont disparu à jamais », et il se mit à pleurer.

« Tu as la vie sauve, Mîm », dit Túrin.

« Au moins jusqu'à ce que nous atteignions son repaire », dit Andróg.

Mais Túrin se tourna vers lui, et dit : « Si Mîm nous amène jusqu'à sa maison sans traîtrise, et si la maison est bonne, alors il aura payé rançon pour sa vie, et il ne souffrira la mort aux mains d'aucun de ceux qui me suivent. De cela je fais le serment. »

Alors Mîm étreignit les genoux de Túrin, disant : « Mîm sera ton ami, seigneur. Au début, il a cru que tu étais un Elfe, par ton parler et le son de ta voix. Mais si tu es un Homme, c'est mieux. Mîm n'aime pas les Elfes. »

« Où est cette maison ? demanda Andróg. Il la faut bonne certes, pour la partager avec un Nain. Car Andróg n'aime pas les Nains. Son peuple ne rapporte pas grand bien de cette espèce venue de l'Orient. »

« Ce peuple a laissé derrière lui de bien pires récits sur son propre compte, répondit Mîm. Vous jugerez ma maison quand vous la verrez. Mais vous aurez besoin de lumière en chemin, vous autres Hommes trébuchants. Je reviendrai en temps utile, et je vous conduirai. » Puis il se leva et ramassa son sac.

« Oh que non ! dit Andróg. Voilà assurément ce que tu ne permettras pas, capitaine ? Tu ne reverrais jamais plus le vieux coquin. »

« La nuit tombe, dit Túrin. Qu'il nous laisse un gage quelconque. Nous laisseras-tu ton sac et son contenu, Mîm ? »

Mais à ces mots, le Nain tomba à genoux à nouveau, tout bouleversé. « Si Mîm n'avait pas l'intention de revenir, il ne reviendrait pas pour un vieux sac plein de racines, dit-il. Je reviendrai. Laissez-moi partir ! »

« Non, je ne te laisserai pas, dit Túrin. Si tu ne veux pas te séparer de ton sac, eh bien, tu resteras avec. Peut-être qu'une nuit sous la ramée t'inspirera, à ton tour, quelque pitié à notre égard. » Mais il remarqua, et les autres également, que Mîm semblait attacher plus de prix au sac et à son contenu qu'il n'en paraissait valoir à première vue.

Ils conduisirent le vieux Nain dans leur morne campement, et il marmottait tout en marchant dans une langue étrange, qu'une ancienne haine sembler hérisser de sonorités rauques ; mais lorsqu'ils lui ligotèrent les jambes, il se tut soudain. Et ceux qui montaient la garde le virent rester là assis toute la nuit durant, silencieux et immobile comme une pierre, mais les yeux grand ouverts, scrutant les ténèbres de ses prunelles étincelantes.

Peu avant le jour, la pluie cessa, et un vent frissonna dans le feuillage. L'aube se leva plus brillante qu'elle n'avait été ces jours derniers, et de belles éclaircies en provenance du sud échancrèrent le ciel, pâle et limpide aux abords du soleil levant. Mîm demeurait assis, immobile et comme mort ; car à présent les lourdes paupières de ses yeux étaient baissées, et à la lumière du matin, il apparut tout flétri et racorni de vieillesse. Túrin se leva et le considéra : « Il fait suffisamment jour à présent », dit-il.

Alors Mîm ouvrit les yeux et indiqua ses liens ; et lorsqu'il fut délivré, il parla avec fureur : « Apprenez donc ceci, imbéciles que vous êtes ! dit-il. Ne ligotez jamais un

Nain ! Il ne vous le pardonnera pas. Je ne souhaite pas mourir, mais pour ce que vous m'avez fait, mon cœur brûle. Je me repens de ma promesse. »

« Moi pas, dit Túrin. Tu vas me conduire à ta maison. Jusque-là nous ne parlerons pas de mort. Telle est *ma* volonté. » Il fixa le Nain droit dans les yeux, et Mîm ne put soutenir son regard ; rares, en effet, étaient ceux qui pouvaient affronter le regard de Túrin, lorsque sa volonté était fixée ou que la colère l'animait. Bientôt Mîm détourna la tête et se leva : « Suis-moi, seigneur ! » dit-il.

« Bien ! dit Túrin. Mais maintenant je vais ajouter ceci : je comprends ta fierté. Tu mourras peut-être, mais tu ne seras plus ligoté. »

« Ah ça, non, répondit Mîm. Mais venez, maintenant ! » Et sur ces mots, il les ramena au lieu où il avait été fait prisonnier, et il indiqua l'ouest : « Ceci est ma maison ! dit-il. Vous l'avez souvent vue, j'imagine, parce qu'elle domine l'horizon. Nous l'appelions Sharbhund avant que les Elfes ne changent tous les noms. » Et ils virent alors qu'il leur montrait Amon Rûdh, le Mont Chauve, dont la cime dénudée surplombait une vaste étendue de terres sauvages.

« Nous l'avons vue, mais jamais de plus près, dit Andróg. Car comment espérer trouver un abri sûr là-haut, ou de l'eau, ou toutes les autres choses dont nous avons besoin ? Je savais bien qu'il y avait de la ruse là-dedans. Est-ce que des hommes se cachent en haut d'une colline ? »

« Voir venir de loin peut être plus sûr que de rester tapis, dit Túrin. Depuis Amon Rûdh le regard porte loin. C'est d'accord, Mîm, je vais venir voir ce que tu as à nous montrer. Combien de temps nous faudra-t-il, à nous autres Hommes trébuchants, pour l'atteindre ? »

« Toute la journée jusqu'au soir, si nous partons tout de suite », répondit Mîm.

La bande se mit alors en route vers l'ouest, et Túrin allait en tête avec Mîm à ses côtés. Lorsqu'ils émergèrent du couvert des bois, ils cheminèrent prudemment, mais tout le pays semblait désert et paisible. Ils repassèrent l'éboulis et commencèrent à grimper ; car Amon Rûdh se dressait sur la bordure orientale des hautes brandes qui se déployaient entre le Val du Sirion et celui du Narog, et il culminait même à plus de mille pieds au-dessus de la lande pierreuse. Sur le versant oriental, on accédait aux hautes crêtes par un sentier rugueux mais peu abrupt, qui gravissait lentement le flanc du mont parmi les trochées de bouleaux et de sorbiers, et les vieilles épines enracinées dans les anfractuosités. Alentour, sur la lande et à proximité des pentes plus douces d'Amon Rûdh, poussaient des buissonnées d'*aeglos* ; mais grise et nue était sa cime escarpée, sauf pour le *seregon* qui revêtait la pierre d'écarlate.

L'après-midi était déjà avancé lorsque les proscrits atteignirent les pieds du mont. Ils abordaient le mont, à présent, par le nord, car Mîm les avait fait passer par là, et la lumière du soleil couchant tombait sur le faîte d'Amon Rûdh, et le *seregon* était tout en fleur.

« Voyez ça ! Il y a du sang sur le sommet », dit Andróg.

« Pas encore », répondit Túrin.

Le soleil sombrait à l'horizon et les ténèbres envahissaient les ravines. Le mont surgissait maintenant droit devant eux, les dominant, et ils se demandèrent quel besoin était d'un guide pour atteindre un lieu si visible. Mais à mesure que Mîm les conduisait plus avant, et qu'ils commençaient à gravir les derniers escarpements, ils s'aperçurent que le Nain suivait une piste jalonnée par des signes secrets ou connue par une très ancienne coutume. Le chemin serpentait à présent ici et là, et lorsqu'ils jetaient les yeux de côté, de sombres gorges et des abîmes s'entrouvraient de part et d'autre, ou encore le sentier se perdait dans des étendues de caillasse semées de failles et de trous que masquaient les épines et les ronces. Sans guide, ils auraient grimpé avec difficulté et peiné des jours durant pour gagner le sommet.

Enfin, ils parvinrent à un terrain plus pentu, mais moins accidenté. Ils passèrent à l'ombre d'antiques sorbiers et dans des allées d'*aeglos* à la silhouette élancée, et le clair-obscur exhalait une senteur exquise. Et soudain ils se heurtèrent à une paroi de pierre presque à pic, qui s'élevait peut-être bien à quarante pieds au-dessus de leurs têtes, mais on ne pouvait le dire avec certitude car le crépuscule assombrissait à présent le ciel au-dessus d'eux.

« Est-ce la porte de ta maison ? dit Túrin. Les Nains aiment la pierre, dit-on. » Et il se rapprocha de Mîm, de peur qu'il ne leur joue un tour au dernier moment.

« Non pas la porte de la maison, mais le portail du courtil », dit Mîm. Puis il tourna sur la droite, au pied de la paroi, et après avoir compté vingt pas, fit brusquement halte ; Túrin aperçut alors une faille ménagée par des mains d'homme ou par les intempéries, et les deux parements du rocher se chevauchaient mais, sur la gauche, par-derrière, se dessinait une ouverture. L'accès en était dissimulé par de grandes plantes grimpantes enracinées dans les crevasses au-dessus, mais s'y insinuait un raidillon pierreux qui grimpait dans l'obscurité. L'eau ruisselait le long de la faille, qui baignait dans l'humidité.

L'un après l'autre, ils gravirent le raidillon qui, au sommet, prenait sur la droite, puis obliquait de nouveau vers le sud et, traversant un buisson d'épines, débouchait enfin sur un terre-plein verdoyant, pour filer plus loin et disparaître dans l'ombre. Ils étaient arrivés à Bar-en-Nibin-noeg, la demeure de Mîm, dont il n'est question que dans les anciens récits du Doriath et de Nargothrond, et que nul Homme n'avait jamais vue. Mais la nuit tombait, et à l'Orient le ciel était jonché d'étoiles, et ils saisissaient encore mal la disposition de ce lieu étrange.

Amon Rûdh se couronnait d'une grande masse rocailleuse, une sorte de calotte de pierre, arasée et dénudée au sommet. Du côté nord, un ressaut formait une terrasse plane et presque carrée, que l'on ne pouvait apercevoir d'en bas ; car le couronnement du mont formait une paroi derrière, et les versants ouest et est tombaient à pic. C'est seulement par le nord, de là où ils étaient venus, que ceux qui connaissaient le chemin pouvaient l'atteindre sans peine. Un sentier partait du « portail » et conduisait aussitôt à un petit bosquet de bouleaux nains qui ombrageaient les abords d'une fontaine limpide entre ses margelles taillées dans le roc. Cette fontaine était alimentée par une source qui jaillissait juste au pied de la paroi, formant un ruisselet qui déferlait en un blanc filet d'eau, par-dessus la corniche occidentale. Derrière l'écran des arbres, entre deux forts remparts de roc près de la source, s'ouvrait une caverne. En apparence, une grotte peu profonde, basse et voûtée ; mais la grotte s'enfonçait sous la colline, car elle avait été excavée plus avant par les mains patientes des Petits-Nains, durant les longues années où ils avaient vécu là, sans que les viennent troubler les Elfes-Gris des grands bois.

Il faisait presque nuit lorsque, conduits par Mîm, ils longèrent le bassin où miroitaient à présent les pâles étoiles parmi les ombres des rameaux de bouleaux. À l'entrée de la grotte, Mîm se retourna et s'inclina devant Túrin : « Entre, seigneur, dit-il, voici Bar-en-Danwedh, la Maison de la Rançon. Car tel sera son nom. »

« Cela se peut, dit Túrin, je vais d'abord regarder. » Et il entra avec Mîm, et les autres, le voyant pénétrer sans peur, suivirent, même Andróg qui était le plus méfiant envers le Nain. Ils furent bientôt plongés dans de noires ténèbres ; mais Mîm frappa des mains et une petite lumière apparut d'une encoignure : d'un passage ménagé dans le fond de la grotte extérieure, survint un autre Nain portant une petite torche.

« Ah ! Je ne l'avais pas vu ! J'en étais sûr ! » s'exclama Andróg. Mais les deux Nains se mirent à parler entre eux avec véhémence, dans leur langue rocailleuse, et Mîm, apparemment bouleversé ou indigné par ce qu'il entendit, se précipita dans le passage et disparut. Alors Andróg voulut à tout prix pousser de l'avant. « Il faut attaquer les premiers ! cria-t-il. Il y en a peut-être toute une ruche ; mais ils sont petits. »

« Trois seulement, je crois », dit Túrin ; et il prit les devants, tandis que les hors-la-loi le suivaient, en tâtonnant, le long des murs rugueux. À plusieurs reprises, le passage obliquait d'un côté puis d'un autre à angle aigu ; mais à la fin une faible lueur brilla au loin, et ils débouchèrent dans une salle de dimensions restreintes mais haute de plafond, à peine éclairée par des lampes qui pendaient de l'ombre du plafond, suspendues à de fines chaînes. Mîm n'était pas là, mais on pouvait entendre sa voix et, conduit par elle, Túrin vint à la porte d'une chambre qui s'ouvrait vers le fond de la salle. Jetant un regard à l'intérieur, il vit Mîm agenouillé par terre. À côté de lui se tenait le Nain à la torche, silencieux ; mais sur un lit de pierre, près du mur du fond, un autre Nain gisait. « Khîm ! Khîm ! Khîm ! » se lamentait le vieux Nain en s'arrachant la barbe.

« Tes flèches n'ont pas toutes dévié, dit Túrin à Andróg. Mais le coup se révélera peut-être bien malheureux. Tu lâches tes flèches par trop inconsidérément ; mais il est probable que tu ne vivras pas assez vieux pour apprendre la sagesse. »

Laissant les autres, Túrin entra doucement et se plaça derrière Mîm, et lui parla : « Qu'est-ce qui te fait souci, maître ? demanda-t-il. Je connais quelque secret de guérison. Est-ce que je peux te venir en aide ? »

Mîm tourna la tête, et il y avait une flamme ardente dans ses yeux : « Non, à moins que tu puisses renverser le cours du temps, et trancher les mains cruelles de tes hommes, répondit-il. Voici mon fils, transpercé d'une flèche. À présent, il est au-delà de la parole. Il est mort au couchant. Tes liens m'ont empêché de venir le secourir. »

De nouveau, la pitié, depuis longtemps figée en lui, afflua au cœur de Túrin, comme l'eau sourd d'un rocher : « Hélas ! dit-il. Je rappellerais le trait si j'en avais le pouvoir. Bar-en-Danwedh est bien à présent la Maison de la Rançon, la bien-nommée en vérité. Car que nous y vivions ou pas, je me tiendrai pour ton débiteur ; et si jamais je viens à posséder de la richesse, je paierai une *danwedh* en pièces d'or de bon aloi pour ton fils, en gage de chagrin, bien que cela ne puisse redonner joie à ton cœur. »

Alors Mîm se leva et longuement considéra Túrin : « Je t'entends bien, dit-il. Tu parles comme un seigneur nain d'autrefois, et j'en suis tout émerveillé. Mon cœur, à présent, est apaisé, s'il n'est point joyeux. Je paierai ma propre rançon donc : si vous le souhaitez, vous pouvez vivre ici. Mais j'ajouterai seulement ceci : celui qui a décoché le trait, celui-là brisera son arc et ses flèches et les déposera aux pieds de mon fils ; et jamais plus il ne maniera l'arc et les flèches. Et s'il le fait, il gagnera d'en mourir. Voilà la malédiction que j'appelle sur sa tête. »

Andróg eut grand-peur lorsqu'il entendit cette malédiction ; et plein d'un amer regret, il brisa son arc et ses flèches, et les posa au pied du lit du Nain mort. Mais ressortant de la chambre, il jeta un regard mauvais à Mîm, murmurant : « La malédiction d'un Nain ne s'épuise jamais, dit-on, mais celle d'un Homme peut aussi toucher au but. Qu'il meure donc avec un trait dans la gorge ! »

Cette nuit-là, ils couchèrent dans la grande salle, et leur sommeil fut troublé par les lamentations de Mîm et d'Ibun son second fils. Quand elles cessèrent, ils n'auraient pu le dire ; mais lorsqu'ils s'éveillèrent enfin, les Nains avaient disparu, et la chambre était fermée par une pierre. La journée était de nouveau radieuse, et sous le soleil matinal, les hors-la-loi se lavèrent à la fontaine et apprêtèrent les nourritures qui leur restaient ; et comme ils mangeaient, Mîm vint se poster devant eux.

Il s'inclina devant Túrin : « Il est parti, et tout est accompli, dit-il. Il gît avec ses pères. Maintenant nous nous tournons vers la vie qui demeure, bien que les jours nous soient peut-être comptés. La maison de Mîm te plaît-elle ? La rançon est-elle acquittée, et favorablement agréée ? »

« Elle l'est », dit Túrin.

« Alors tout est à votre disposition pour que vous organisiez votre séjour ici à votre guise, sauf pour ceci : cette chambre qui est fermée, nul autre que moi ne l'ouvrira. »

« Nous t'entendons, dit Túrin, et quant à notre vie ici, nous sommes en sécurité, ou du moins il semble ; mais il nous faut cependant de la nourriture et d'autres choses. Comment sortirons-nous ? Et, surtout, comment retrouverons-nous le chemin du logis ? »

Ils se troublèrent au grand rire de Mîm : « Vous craignez donc d'avoir suivi une araignée au cœur de sa toile ? dit-il. Non, Mîm ne mange pas les Hommes. Et une araignée aurait du mal à affronter trente guêpes d'un coup. Vois donc, vous êtes armés, et me voilà devant vous les mains nues. Non, il nous faut partager, vous et moi : la maison, la nourriture et le feu, et peut-être d'autres gains. La maison, je pense que vous veillerez sur elle et que vous en garderez le secret dans votre propre intérêt, même lorsque vous connaîtrez les moyens d'y entrer ou d'en sortir. Vous les apprendrez avec le temps. Mais en attendant, Mîm doit vous guider, ou bien Ibun, son fils, lorsque vous sortez ; et l'un de nous vous accompagnera où vous irez, et rentrera avec vous – ou bien vous attendra à un endroit donné que vous connaissez et que vous pouvez retrouver sans guide. Mais j'imagine que cela sera de plus en plus près de la maison. »

À cela Túrin acquiesça, et il remercia Mîm, et la plupart de ses hommes se réjouirent ; car sous le soleil du matin, au fort de l'été, c'était un lieu où il semblait faire bon séjourner. Seul Andróg était mécontent. « Plus rapidement serons-nous maîtres de nos allées et venues, mieux cela vaudra, dit-il. Jamais encore nous n'avons traîné, dans nos opérations, de prisonnier qui aurait eu quelque raison de nous en vouloir. »

Ce jour-là, ils se reposèrent et nettoyèrent leurs armes et raccommodèrent leurs hardes ; car ils avaient encore de quoi subsister un jour ou deux, et Mîm leur fit l'appoint. Il leur prêta trois grandes marmites et du bois pour le feu, et il apporta un sac : « Pas grand-chose, dit-il. Ça ne vaut même pas d'être volé. Juste des racines sauvages. »

Mais une fois lavées, les racines se révélèrent être blanches et denses avec leur peau, et une fois cuites, elles furent bonnes à manger, un peu comme du pain ; et les hors-la-loi les trouvèrent à leur goût, car ils avaient perdu depuis longtemps le goût du pain, sinon celui qu'ils arrivaient parfois à dérober. « Les Elfes sauvages ne les connaissent pas ; les Elfes-Gris ne les ont pas trouvées ; et les fiers, ceux d'outre-Mer, ils sont trop fiers pour fouir la terre », dit Mîm.

« Quel est leur nom ? » dit Túrin.

Mîm lui jeta un regard en coin : « Elles n'ont pas de nom, sinon dans la langue des Nains que nous n'enseignons pas, dit-il. Et nous n'enseignons pas aux Hommes à les trouver, car les Hommes sont trop avides et trop imprévoyants, et ils n'épargneraient pas les jeunes pousses, mais ils les ramasseraient toutes, jusqu'à la dernière ; tandis qu'à l'heure actuelle, lorsqu'ils vont fureter dans la nature, ils passent sans les voir. De moi, tu n'apprendras rien de plus ; mais tu bénéficieras suffisamment de mes richesses, tant que tu me diras paroles courtoises, et ne m'épieras ni ne me voleras. » Et de nouveau, il partit de son grand rire. « Ces racines ont grande valeur, dit-il. Elles valent plus que de l'or lorsque la faim rôde, l'hiver ; car on peut en faire provision, comme l'écureuil ses noisettes, et déjà nous engrangeons les premières venues à maturité. Mais vous êtes bien fous si vous pensiez que je n'étais pas prêt à me séparer de ma petite charge, même pour sauver ma vie. »

« Je t'entends bien, dit Ulrad, qui avait fouillé dans le sac de Mîm lorsqu'il avait été fait prisonnier. Et pourtant tu n'as pas voulu t'en séparer, et tes paroles m'intriguent d'autant. »

Mîm se tourna vers lui et le considéra sombrement : « Tu es l'un de ces imbéciles que le printemps ne pleurerait pas si tu périssais en hiver, dit-il. J'avais donné ma parole, de sorte que je serais revenu, de bon ou de mauvais gré, avec le sac ou sans, quoi que tu puisses penser, homme sans foi ni loi ! Mais je n'aime pas que mon bien me soit arraché par des vilains, quand bien même ce ne serait qu'une lanière de chaussure. Crois-tu que j'ai oublié que tes mains étaient parmi celles qui m'ont chargé de liens et maintenu prisonnier, de sorte que je n'ai jamais plus parlé avec mon fils ? Et chaque fois que je distribuerai le pain-de-la-terre de mes réserves, tu passeras ton tour, et si tu en manges, tu le devras à la prodigalité de tes compagnons, pas à la mienne. »

Et Mîm s'en alla ; mais Ulrad, qui avait baissé la tête sous l'orage, s'exclama lorsqu'il eut le dos tourné : « De grands mots ! Et pourtant le vieux coquin avait autre chose dans son sac, de forme analogue, mais plus dur et plus lourd. Peut-être y a-t-il encore autre chose dans la nature sauvage, hors ce pain-de-la-terre que les Elfes n'ont pas trouvé et que les Hommes ne doivent pas connaître ! »

« Cela se peut, dit Túrin. Cependant le Nain a dit vrai sur un point au moins, lorsqu'il t'a traité d'imbécile. Pourquoi dire ce qui te passe par la tête ? Le silence, si les paroles courtoises te restent dans la gorge, servirait bien mieux toutes nos affaires. »

La journée s'écoula paisiblement, et aucun des proscrits ne désira aller au-dehors. Túrin arpentait longuement la verte pelouse de la terrasse, d'un bord à l'autre ; et il regardait à l'est, et à l'ouest, et au nord, et s'étonnait que son regard porte si loin dans l'air limpide. Vers le nord, et bizarrement cela paraissait tout près, il pouvait distinguer la forêt de Brethil verdoyant sur les pentes d'Amon Obel. Et encore et toujours ses yeux étaient attirés par là-bas, il ne savait pourquoi ; car son cœur le portait plutôt vers le nord-ouest où, à des lieues et des lieues en lisière du ciel, il croyait entrevoir les Montagnes de l'Ombre, les remparts de sa maison natale. Mais au soir, Túrin regarda vers l'ouest, dans le foyer du couchant, tandis que le soleil plongeait écarlate dans les brumes qui flottaient sur les côtes lointaines, et que le Val du Narog s'enténébrait dans l'entre-deux.

Ainsi commença le séjour de Túrin, fils de Húrin, dans la demeure de Mîm, à Bar-en-Danwedh, la Maison de la Rançon.

Longtemps, la vie des hors-la-loi fut telle qu'ils pouvaient la souhaiter. Ils avaient de la nourriture en suffisance, un bon abri, chaud et sec, et toute la place voulue, et de reste, car ils découvrirent que les grottes pouvaient loger une centaine d'hommes et plus au besoin. Une autre salle, moins vaste, s'ouvrait au fond. Dans un coin, on avait aménagé un âtre et creusé dans le roc un conduit de fumée qui débouchait, par un orifice habilement camouflé, dans une crevasse à flanc de coteau. Et nombre d'autres chambres il y avait, qui donnaient sur les salles communes ou sur la galerie, certaines servant de chambres à coucher, et d'autres d'ateliers ou d'entrepôts. Car Mîm en savait bien plus long qu'eux sur l'art de la resserre, et il possédait quantité de récipients et de coffres en bois et en pierre, lesquels paraissaient fort anciens. Mais la plupart des chambres étaient désormais vides, et dans les armureries, les haches et autres pièces d'équipement pendaient, toutes rouillées et poussiéreuses, et les planches et les crochets étaient dégarnis ; et muettes, les forges. Sauf une : une petite pièce qui donnait sur la galerie intérieure, et le foyer de cette forge avait un conduit de fumée commun avec celui de la grande salle. Et c'est là que Mîm, à l'occasion, travaillait mais il ne supportait personne auprès de lui ; et il ne dit mot à personne d'un escalier secret et dissimulé, qui reliait sa maison au plat sommet d'Amon Rûdh. Or Andróg le découvrit lorsque, poussé par la faim, il partit en quête des réserves de nourriture de Mîm et se perdit dans les grottes ; mais cette découverte il garda pour lui.

Pour le reste de l'année, ils s'abstinrent de toute expédition, et lorsqu'ils s'aventuraient à l'extérieur pour la chasse ou la cueillette, ils allaient le plus souvent par petits groupes. Mais longtemps, ils eurent du mal à retrouver leur chemin, et, en plus de Túrin, six seulement de ses hommes acquirent une sûre connaissance des lieux. Néanmoins, constatant que ceux qui avaient l'instinct pouvaient se faufiler dans leur repaire sans l'aide de Mîm, ils mirent un garde en faction de nuit et de jour, à proximité de la fissure dans le mur nord. Ils ne s'attendaient pas à être attaqués par le sud, car il n'y avait pas à redouter que l'Ennemi tente l'escalade d'Amon Rûdh de ce côté-là ; mais de jour, il y avait généralement une sentinelle postée tout en haut, sur le sommet du mont, laquelle surveillait les lointains. Et tout escarpées que fussent les parois menant au sommet, on pouvait l'atteindre sans trop de peine, car à l'est de l'orifice de la caverne des marches avaient été grossièrement taillées dans le roc, aboutissant à des pentes que des hommes pouvaient gravir sans aide.

Et l'année s'écoula sans mal et sans alerte. Mais voici que les jours se firent moins longs, et l'étang se fit gris et froid et les bouleaux se dénudèrent, et de grosses pluies revinrent, et les hommes durent se résoudre à rester plus souvent au logis. Mais bientôt ils se lassèrent de la pénombre sous la colline et de la demi-obscurité des salles ; et la plupart d'entre eux auraient trouvé la vie meilleure s'ils n'avaient pas dû la partager avec Mîm. Trop fréquemment, il surgissait d'un coin sombre ou d'une embrasure, lorsqu'ils le croyaient ailleurs ; et dans le voisinage de Mîm, une gêne s'insinuait dans leurs paroles. Et ils en vinrent à ne plus s'entretenir qu'à voix basse.

Et pourtant, et les hommes ne laissaient pas de trouver cela étrange, il en allait tout autrement pour Túrin ; son amitié avec le vieux Nain se resserrait et il prêtait de plus en plus attention à ses propos. Et tout l'hiver qui suivit, il demeura assis des heures durant avec Mîm, l'écoutant évoquer les traditions de son peuple et l'histoire de sa vie ; et Túrin ne lui faisait pas reproche de ses mauvaises paroles à l'égard des Eldar. Et Mîm semblait fort content, et montrait pour sa part beaucoup d'amitié envers Túrin ; et Túrin était le seul qu'il tolérait parfois auprès de sa forge, et là ils discutaient tous deux à voix basse.

Mais une fois l'automne passé, ils souffrirent grandement des rigueurs de l'hiver. Avant Yule, la neige arriva du nord, plus dense qu'ils ne l'avaient jamais connue dans les vallées ; à cette époque, et toujours davantage à mesure que la puissance d'Angband grandissait, les hivers devinrent plus rudes en Beleriand. Amon Rûdh était enfouie sous la neige, et seuls les plus hardis osaient s'aventurer au-dehors. Certains d'entre eux tombèrent malades, et tous étaient tenaillés par la faim.

Au milieu de l'hiver, dans la lumière crépusculaire d'un jour déclinant, apparut soudain parmi eux un Homme, à ce qui semblait, de forte stature et corpulence, tout de blanc vêtu dans son manteau à capuche. Il avait échappé à l'attention des sentinelles, et s'avança sans un mot vers le feu autour duquel ils étaient rassemblés. À voir les hommes faire un bond, il rit et retira sa capuche, et ils virent qu'il s'agissait de Beleg à l'Arc de Fer. Sous son ample manteau, il transportait un grand sac dans lequel il avait apporté de nombreuses choses pour leur venir en aide.

C'est ainsi que Beleg revint auprès de Túrin, sacrifiant la sagesse à son amour. Et Túrin se réjouit, car il avait souvent regretté son propre entêtement ; or à présent, ce que son cœur désirait lui était accordé, sans qu'il ait à implorer, ni à renoncer à sa propre décision. Mais si Túrin se réjouissait, il n'en allait pas de même pour Andróg, ni pour d'autres du groupe. Selon eux, Beleg et leur capitaine avaient convenu d'un rendez-vous, qui leur avait été caché ; et Andróg regardait jalousement les deux compagnons qui s'entretenaient, à l'écart.

Beleg avait rapporté avec lui le Heaume de Hador ; car il espérait que cela pourrait détourner à nouveau Túrin de sa vie de chef d'une piètre troupe dans les solitudes sauvages, et le rendre à des pensées plus nobles. « Ceci t'appartient, et je viens te le rapporter », dit-il à Túrin en lui remettant le heaume. « Il m'a été confié sur les marches septentrionales ; mais personne ne l'a oublié, je pense. »

« Presque, répondit Túrin, mais cela ne se reproduira plus » ; et il se plongea dans le silence, le regard perdu dans le lointain accompagnant ses pensées, quand soudain il aperçut autre chose briller dans la main de Beleg. C'était le cadeau de Melian ; mais les feuilles d'argent brillaient rouges à la lueur du feu, et lorsque Túrin vit le sceau, son regard s'assombrit.

« Qu'as-tu là ? » demanda-t-il.

« Ce que peut donner de plus précieux une personne qui t'aime toujours, répondit Beleg. Voici des *lembas in·Elidh,* le pain de route des Eldar, dont nul Homme n'a jamais goûté. »

« Le heaume de mes pères, je veux bien prendre volontiers car c'est toi qui t'en es chargé, dit Túrin. Mais je n'accepterai aucun présent en provenance du Doriath. »

« Alors renvoie ton épée et tes armes, dit Beleg. Et aussi le savoir et tout ce qui te fut prodigué dans ta jeunesse par ta famille nourricière. Et laisse tes hommes, qui (dis-tu) t'ont été fidèles, mourir dans le désert pour complaire à ton humeur ! Toutefois, ce pain de route me fut donné à moi, et non à toi, et je puis en disposer à ma guise. N'en mange point s'il te reste au travers de la gorge ; mais d'autres ici ont peut-être plus faim que toi, et un orgueil moins chatouilleux. »

Les yeux de Túrin étincelèrent, mais lorsqu'il regarda le visage de Beleg, leur flamme mourut, et ils devinrent gris, et il dit d'une voix à peine audible : « Je m'étonne, mon ami, que tu daignes revenir vers un rustre comme moi. Venant de toi, je peux accepter tout ce que tu donnes, même les réprimandes. À partir de maintenant, tu me donneras conseil sur tout, à la seule exception du retour en Doriath. »

# Chapitre VIII

## Le Pays de l'Arc et du Heaume

Dans les jours qui suivirent, Beleg se dépensa beaucoup pour le bien de leur Communauté. Il soigna ceux qui étaient blessés ou malades, et ils guérirent promptement. Car en ces temps-là, les Elfes-Gris étaient encore un peuple noble, possédant de grands pouvoirs, et leur sagesse s'étendait à tous les aspects de la vie et à l'ensemble des êtres vivants ; et si leurs connaissances et leur savoir-faire étaient moindres que ceux des Exilés du Valinor, ils possédaient de nombreux talents inaccessibles aux Hommes. En outre, Beleg l'Archer était l'un des meilleurs parmi le peuple du Doriath ; il était fort et endurant, et son esprit était aussi perçant que ses yeux, et au besoin il était vaillant au combat, se fiant non seulement aux traits rapides de son long arc, mais aussi à Anglachel, sa formidable épée. Et la haine grandissait d'autant plus dans le cœur de Mîm, qui haïssait tous les Elfes, comme cela a été dit, et qui regardait d'un œil jaloux l'amour que Túrin portait à Beleg.

L'hiver passa, puis les premiers frémissements, et le printemps ; les hors-la-loi eurent alors très vite une tâche plus ardue à accomplir. La puissance de Morgoth était en marche ; et tels les longs doigts d'une main tâtonnante, les éclaireurs de ses armées recherchaient le chemin du Beleriand.

Qui peut à présent connaître les desseins de Morgoth ? Qui peut mesurer la portée de sa pensée, lui qui avait été Melkor, puissant parmi les Ainur du Grand Chant, et qui siégeait maintenant dans le Nord, seigneur ténébreux sur un trône de ténèbres, pesant dans sa malignité toutes les nouvelles qui lui parvenaient, par des espions ou par des traîtres, voyant avec les yeux de son esprit et percevant bien plus des actes et des intentions de ses ennemis que ne pouvait le craindre même le plus sage d'entre eux, à l'exception de la Reine Melian. Jusqu'à elle sa pensée parvenait souvent, et là cette pensée était vaincue.

Ainsi, en cette année-là, il dirigea sa malveillance vers les terres à l'ouest du Sirion, où subsistait un pouvoir pour s'opposer à lui. Gondolin était encore debout, mais elle était cachée. Le Doriath était connu de lui, mais Morgoth ne pouvait encore y entrer. Plus loin encore, se trouvait Nargothrond, dont aucun de ses serviteurs n'avait alors trouvé le chemin, et dont le nom les jetait dans l'effroi ; là vivait le peuple de Finrod, à la force cachée. Et depuis très loin au sud, au-delà des bois de bouleaux blancs de Nimbrethil, depuis la côte de l'Arvennien et les Bouches du Sirion, venait la rumeur des Havres des Navires. Là-bas, il ne pouvait aller avant que tout le reste ne soit tombé.

Les Orques arrivaient donc à présent du Nord, en nombre toujours croissant. Ils passèrent par Anach, prirent le Dimbar, et toutes les marches septentrionales du Doriath furent infestées. Ils descendirent l'ancienne route qui empruntait le long défilé du Sirion, longeant l'île où la Minas Tirith de Finrod s'était élevée, traversant la terre qui séparait la rivière Malduin du Sirion, puis l'orée de Brethil, jusqu'aux Gués du Teiglin. De là, la route continuait jadis à travers la Plaine Gardée puis, longeant le pied des montagnes que surplombait Amon Rûdh, elle se poursuivait dans le val du Narog, pour aboutir enfin à Nargothrond. Mais les Orques ne s'aventuraient pas encore loin sur cette route ; car à présent vivait là, dans les terres sauvages, une terreur qui demeurait cachée, et sur la colline rouge, des yeux attentifs les observaient, dont personne ne leur avait rien dit.

Ce printemps-là, Túrin coiffa de nouveau le Heaume de Hador, et Beleg se réjouit. Au début, leur groupe comptait moins de cinquante hommes, mais la connaissance qu'avait Beleg de la forêt et la bravoure de Túrin donnaient à leurs ennemis l'impression d'être face à une armée. Les éclaireurs des Orques étaient traqués, leurs campements surveillés, et s'ils se rassemblaient pour avancer en force en quelque endroit confiné, alors de derrière un rocher ou de l'ombre des arbres surgissaient le Heaume du Dragon et ses hommes, grands et féroces. Bientôt, rien qu'au son de son cor résonnant dans les collines, leurs capitaines tremblaient et les Orques prenaient la fuite avant même qu'aucune flèche ne siffle et qu'aucune épée ne soit tirée.

Il a été dit que lorsque Mîm ouvrit à Túrin et à ses compagnons les portes de sa demeure secrète sur Amon Rûdh, il exigea que l'homme qui avait tiré sur son fils un trait mortel brise son arc et ses flèches et les dépose aux pieds de Khîm ; et cet homme était Andróg. Alors, de fort mauvaise grâce, Andróg s'était exécuté. Mîm avait aussi déclaré qu'Andróg ne devrait jamais plus porter arc ni flèche, et avait appelé sur lui une malédiction : si malgré cela Andróg passait outre, alors il mourrait de cette même manière.

Cependant, au printemps de cette année-là, Andróg provoqua la malédiction lancée par Mîm, et utilisa à nouveau un arc lors d'une incursion lancée depuis Bar-en-Danwedh ; au cours de celle-ci, il fut touché par la flèche empoisonnée d'un Orque et ramené au camp à l'agonie. Mais Beleg le guérit de sa blessure. Alors, la haine que Mîm vouait à Beleg fut encore plus grande, car en agissant ainsi il avait annulé sa malédiction ; néanmoins, il l'avertit par ces mots : « Elle frappera encore. »

Cette année-là, dans tout le Beleriand, par les bois et les ruisseaux et à travers les collines, la rumeur se propagea que l'Arc et le Heaume qui étaient tombés en Dimbar (comme on le croyait) s'étaient levés de nouveau, contre tout espoir. Alors nombreux furent ceux, Elfes comme Hommes, privés d'un chef, démunis mais non abattus, rescapés des batailles, des défaites et des terres ravagées, qui reprirent courage et partirent à la recherche des Deux Capitaines, même si nul ne savait encore où se trouvait leur place forte. Túrin recevait volontiers quiconque venait se joindre à lui, mais sur le conseil de Beleg, il n'admettait aucun nouveau venu en son refuge d'Amon Rûdh (qui avait pris maintenant le nom d'Echad i Sedryn, le « Camp des Fidèles ») ; seuls en savaient le chemin ceux de l'Ancienne Compagnie, et personne d'autre n'y était admis. Mais ils avaient établi aux alentours d'autres camps et forteresses bien gardés : dans la forêt à l'est, et sur les hauteurs, et aussi vers le sud dans les marais, depuis Methed-en-glad (« L'Orée du bois »), au sud des Gués du Teiglin, jusqu'à Bar-Erib, à quelques lieues au sud d'Amon Rûdh, sur une terre jadis fertile entre le Narog et les Mares du Sirion. Et de tous ces lieux, les hommes pouvaient apercevoir le sommet d'Amon Rûdh, et en recevoir par signaux des nouvelles et des ordres.

Et c'est ainsi qu'avant l'été révolu, la petite troupe de Túrin avait grossi jusqu'à former une force considérable, et le pouvoir d'Angband avait perdu du terrain. Et la rumeur de ces victoires parvint même jusqu'à Nargothrond, et beaucoup, là-bas, s'émurent, disant que si un hors-la-loi pouvait infliger de tels coups à l'Ennemi, que ne pourrait faire le Seigneur du Narog. Mais le Roi de Nargothrond, Orodreth, se refusa à modifier ses décisions. Il suivait en toutes choses les avis de Thingol, avec qui il échangeait des messages par des voies secrètes ; et c'était un seigneur plein de sagesse, de cette sagesse qui prend en considération d'abord son propre peuple, et s'inquiète de savoir combien de temps encore il pourra protéger leurs vies et leurs biens de la convoitise du Nord. C'est pourquoi il n'autorisa personne de son peuple à rejoindre Túrin, et il lui envoya des messagers lui signifier que dans ses actes et desseins guerriers, il lui fallait se garder d'empiéter sur la terre de Nargothrond, ou de pourchasser les Orques jusqu'à ses frontières. Mais aux Deux Capitaines, il offrit toute aide autre que celle des armes, si besoin était (et cela sur l'incitation, croit-on, de Thingol et de Melian).

Alors Morgoth retint sa main, tout en se livrant fréquemment à des semblants d'attaques, afin qu'en remportant de faciles victoires, ces rebelles deviennent par trop confiants. Ce qui advint effectivement. Car Túrin donnait désormais le nom de Dor-Cúarthol aux vastes terres qui s'étendaient du Teiglin à la marche occidentale du Doriath ; et, s'en revendiquant le seigneur, il se donna un nouveau nom : Gorthol, le Heaume de l'Effroi ; et son cœur était plein d'exaltation. Mais il semblait à Beleg que le heaume avait agi sur Túrin différemment de ce qu'il avait souhaité ; et il songeait avec désarroi à ce qu'il adviendrait dans les jours à venir.

Un jour de l'été finissant, alors qu'ils étaient à l'Echad pour prendre un peu de repos après une longue expédition guerrière, Túrin demanda à Beleg : « Pourquoi es-tu triste et songeur ? Est-ce que tout ne va pas au mieux depuis que tu es revenu avec moi ? Ma résolution ne s'est-elle pas révélée la bonne ? »

« Tout va bien maintenant, dit Beleg. Nos ennemis sont encore sous le coup de la surprise, et ils ont peur. Et nous avons encore des jours heureux devant nous – pour un temps. »

« Et après ? » demanda Túrin.

« Après c'est l'hiver, répondit Beleg. Puis une autre année, pour ceux qui seront encore en vie. »

« Et quoi donc après ? »

« La colère d'Angband. Nous avons tout juste brûlé les extrémités des doigts de la Main Noire, pas plus que cela. Elle ne se retirera pas. »

« Mais la colère d'Angband n'est-elle pas notre dessein, pour notre réjouissance ? demanda Túrin. Que veux-tu que je fasse d'autre ? »

« Tu le sais fort bien, dit Beleg. Mais de cette voie-là, tu m'as interdit de parler. Mais écoute-moi à présent. Un roi ou encore le seigneur d'une grande armée a d'importants besoins. Il lui faut un refuge sûr ; et il lui faut des richesses, et des gens dont le métier n'est pas la guerre. Avec le nombre, s'accroissent les besoins en nourriture, bien plus importants que n'en peut fournir la nature sauvage aux chasseurs. Et puis voici que s'ébruite le secret. Amon Rûdh est une excellente place forte pour une poignée d'hommes – elle a des yeux et des oreilles. Mais elle se dresse solitaire, et on l'aperçoit de loin ; et point n'est besoin d'une grande force pour l'encercler – à moins qu'une armée ne la défende, bien plus puissante que ne l'est la nôtre actuellement ou même qu'elle ne sera jamais. »

« Cependant, je me veux capitaine de ma propre armée, dit Túrin. Et si j'échoue, eh bien, j'échouerai ! Ici, je barre le chemin à Morgoth, et tant que je le lui barrerai, il ne pourra utiliser la Route du Sud. »

Des nouvelles du Heaume du Dragon guerroyant à l'ouest du Sirion parvinrent rapidement aux oreilles de Morgoth, qui se prit à rire, car de cette manière Túrin se révélait à lui de nouveau, alors qu'il avait longtemps été perdu pour lui dans les ombres et sous les voiles de Melian. Il commença néanmoins à craindre que Túrin ne gagne tellement en puissance que la malédiction qu'il lui avait lancée ne s'annule, et qu'il échappe au destin qui lui avait été réservé, ou bien qu'il ne se retire en Doriath et ne soit à nouveau caché à sa vue. Aussi était-il résolu à présent à capturer Túrin et à le tourmenter tout comme son père, à le supplicier et l'asservir.

Beleg avait dit vrai en signifiant à Túrin qu'ils n'avaient fait que roussir les doigts de la Main Noire, et qu'elle ne se retirerait point. Mais Morgoth ne dévoila pas ses desseins, et se contenta pour le moment d'envoyer en campagne ses éclaireurs les plus habiles ; et Amon Rûdh fut sous peu entourée d'espions, tapis dans la nature sauvage à attendre sans bouger, tandis que des groupes d'hommes allaient et venaient sans les voir.

Mais Mîm était conscient de la présence d'Orques sur les terres entourant Amon Rûdh, et la haine qu'il vouait à Beleg et qui enténébrait son cœur finit par le conduire à prendre une résolution maléfique. Un jour de la fin de l'année, il dit aux hommes de Bar-en-Danwedh qu'il partait avec son fils Ibun chercher des racines pour leurs réserves de l'hiver ; or, son véritable dessein était de partir en quête des serviteurs de Morgoth, et de les conduire à la cachette de Túrin[1].

Il tenta cependant d'imposer certaines conditions aux Orques, qui rirent de lui, mais Mîm rétorqua qu'ils auraient bien tort de croire qu'on pouvait obtenir quoi que ce soit d'un Petit-Nain par la torture. Ils lui demandèrent alors quelles pouvaient bien être ces conditions, et Mîm exposa ses requêtes : qu'à chaque homme capturé ou tué lui soit payé le poids de celui-ci en fer – en or, s'il s'agissait de Túrin ou de Beleg ; que la maison de Mîm, une fois débarrassée de Túrin et de ses compagnons, lui soit laissée, et que lui-même ne soit pas inquiété ; qu'on y laisse Beleg, ligoté, aux mains de Mîm ; et qu'on laisse partir Túrin librement.

Ces conditions furent promptement acceptées par les émissaires de Morgoth, qui n'avaient nulle intention d'en honorer une seule. Le capitaine des Orques pensa que le sort de Beleg pouvait bien être confié aux soins de Mîm, en effet ; mais quant à laisser partir Túrin librement, ses ordres étaient « à Angband, vivant ». Acceptant les conditions, il insista pour garder Ibun en otage ; alors Mîm prit peur, et essaya de revenir sur ce qu'il avait entrepris, ou de s'échapper. Mais les Orques tenaient son fils, si bien que Mîm fut

1. Mais l'on raconte aussi autre chose : que Mîm ne serait pas venu à la rencontre des Orques délibérément, mais que ces derniers auraient capturé son fils et menacé de le torturer, poussant ainsi Mîm à la trahison.

contraint de les guider jusqu'à Bar-en-Danwedh. Ainsi fut trahie la Maison de la Rançon.

On a dit que la masse rocailleuse qui couronnait Amon Rûdh formait une plate-forme dénudée, mais que, aussi abrupts que soient ses versants, les hommes pouvaient atteindre le sommet en grimpant par un escalier taillé dans la roche, qui partait de la terrasse devant l'entrée de la maison de Mîm. Des gardes étaient postés au sommet, et ils donnèrent l'alerte à l'approche des ennemis. Mais ces derniers, guidés par Mîm, parvinrent à la terrasse devant les portes, et Túrin et Beleg furent repoussés jusqu'à l'entrée de Bar-en-Danwedh. Certains des hommes qui tentaient de monter par les marches taillées dans la roche furent tués par les flèches des Orques.

Túrin et Beleg firent retraite dans la grotte, et roulèrent une grosse pierre devant l'entrée. Dans cette situation extrême, Andróg leur révéla l'existence de l'escalier secret qui menait au sommet d'Amon Rûdh et qu'il avait découvert quand il s'était perdu dans les grottes, comme il a été dit. Alors Túrin et Beleg, accompagnés de nombre de leurs hommes, empruntèrent cet escalier et débouchèrent au sommet, prenant par surprise les quelques Orques qui y étaient déjà parvenus par le chemin extérieur, les jetant du haut de la falaise. Pendant un petit moment, ils parvinrent à repousser les Orques qui escaladaient la roche, mais ils étaient à découvert sur la plate-forme dénudée, et nombreux furent ceux qui reçurent un trait mortel venu d'en bas. Le plus vaillant de tous fut Andróg, qui mourut d'une flèche tirée alors qu'il se tenait en haut de l'escalier extérieur.

Alors Túrin et Beleg, avec les dix hommes qui leur restaient, reculèrent jusqu'au centre de la plate-forme, où se dressait une pierre, et, formant un cercle autour d'elle, ils se battirent jusqu'à ce que tous soient tués à l'exception de Beleg et de Túrin, car les Orques jetèrent des filets sur eux. Túrin fut ligoté et emmené ; Beleg, qui était blessé, fut pareillement ligoté, mais il fut couché au sol, les poignets et les chevilles liés à des rivets de fer cloués dans la roche.

Ensuite, les Orques, ayant trouvé une voie par l'escalier secret, quittèrent le sommet et entrèrent dans Bar-en-Danwedh, qu'ils saccagèrent et dévastèrent. Ils ne retrouvèrent pas Mîm, tapi dans ses grottes, et quand ils eurent quitté Amon Rûdh, celui-ci apparut au sommet et, se rendant près de Beleg qui gisait prostré et immobile, il entreprit d'aiguiser un couteau en jubilant.

Mais Mîm et Beleg n'étaient pas les seuls êtres encore en vie sur ces hauteurs rocailleuses. Andróg, malgré sa propre blessure mortelle, rampa vers eux au milieu des cadavres et saisissant une épée, il en porta un coup au Nain. Lançant un strident cri d'effroi, Mîm se précipita au bord de la falaise et disparut, s'enfuyant par un abrupt sentier escarpé connu de lui. Mais Andróg, dans un dernier effort, trancha les liens qui entravaient les poignets et les chevilles de Beleg, le libérant ainsi ; mais dans un dernier soupir il dit : « Mes blessures sont trop profondes pour que même toi puisses les guérir. »

# Chapitre IX

## La mort de Beleg

Beleg chercha le corps de Túrin parmi les cadavres, pour l'enterrer ; mais il ne le put trouver. Il sut alors que le fils de Húrin était encore en vie, et qu'on l'avait emmené à Angband ; mais il fut contraint de demeurer à Bar-en-Danwedh le temps que ses blessures guérissent. Puis, avec peu d'espoir, il se mit en route pour tenter de retrouver la trace des Orques, et il tomba sur leurs pas près des Gués du Teiglin. Là, ils prenaient deux directions opposées, les uns longeant l'orée de la Forêt de Brethil vers le Gué du Brithiach, tandis que les autres partaient dans le sens opposé, vers l'ouest ; et Beleg sut qu'il lui fallait suivre ceux qui conduisaient directement et le plus rapidement à Angband, et pour cela gagner la Passe d'Anach. Aussi s'enfonça-t-il en Dimbar, et, par la Passe d'Anach, dans les Ered Gorgoroth, les Montagnes de la Terreur, puis, de là, continua sur les hauteurs de Taur-nu-Fuin, la Forêt sous la Nuit, une région de ténèbres et de sombres enchantements, d'errance et de désespoir.

Ainsi plongé dans la nuit de cette terre maléfique, Beleg aperçut par hasard une petite lumière au travers des arbres et, s'en approchant, il découvrit un Elfe, endormi sous un grand arbre mort : une lampe était posée près de sa tête, dont le chapeau avait glissé. Alors Beleg réveilla le dormeur, lui donna du *lembas*, et lui demanda quel coup du sort l'avait conduit en ce terrible endroit ; et l'Elfe dit s'appeler Gwindor, fils de Guilin.

Beleg le contempla avec désolation, car Gwindor n'était plus que l'ombre timide et recroquevillée de lui-même, ayant perdu sa prestance et son caractère d'avant, quand ce seigneur de Nargothrond, lors de la Bataille des Larmes Innombrables, avait galopé jusqu'aux portes mêmes d'Angband, et y avait été capturé. En effet, rares étaient les Noldor pris par Morgoth qu'il faisait tuer, en raison de leur habileté de mineurs pour trouver métaux et gemmes ; et Gwindor n'avait pas été exécuté, mais envoyé peiner dans les mines du Nord. Ces Noldor possédaient de nombreuses lampes fëanoriennes, des cristaux suspendus par plusieurs fines chaînes, et qui ne perdaient jamais leur éclat intérieur, d'une radiance bleutée idéale pour trouver son chemin dans les ténèbres de la nuit ou d'un tunnel ; mais de ces lampes, eux-mêmes ne connaissaient pas le secret. De nombreux Elfes s'évadaient ainsi des mines ténébreuses, car ils parvenaient à creuser un chemin pour s'échapper ; mais Gwindor avait reçu une petite épée d'un Elfe employé aux forges, et alors qu'il travaillait avec un groupe de mineurs, il s'était brusquement retourné contre leurs gardes. Il s'était échappé, mais avait perdu une main ; et à présent, il gisait épuisé sous les grands pins de Taur-nu-Fuin.

De Gwindor, Beleg apprit que la petite bande d'Orques qui les précédait, et dont il s'était caché, n'emmenait pas de captifs, et progressait très rapidement : une avant-garde, peut-être, rapportant des nouvelles à Angband. Apprenant cela, Beleg se désespéra : car il comprit que les traces qu'il avait aperçues s'éloignant vers l'ouest après les Gués du Teiglin étaient celles d'une plus grande armée qui, à la manière des Orques, était allée à l'intérieur des terres faire des razzias, marauder et piller ; et qu'à présent elle rentrait peut-être à Angband en empruntant la « Terre Étroite », le long défilé du Sirion, bien plus à l'ouest. Si tel était le cas, son unique espoir consistait à retourner au Gué du Brithiach puis à obliquer vers le nord en direction de Tol Sirion. Mais à peine avait-il pris cette résolution qu'ils entendirent le bruit d'une grande armée qui traversait la forêt, approchant depuis le sud ; et se cachant dans les branches d'un arbre, ils virent passer lentement les serviteurs de Morgoth, chargés de butin et de prisonniers, et entourés de loups. Et ils aperçurent Túrin, les mains enchaînées, qu'on faisait avancer à coups de fouet.

Alors Beleg raconta à Gwindor sa propre errance dans Taur-nu-Fuin, et Gwindor tenta de le dissuader de poursuivre sa quête, disant qu'il ne ferait que rejoindre Túrin dans les tourments qui l'attendaient. Mais Beleg refusa d'abandonner Túrin, et tout en se désespérant en lui-même, il réveilla l'espoir dans le cœur de Gwindor ; et ils reprirent leur chemin ensemble, suivant les Orques jusqu'à quitter la forêt pour parvenir aux hauteurs dont les pentes descendaient jusqu'aux dunes stériles de l'Anfauglith. Là, les Orques installèrent leur campement dans un vallon désolé d'où l'on apercevait les pics du Thangorodrim, et ils placèrent tout autour des loups en sentinelles. Et là, ils s'adonnèrent à la beuverie et festoyèrent de leur butin ; et après avoir molesté leurs prisonniers, ils s'endormirent pour la plupart sous le coup de l'ivresse. Le jour avait déjà décliné et il commençait à faire très sombre. Un formidable orage surgit de l'ouest, et le tonnerre gronda au loin, tandis que Beleg et Gwindor se faufilaient jusqu'au bivouac.

Lorsque tout le camp fut endormi, Beleg se saisit de son arc et, dans l'obscurité, tira sur quatre des loups postés en sentinelles sur le côté sud, l'un après l'autre et sans un bruit. Puis, au prix d'un grand péril, ils entrèrent dans le campement et trouvèrent Túrin, attaché à un arbre, les mains et les pieds entravés. Des couteaux que ses tourmenteurs lui avaient lancés étaient fichés dans le tronc tout autour de lui, mais il n'était pas blessé ; et il était inconscient, plongé par les drogues dans la torpeur ou évanoui d'épuisement. Alors

Beleg et Gwindor coupèrent les liens qui retenaient Túrin à l'arbre, et portèrent celui-ci hors du camp. Mais il était trop lourd pour pouvoir être transporté très loin, et les deux compagnons durent s'arrêter près d'un buisson d'épines, sur les hauteurs, loin au-dessus du camp. Là, ils l'étendirent ; et l'orage approchait à présent, les éclairs illuminant le Thangorodrim. Beleg tira son épée Anglachel, pour couper les liens de Túrin ; mais le destin était plus fort ce jour-là, et la lame forgée par Eöl l'Elfe Sombre glissa de sa main, et piqua le pied de Túrin.

Alors Túrin fut soudain réveillé, empli de rage et de peur, et à la vue de cette forme penchée sur lui dans les ténèbres, une lame nue à la main, il bondit en hurlant, croyant que les Orques venaient de nouveau le tourmenter ; et luttant dans l'obscurité, il s'empara d'Anglachel, et tua Beleg Cúthalion, le prenant pour un ennemi.

Mais une fois Túrin relevé, se découvrant libre, et prêt à vendre chèrement sa vie contre des ennemis imaginaires, un grand éclair déchira le ciel au-dessus d'eux, et dans sa lumière, le regard de Túrin se posa sur le visage de Beleg. Alors Túrin resta pétrifié et muet, ne quittant pas des yeux cette mort atroce, comprenant ce qu'il venait de faire ; et si terrible était son expression, illuminée par intermittence par les éclairs, que Gwindor se recroquevilla contre le sol, n'osant plus lever les yeux.

Mais à présent, dans le campement au-dessous d'eux, les Orques s'étaient réveillés, à cause de l'orage et du cri de Túrin, et ils découvrirent que celui-ci n'était plus là ; mais nul ne se lança à sa poursuite, car ils étaient terrifiés par le tonnerre qui provenait de l'ouest, persuadés qu'il avait été envoyé contre eux par les grands Ennemis vivant de l'autre côté de la Mer. Puis un vent se leva, de fortes pluies se mirent à tomber et des torrents à dévaler depuis les hauteurs de Taur-nu-Fuin ; et malgré les exhortations de Gwindor, qui mettait Túrin en garde contre l'extrême danger qui les menaçait, ce dernier ne répondait pas, mais restait immobile et les yeux secs, assis près du corps de Beleg Cúthalion, gisant dans l'obscure forêt, tué de sa propre main alors même qu'il coupait les liens qui le maintenaient, lui Túrin, en esclavage.

Au matin, l'orage s'était déplacé vers l'est, dépassant Lothlann, et le soleil d'automne se leva, chaud et éclatant ; mais les Orques le détestaient presque autant que le tonnerre, et ne doutant pas que Túrin s'était enfui loin de ce lieu et que toutes traces de sa fuite étaient effacées par la pluie, ils partirent en hâte, pressés de retrouver Angband. De loin, Gwindor les vit marcher vers le nord et traverser les sables brûlants de l'Anfauglith. Ainsi il advint qu'ils retournèrent auprès de Morgoth les mains vides, laissant derrière eux le fils de Húrin, assis éperdu et n'y pouvant mais, sur les pentes de Taur-nu-Fuin, portant un fardeau plus lourd que leurs liens.

Alors Gwindor secoua Túrin pour qu'il l'aide à enterrer Beleg, et Túrin se leva comme quelqu'un marchant dans son sommeil ; et ensemble ils déposèrent Beleg dans une tombe peu profonde, et placèrent à ses côtés son grand arc, Belthronding, fait d'un bois d'if noir. Mais Anglachel, la terrible épée, Gwindor l'emporta, disant qu'il était préférable qu'elle tire vengeance des serviteurs de Morgoth au lieu de rester sans servir dans la terre ; et il prit également le *lembas* de Melian pour qu'il leur redonne des forces dans les solitudes sauvages.

Ainsi prit fin la vie de Beleg à l'Arc de Fer, le plus fidèle des amis, le plus habile de tous ceux qu'abritaient les bois du Beleriand aux Jours Anciens, par la main de celui même qu'il aimait le plus ; et cette douleur était gravée sur le visage de Túrin et ne s'effaça jamais.

Mais le courage et la vigueur étaient revenus chez l'Elfe de Nargothrond, et quittant Taur-nu-Fuin, il emmena Túrin au loin. Pas une seule fois, alors qu'ils allaient ensemble par de longs et pénibles chemins, Túrin ne parla, et il marchait comme quelqu'un qui n'a ni désir ni dessein, tandis que l'année avançait et que l'hiver s'étendait sur les terres septentrionales. Mais Gwindor se tenait toujours à ses côtés pour le protéger et le guider ; et ils allèrent ainsi vers l'ouest, franchissant le Sirion, et ils parvinrent enfin à la Belle Mare et à Eithel Ivrin, les sources d'où le Narog surgissait au pied des Montagnes de l'Ombre. Là Gwindor s'adressa à Túrin :

« Réveille-toi, Túrin, fils de Húrin ! Sur le lac Ivrin règne une infinie allégresse. Cette rivière se nourrit des fontaines de cristal qui ne faiblissent jamais, et elle est protégée de toute souillure par Ulmo, le Seigneur des Eaux, qui cisela sa beauté aux Jours Anciens. » Alors Túrin s'agenouilla et but de cette eau ; et il se jeta soudain à terre, et ses larmes furent enfin libérées, et il fut guéri de sa folie.

Là, il composa un chant pour Beleg, qu'il appela *Laer Cú Beleg*, le Chant du Grand Arc, le chantant à voix haute sans se soucier du danger. Et Gwindor plaça l'épée Anglachel entre ses mains, et Túrin sentit qu'elle était lourde et puissante, et qu'elle possédait un grand pouvoir ; mais sa lame était noire et terne, son fil émoussé. Alors Gwindor dit :

« Voici une étrange lame, et différente de toutes celles que j'ai vues en Terre du Milieu. Elle pleure Beleg tout comme toi. Mais console-toi, car je rentre à Nargothrond, de la Maison de Finarfin, où je suis né et ai vécu aux jours heureux. Tu vas venir avec moi, pour être guéri et reprendre vie. »

« Qui es-tu ? » demanda Túrin.

« Un Elfe errant, un esclave évadé, que Beleg a croisé et consolé, répondit Gwindor. Pourtant, j'étais autrefois Gwindor, fils de Guilin, un seigneur de Nargothrond, avant de partir pour les Nirnaeth Arnoediad et d'être asservi à Angband. »

« Alors, as-tu rencontré Húrin, fils de Galdor, le guerrier du Dor-lómin ? » continua Túrin.

« Je ne l'ai pas rencontré, dit Gwindor, mais la rumeur court à Angband qu'il continue de défier Morgoth ; et Morgoth a lancé une malédiction sur lui et toute sa famille. »

« Cela, je le crois », dit Túrin.

Et alors ils se levèrent, et quittant Eithel Ivrin, ils longèrent les rives du Narog vers le sud, jusqu'à ce qu'ils soient capturés par des éclaireurs des Elfes et emmenés comme prisonniers à la forteresse cachée.

C'est ainsi que Túrin entra à Nargothrond.

# Chapitre X

## Túrin à Nargothrond

Au début, son propre peuple ne reconnut pas Gwindor, qui était parti jeune et fort et rentrait maintenant avec l'apparence d'un vieillard parmi les Hommes mortels, en raison des tourments et du labeur qui avaient été les siens ; et il était également estropié. Mais Finduilas, fille du Roi Orodreth, le reconnut et lui fit bon accueil, car elle l'avait aimé, et ils étaient même fiancés, avant les Nirnaeth, et Gwindor aimait tellement sa beauté qu'il lui avait donné pour nom Faelivrin, ce qui désigne le miroitement du soleil sur la Fontaine d'Ivrin.

Ainsi Gwindor retrouva les siens, et par amour pour lui, Túrin fut également accepté ; car Gwindor expliqua qu'il était un homme vaillant et un ami très cher de Beleg Cúthalion du Doriath. Mais au moment où Gwindor allait donner son nom, Túrin l'arrêta de ces mots : « Je suis Agarwaen, fils d'Úmarth (ce qui signifie Le Sanglant, fils du Maudit), un chasseur des bois. » Et même si les Elfes devinèrent qu'il avait choisi ces noms en raison de la mort violente de son ami (ne connaissant pas d'autres raisons), ils ne lui posèrent plus de questions.

L'épée Anglachel fut reforgée pour lui par les habiles forgerons de Nargothrond, et elle demeura noire mais son fil brillait désormais d'un feu pâle. Alors Túrin se fit connaître à Nargothrond sous le nom de Mormegil, le Noire-Épée, en raison de ce qui se disait de ses exploits avec cette arme ; mais il nomma l'épée Gurthang, le Fer de Mort.

Par ses prouesses et son habileté au combat contre les Orques, Túrin gagna les grâces d'Orodreth et fut admis dans son conseil. Or Túrin n'appréciait pas la manière dont combattaient les Elfes de Nargothrond, par embuscades et en tirant leurs flèches à la dérobée, et il insista pour qu'ils en changent, et usent de leur force pour attaquer les serviteurs de l'Ennemi, en les affrontant à découvert et en les pourchassant. Mais à tous les conseils du Roi, Gwindor s'élevait contre les projets de Túrin, disant qu'il était allé, lui, à Angband, et savait quelque chose de la puissance de Morgoth, et de ses noirs desseins. « Les petites victoires ne nous seront d'aucun profit, dit-il, car en définitive, elles permettent à Morgoth de localiser les plus audacieux de ses ennemis, et de rassembler des forces suffisantes pour les détruire. La puissance réunie des Elfes et des Edain a tout juste réussi à contenir Morgoth, et à nous procurer le répit d'un état de siège ; un long répit en effet, mais qui n'a duré que le temps pour Morgoth d'attendre son heure afin de briser ce siège ; et jamais plus une telle union ne pourra se reformer. Tout espoir de survie réside uniquement dans le secret. Jusqu'à l'arrivée des Valar. »

« Les Valar ! dit Túrin. Ils vous ont abandonnés, et ils n'ont que mépris pour les Hommes. À quoi bon tourner son regard vers l'ouest, vers un coucher de soleil mourant à l'horizon de la Mer illimitée ? Nous n'avons affaire qu'à un seul Vala, et c'est Morgoth ; et si nous ne pouvons venir à bout de lui, du moins pouvons-nous l'affaiblir et contrer ses desseins. Car une victoire est une victoire, quelque minime soit-elle, et sa valeur ne dépend pas uniquement de ce qui s'ensuit. Elle est utile également dans l'immédiat. Le secret ne peut être une fin en soi : les armes sont le seul rempart possible contre Morgoth. Si tu ne fais rien pour l'arrêter, tout le Beleriand va tomber sous son ombre avant bien peu d'années, et un par un, il vous débusquera de vos tanières. Et que se passera-t-il alors ? Une misérable poignée de fugitifs s'enfuira vers le sud et l'ouest, pour se terrer sur les plages au bord de la Mer, pris entre Morgoth et Ossë. Mieux vaut gagner un temps de gloire, même de brève durée ; car la fin n'en sera pas plus rude. Tu parles de secret, et dis que là seulement réside l'espoir ; mais même si vous pouviez par ruse et embuscade attraper tous les éclaireurs et espions de Morgoth jusqu'au dernier et au plus humble, de sorte qu'aucun ne puisse jamais retourner à Angband avec son butin de nouvelles, Morgoth n'en apprendrait pas moins que vous êtes en vie, et il devinera où. Et c'est pourquoi j'ajoute ceci : bien que les Hommes mortels n'aient qu'une vie brève comparée au temps alloué aux Elfes, ils préfèrent la passer, cette vie, à se battre, plutôt que de s'enfuir ou de se soumettre. Le défi porté par Húrin Thalion est un exploit insigne ; et bien que Morgoth en ait tué l'auteur, il ne peut faire que l'exploit n'ait eu lieu. Il sera honoré même des Seigneurs de l'Ouest ; et n'est-il pas consigné dans l'Histoire d'Arda ? Et ni Morgoth ni Manwë ne peuvent effacer ce qui est inscrit là. »

« Tu évoques de grandes choses, répondit Gwindor, et il est évident que tu as vécu parmi les Eldar. Mais tu es dans les ténèbres si tu associes Morgoth et Manwë, ou parles des Valar comme des ennemis des Elfes et des Hommes ; car les Valar n'ont de mépris pour rien, et surtout pas pour les Enfants d'Ilúvatar. De plus, les espoirs des Eldar ne te sont pas tous connus. Selon une prophétie qui a cours parmi nous, un messager de la Terre du Milieu franchira un jour les ombres pour atteindre le Valinor, et Manwë entendra, et Mandos se laissera fléchir. Et pour ce temps à venir, ne nous faut-il pas essayer de préserver la lignée des Noldor, et celle des Edain aussi bien ? Et Círdan séjourne à présent dans le Sud, et on y construit maints navires ; mais que sais-tu des navires ou de la Mer ? Tu ne penses qu'à toi et à ta propre gloire, et tu nous enjoins, à chacun de nous, de faire de même ; mais il nous faut songer à d'autres que nous-mêmes, car tout le monde n'est pas capable de lutter et de mourir au combat, et ces autres, il nous faut les garder de la guerre et du désastre, tant que nous pouvons. »

« Alors confie-les à tes navires, tant qu'il est encore temps », dit Túrin.

« Ils refusent de se séparer de nous, dit Gwindor, quand bien même Círdan les pourrait tous prendre à charge. Il nous faut demeurer ensemble tant que faire se peut, et ne pas défier la mort. »

« À tout cela j'ai répondu, dit Túrin. Assurer une vaillante défense des frontières, et infliger à l'ennemi de rudes coups avant qu'il ne puisse rassembler ses forces : c'est la seule voie, et pour vous, il n'y a pas meilleur espoir pour préserver une longue vie ensemble. Et celles dont vous parlez, aiment-elles donc si tendrement ces embusqués des grands bois, toujours à chasser comme des loups ? Les aiment-elles mieux que celui qui coiffe son heaume et s'arme de son écu armorié et repousse l'ennemi, quand bien même il serait bien supérieur en nombre à toute son armée ? Du moins les femmes des Edain, elles, ne les aiment point. Et elles n'empêchèrent pas les hommes de partir se battre aux Nirnaeth Arnoediad. »

« Mais elles ont souffert des maux bien plus terribles que si la bataille n'avait pas eu lieu », dit Gwindor.

Mais Túrin était de plus en plus apprécié d'Orodreth, et il devint le premier conseiller du Roi, qui sur toutes choses prenait son avis. Dès lors, les Elfes de Nargothrond renoncèrent au secret, et de grandes réserves d'armes furent constituées ; et sur le conseil de Túrin, les Noldor construisirent un puissant pont au-dessus du Narog, près des Portes de Felagund, pour faire passer plus rapidement leurs armes, car la guerre se déroulait à présent essentiellement à l'est du Narog, sur la Plaine Gardée. La « Terre Disputée », qui était délimitée par les sources du Ginglith, le Narog et l'orée des Bois de Núath, représentait maintenant la frontière septentrionale de Nargothrond. Entre le Nenning et le Narog, aucun Orque n'allait ; et à l'est du Narog, leur royaume s'étendait jusqu'au Teiglin et jusqu'aux frontières des Landes du Nibin-noeg.

Gwindor tomba en disgrâce car il n'était plus audacieux au combat, et sa force était diminuée ; et il souffrait souvent de son bras gauche estropié. Túrin au contraire était jeune, et atteignait seulement maintenant l'âge d'homme ; et c'était bien là, en vérité, le portrait de sa mère, Morwen Eledhwen : grand, noir de cheveux mais le teint pâle, les yeux gris, et le visage d'une beauté inégalée par aucun autre homme mortel, aux Jours Anciens. Son parler et sa prestance étaient propres à ceux de l'ancien royaume du Doriath, et même les Elfes pouvaient le prendre à première vue pour l'un des membres des nobles maisons des Noldor. Si vaillant était Túrin, et d'une habileté si exceptionnelle dans le maniement des armes, en particulier de l'épée et de l'écu, que les Elfes disaient qu'il ne pouvait être tué, sinon par malchance, ou par une mauvaise flèche tirée de loin. C'est pourquoi ils lui donnèrent pour le protéger une cotte de mailles forgée par les Nains ; et à contrecœur, il trouva dans les salles d'armes un masque fabriqué par les Nains, tout doré, qu'il revêtait avant chaque bataille, et ses ennemis fuyaient en le voyant.

À présent qu'on suivait son conseil, que tout allait bien, et qu'il avait trouvé une tâche à accomplir qui lui agréait, et de laquelle il sortait avec les honneurs, il était affable avec tout le monde, et d'humeur moins sombre que par le passé, de sorte que presque tous les cœurs étaient après lui ; et beaucoup l'appelaient Adanedhel, l'Homme Elfe. Mais plus que tout autre, Finduilas, la fille d'Orodreth, se trouvait émue en son cœur à chaque fois qu'il s'approchait, ou qu'il se trouvait au palais. Elle avait les cheveux d'or de ceux de la maison de Finarfin, et Túrin vint à se plaire à sa vue et en sa compagnie ; car elle lui rappelait les femmes de sa parenté, et celles du Dor-lómin en la maison de son père.

Au début, il la voyait seulement en la présence de Gwindor ; mais bientôt, ce fut elle qui le rechercha, et ils se rencontraient parfois seuls, même si cela semblait un effet du hasard. Alors elle le questionnait sur les Edain, qu'elle avait rarement vus, et quelques-uns seulement, et sur son pays et sa famille.

Et Túrin lui parla librement de ces choses, mais sans nommer le pays de sa naissance, ni aucun de ses parents ; et une fois, il lui dit : « J'avais une sœur, Lalaith, ou du moins est-ce ainsi que je l'appelais ; et c'est elle que tu me remets en mémoire. Mais Lalaith était une enfant, une fleur d'or dans la verte herbe printanière ; et aurait-elle vécu, qu'elle serait peut-être à présent toute ternie de chagrin. Mais toi, tu es royale, et tel un arbre d'or ; je souhaiterais avoir une sœur aussi belle que toi. »

« Mais tu es royal, toi aussi, dit-elle, semblable même aux seigneurs du peuple de Fingolfin ; je souhaiterais avoir un frère aussi vaillant. Et je ne pense pas qu'Agarwaen soit ton vrai nom, ni ne te convienne, Adanedhel. Je t'appellerai Thurin, le Secret. »

À ces mots, Túrin tressaillit, mais il dit : « Ce n'est pas mon nom ; et je ne suis pas un roi, car nos rois sont des Eldar, et je n'en suis pas un. »

Or Túrin s'aperçut que l'amitié de Gwindor se refroidissait à son égard ; et il s'étonna également de voir que si au début, la douleur et l'horreur d'Angband avaient paru s'estomper dans son cœur, voilà que semblaient s'insinuer en lui de nouveau le chagrin et la détresse. Et il pensa que, peut-être, Gwindor s'affligeait de ce que Túrin s'opposait à ses avis, et que ce soit sa voix qui l'ait emporté ; et il regrettait qu'il en soit ainsi. Car il aimait Gwindor comme celui qui l'avait guidé et secouru, et il était plein de compassion pour lui. Mais à la même époque, le rayonnement de Finduilas également se ternit, son pas s'alanguit et son visage se fit grave, et elle devint de plus en plus pâle et mince ; et Túrin, l'observant, soupçonna que les paroles de Gwindor avaient pu semer en elle la crainte de ce qui pouvait advenir.

En vérité, Finduilas était toute déchirée en son for intérieur. Car elle respectait Gwindor et elle avait grand-pitié de lui, et elle souhaitait ne pas ajouter une seule larme à ses souffrances ; mais contre son gré, son amour pour Túrin croissait de jour en jour, et elle songeait à Beren et Lúthien. Mais Túrin n'était pas comme Beren ! Il ne la dédaignait nullement, et se réjouissait en sa compagnie ; et pourtant elle savait qu'il n'éprouvait pas pour elle le genre d'amour qu'elle souhaitait. Son esprit et son cœur étaient ailleurs, sur les rives de quelque rivière, en un lointain printemps.

Alors Túrin parla à Finduilas, disant : « Ne laisse pas les paroles de Gwindor t'effrayer. Il a souffert dans les ténèbres d'Angband ; et il est difficile, pour un homme de sa trempe, de se retrouver ainsi infirme, et nécessairement dépassé. Il a besoin de davantage de temps pour guérir, et de tout le réconfort possible. »

« Je le sais bien », dit-elle.

« Mais cette fois, nous gagnerons pour lui ! dit Túrin. Nargothrond vivra ! Jamais plus Morgoth le Lâche ne s'aventurera hors d'Angband, et il lui faudra entièrement s'en remettre à ses serviteurs ; ainsi a parlé Melian du Doriath. Ses serviteurs sont les doigts de ses mains ; et nous les frapperons, et nous les trancherons, jusqu'à ce qu'il retire ses griffes. Nargothrond vivra ! »

« Peut-être, dit-elle. Elle vivra, si tu peux accomplir un tel exploit. Mais prends garde, Thurin ; j'ai le cœur lourd lorsque tu t'en vas au combat, de crainte que Nargothrond ne soit endeuillée. »

Et peu après, Túrin se mit en quête de Gwindor, et lui dit : « Gwindor, mon ami, te voilà qui retombes dans la tristesse ; ne sois pas en peine ! Car tu vas trouver la guérison aux foyers de tes parents, et à la lumière de Finduilas. »

Alors Gwindor considéra Túrin avec surprise, mais ne dit mot et se rembrunit.

« Pourquoi me regardes-tu comme cela ? demanda Túrin. Souvent, ces derniers temps, tes yeux m'ont jeté des regards étranges. En quoi t'ai-je chagriné ? J'ai contré tes avis ; mais un homme doit dire ce qu'il pense, et non pas dissimuler ce qu'il croit être la vérité, pour de quelconques raisons personnelles. Je souhaiterais que nous pensions de même ; car je te dois une grande dette de reconnaissance, et je ne l'oublierai pas. »

« Tu ne l'oublieras pas ? dit Gwindor. Pourtant par tes actions et tes résolutions, tu as changé ma maison et les miens. Sur eux, tu as projeté ton ombre. De quoi me réjouirais-je, moi qui ai tout perdu en ta faveur ? »

Túrin ne comprit pas ces mots, et crut seulement deviner que Gwindor jalousait la place qu'il avait prise dans le cœur et dans les conseils du Roi.

Mais une fois Túrin parti, Gwindor resta seul, plongé dans de sombres pensées, et il maudit Morgoth qui pouvait ainsi poursuivre ses ennemis en les frappant de malheur, où qu'ils puissent s'échapper. « Et maintenant enfin, dit-il, je crois la rumeur d'Angband qui dit que Morgoth a jeté une malédiction sur Húrin et sur tous les siens. » Et allant trouver Finduilas, il lui dit : « Une certaine tristesse et le doute t'assombrissent ; et trop souvent désormais ta présence m'est refusée, et je commence à soupçonner que tu m'évites. Puisque tu ne m'en dis pas la cause, je la dois deviner. Fille de la maison de Finarfin, ne laisse aucune humeur chagrine s'installer entre nous ; car si Morgoth a fait de ma vie un champ de ruines, je t'aime encore. Mais va où l'amour te mène, car je ne puis plus prétendre t'épouser, et ni mes prouesses ni mes conseils ne sont plus reçus avec honneur. »

Alors Finduilas pleura. « Ne pleure point encore ! dit Gwindor. Mais prends garde à ne pas trouver raison de le faire. Il ne convient pas que les Aînés des Enfants d'Ilúvatar épousent les Jeunes ; et il n'est pas sage non plus, car ces derniers sont éphémères, et meurent rapidement, de nous laisser en veuvage tant que dure le monde. Et le sort ne tolérera pas plus d'une ou deux fois seulement, non plus, qu'on subisse cela au nom d'une noble cause inscrite dans la destinée et que nous ne percevons pas.

« Mais cet homme n'est point Beren, quand bien même il serait à la fois aussi beau et aussi courageux. Une destinée plane sur lui ; une sombre destinée. Ne la fais pas tienne ! Et si c'est ta volonté, ton amour te trahira car il te conduira à l'amertume et à la mort. Car écoute-moi bien ! Quoiqu'il soit en effet *agarwaen*, fils de *úmarth*, son véritable nom est Túrin, fils de Húrin, que Morgoth détient à Angband, et il a jeté une malédiction sur tous les siens. Ne doute pas de la puissance de Morgoth Bauglir ! Est-ce que je n'en porte pas la marque ? »

Alors Finduilas se leva, et royale en effet était son allure.

« Tes yeux sont voilés, Gwindor, dit-elle. Tu ne vois ni ne comprends ce qui est ici advenu. Dois-je subir à présent double honte pour te révéler la vérité ? Car je t'aime, Gwindor, et j'ai honte de ne pas t'aimer mieux, mais je suis la proie d'un amour plus puissant encore, et dont je ne me puis délivrer. Je ne l'ai point recherché, et longtemps je l'ai écarté. Mais si j'ai pitié de tes douleurs, aie pitié des miennes. Túrin ne m'aime pas, et il ne m'aimera jamais. »

« Tu dis cela, répondit Gwindor, pour innocenter celui que tu aimes. Pourquoi recherche-t-il ta compagnie, et reste-t-il longtemps assis à tes côtés, et s'en revient-il toujours plus joyeux ? »

« Parce qu'il a, lui aussi, besoin de réconfort, répondit Finduilas, et qu'il est privé des siens. Tous deux, vous avez vos propres besoins. Mais que dire de Finduilas ? Ne suffit-il pas que je te confesse être mal aimée, et faut-il encore que tu me soupçonnes de parler ainsi pour te tromper ? »

« Non, une femme se trompe rarement dans un tel cas, dit Gwindor. Et tu n'en trouveras guère qui nieront qu'elles sont aimées, lorsque c'est le cas. »

« Si l'un de nous trois a trahi sa foi, c'est moi ; pourtant ce ne fut point de plein gré. Mais qu'en est-il de ta destinée et des rumeurs d'Angband ? Qu'en est-il de la mort et de la destruction ? L'Adanedhel est puissant dans le conte du Monde, et de taille à atteindre Morgoth, en un jour lointain à venir. »

« Il est fier », dit Gwindor.

« Mais il est clément aussi, dit Finduilas. Il n'est point encore éveillé, mais son cœur est toujours accessible à la pitié, et il ne s'y refuse jamais. Peut-être la pitié sera-t-elle toujours la seule voie d'accès à ce cœur. Mais de moi, il n'a point pitié. Il me tient en révérence, comme si j'étais tout à la fois sa mère et une reine. »

Et peut-être Finduilas disait vrai, voyant les choses avec les yeux perçants des Eldar. Et Túrin, ignorant tout des échanges entre Gwindor et Finduilas, se faisait toujours plus tendre à son égard, car il la voyait toujours plus triste. Mais une fois Finduilas lui dit : « Thurin Adanedhel, pourquoi m'as-tu caché ton nom ? Si j'avais su qui tu étais, je t'aurais honoré tout autant, mais j'aurais mieux compris ton chagrin. »

« Que veux-tu dire ? demanda-t-il. Qui crois-tu que je sois ? »

« Túrin, fils de Húrin Thalion, capitaine du Nord. »

Aussi quand Túrin apprit de Finduilas ce qui s'était dit, il fut pris de rage, et il dit à Gwindor : « En amour je te tiens, pour m'avoir sauvé et protégé. Mais là, tu m'as fait du tort, mon ami, en trahissant mon véritable nom, et en appelant sur moi ma destinée, de laquelle je voulais rester caché. »

Mais Gwindor répondit : « C'est en toi que ta destinée repose, non en ton nom. »

En ces temps de répit et d'espoir, alors que la puissance de Morgoth avait été contenue à l'ouest du Sirion grâce aux exploits du Mormegil, et que tous les bois étaient en paix, Morwen s'enfuit enfin du Dor-lómin avec sa fille Niënor, et se mit en route pour un long voyage jusqu'aux palais de Thingol. Là, un nouveau chagrin l'attendait, car elle n'y trouva pas Túrin, et en Doriath, aucune nouvelle n'était parvenue depuis que le Heaume du Dragon avait disparu des terres à l'ouest du Sirion ; mais Morwen demeura en Doriath avec Niënor où, en hôtes de Thingol et de Melian, elles furent traitées avec honneur.

# Chapitre XI

## La chute de Nargothrond

Quand cinq années depuis l'arrivée de Túrin à Nargothrond eurent passé, au printemps de la sixième, vinrent deux Elfes, et ils avaient pour noms Gelmir et Arminas, du peuple de Finarfin ; et ils dirent qu'ils avaient un message pour le Seigneur de Nargothrond. Or Túrin commandait désormais toutes les forces de Nargothrond, et il avait la haute main sur toutes les affaires militaires ; il était en effet devenu sérieux et fier, et ordonnait maintenant toutes choses d'après ses désirs ou ce qui lui semblait bon. Aussi conduisit-on les Elfes devant Túrin ; mais Gelmir dit : « C'est à Orodreth, fils de Finarfin, que nous voulons parler. »

Et lorsque vint Orodreth, Gelmir lui dit : « Seigneur, nous étions du peuple d'Angrod, et loin avons-nous erré depuis les Nirnaeth ; mais récemment nous avons vécu parmi les compagnons de Círdan, près des Bouches du Sirion. Et un jour, il nous manda, et il nous dépêcha auprès de toi ; car Ulmo lui-même, le Seigneur des Eaux, lui était apparu, et l'avait averti d'un grand péril qui menace Nargothrond. »

Mais Orodreth était méfiant, et il répondit : « Pourquoi, alors, arrivez-vous ici comme venant du Nord ? Ou peut-être aviez-vous encore d'autres missions à remplir ? »

Alors Arminas répondit : « Oui, seigneur. Depuis les Nirnaeth, je n'ai cessé de chercher le royaume caché de Turgon, et ne l'ai point trouvé ; et dans cette quête, je crains d'avoir par trop différé ma mission auprès de toi. Car Círdan nous envoya le long de la côte par bateau, pour raisons de secret et de rapidité, et on nous mit à terre à Drengist. Mais parmi les marins, il y en avait qui étaient venus au Sud, dans les années passées, comme messagers de Turgon, et à travers leurs paroles réservées, j'ai cru comprendre que peut-être Turgon demeurait encore dans le Nord, et non pas dans le Sud, comme le croient la plupart des gens. Mais nous n'avons trouvé ni signe ni rumeur de ce que nous cherchions. »

« Pourquoi cherchez-vous Turgon ? » demanda Orodreth.

« Parce qu'on dit que son royaume sera le dernier à résister à Morgoth », répondit Arminas. Et ces mots parurent à Orodreth de mauvais augure, et il en conçut grand déplaisir.

« Alors ne vous attardez pas à Nargothrond, dit-il, car ici vous n'entendrez pas parler de Turgon. Et je n'ai besoin de personne pour m'apprendre que Nargothrond est en danger. »

« Ne sois pas courroucé, seigneur, dit Gelmir, si nous répondons par la vérité à tes questions. Et nos errances par des chemins détournés n'ont pas été vaines, car nous avons poussé bien au-delà de tes avant-postes ; nous avons traversé le Dor-lómin, et toutes les terres à l'ombre des Ered Wethrin, et nous avons exploré la Passe du Sirion, espionnant les mouvements de l'Ennemi. Il y a un grand concours d'Orques et de créatures maléfiques dans ces régions, et une armée se rassemble dans les parages de l'Île de Sauron. »

« Je le sais, dit Túrin. Tes nouvelles sont périmées. Pour nous être de quelque utilité, le message de Círdan aurait dû nous parvenir plus tôt. »

« Au moins, seigneur, veuille écouter maintenant le message, dit Gelmir à Orodreth. Écoute donc les paroles du Seigneur des Eaux ! Ainsi parla-t-il à Círdan : "Le Mal du Nord a souillé les sources du Sirion, et mon pouvoir se retire des doigts des eaux courantes. Mais une chose pire est sur le point d'advenir. Fais donc dire ceci au Seigneur de Nargothrond : Ferme les portes de ta forteresse, et ne t'aventure pas au-dehors. Jette les pierres de ton orgueil dans la rivière impétueuse, afin que le Mal qui va rampant ne puisse découvrir tes portes." »

Ces paroles parurent obscures à Orodreth, et comme à son accoutumée, il se tourna vers Túrin pour prendre conseil de lui. Mais Túrin se méfiait des messagers, et il dit avec dédain : « Que connaît Círdan de nos guerres à nous qui vivons à proximité de l'Ennemi ? Que le marin s'occupe de ses navires ! Mais en vérité, si le Seigneur des Eaux veut nous faire parvenir un conseil, qu'il parle plus clair. Autrement il nous semblera, à nous qui sommes entraînés à la guerre, plus expédient de mobiliser nos armes, et d'aller audacieusement à la rencontre de l'ennemi, dès qu'il fera mine de trop s'approcher. »

Là-dessus, Gelmir s'inclina devant Orodreth et dit : « J'ai parlé comme on me l'avait enjoint de faire, seigneur » ; et il se détourna. Mais Arminas dit à Túrin : « Es-tu vraiment de la Maison de Hador, comme je l'ai entendu dire ? »

« Ici j'ai pour nom Agarwaen, le Noire-Épée de Nargothrond, répondit Túrin. La réserve, semble-t-il, n'est pas ton fort, Arminas mon ami. Et mieux vaut que le secret de Turgon ne te soit pas confié, ou il serait promptement divulgué à Angband. Le nom d'un homme lui appartient, et si le fils de Húrin apprend que tu l'as trahi, lui qui voulait rester caché, alors que Morgoth te prenne et qu'il te brûle la langue ! »

Arminas fut stupéfait par le noir courroux de Túrin ; mais Gelmir dit : « Il ne sera pas trahi par nous, Agarwaen. Ne sommes-nous pas ici à tenir conseil derrière portes closes, en un lieu où l'on peut parler librement ? Et Arminas t'a posé cette question, je pense, parce que c'est chose connue de tous ceux qui vivent près de la Mer, qu'Ulmo a un grand amour pour la Maison de Hador, et certains disent que

Húrin et Huor, son frère, ont visité un jour le Royaume Caché. »

« Si cela avait été, alors Húrin se garderait d'en rien dire à personne, ni aux grands ni aux petits, et encore moins à son fils tout enfant, répondit Túrin. Aussi je ne crois pas qu'Arminas m'ait demandé cela dans l'espoir d'apprendre quelque chose au sujet de Turgon. Je me méfie de tels messagers fauteurs de troubles. »

« Garde ta méfiance ! dit Arminas, furieux. Gelmir se trompe sur mon compte. Je t'ai demandé cela parce que je doutais de ce qui semble ici être couramment admis ; car tu ne ressembles guère à ceux du peuple de Hador, quel que soit ton nom. »

« Et que sais-tu donc à leur propos ? » demanda Túrin.

« J'ai vu Húrin, répondit Arminas, et ses pères avant lui. Et dans les solitudes du Dor-lómin, j'ai rencontré Tuor, fils de Huor, le frère de Húrin ; et il ressemble à ses pères, contrairement à toi. »

« Cela se peut, dit Túrin, encore que de Tuor, je n'aie jamais entendu parler avant aujourd'hui. Mais si mon chef est noir et non pas doré, je n'en suis pas honteux. Car je ne serai pas le premier fils à ressembler à sa mère ; et je suis issu de Morwen Eledhwen de la Maison de Bëor, apparentée à Beren Camlost. »

« Je ne parlais point de la différence entre le noir et l'or, dit Arminas. Mais de ce que ceux de la Maison de Hador ont tout autres usages, et Tuor parmi eux. Car ils ont manières courtoises, et ils écoutent les bons conseils, et tiennent en révérence les Seigneurs de l'Ouest. Mais toi, semble-t-il, tu n'écoutes que ta propre sagesse, ou les dictées de ta seule épée ; et tu parles avec hauteur. Et je te le dis, Agarwaen Mormegil, si tu agis ainsi, ta destinée sera tout autre que celle à laquelle pourrait prétendre un qui est issu des Maisons de Hador et de Bëor. »

« Elle a toujours été autre, répondit Túrin. Et si, à ce qu'il paraît, je dois supporter la haine de Morgoth en raison de la vaillance de mon père, me faut-il également endurer les sarcasmes et les paroles de sinistre augure d'un fugitif qui a fui la guerre, même s'il se dit en parenté avec des rois ? Va-t'en vite te mettre en sûreté sur les rives de la Mer ! »

Et Gelmir et Arminas s'en furent, et ils retournèrent vers le sud ; mais malgré les paroles insultantes de Túrin, ils se languissaient de marcher au combat aux côtés des leurs, et ils partirent uniquement parce que Círdan leur avait enjoint, sur ordre d'Ulmo, de lui rapporter des nouvelles de Nargothrond et du déroulement de leur mission. Et Orodreth demeura fort troublé des paroles des messagers ; mais l'humeur de Túrin devint encore plus féroce, et il ne voulut rien savoir de leurs conseils, et surtout refusa catégoriquement de consentir à la destruction du grand pont. Car des paroles d'Ulmo, ils avaient au moins déchiffré cela correctement.

Peu après le départ des messagers, Handir, Seigneur de Brethil, fut tué ; car les Orques avaient envahi ses terres, afin de s'assurer le passage des Gués du Teiglin en vue de leurs futures incursions. Handir leur livra bataille, mais les Hommes de Brethil eurent le dessous et furent repoussés dans leurs forêts. Les Orques ne se lancèrent pas à leur poursuite car pour l'heure ils avaient atteint leur but ; et ils continuèrent à assembler des forces dans la Passe du Sirion.

À l'automne de cette même année, ayant attendu son heure, Morgoth lança contre le peuple du Narog la formidable armée qu'il avait depuis longtemps préparée ; et Glaurung, le Père des Dragons, traversa l'Anfauglith et parvint ainsi dans les vallées du nord du Sirion, où il fit de grands ravages. À l'ombre des Ered Wethrin, menant à sa suite une grande armée d'Orques, il souilla Eithel Ivrin et de là passa dans le royaume de Nargothrond, brûlant au passage la Talath Dirnen, la Plaine Gardée, entre le Narog et le Teiglin.

Alors les guerriers de Nargothrond s'élancèrent, et grand et terrible parut Túrin ce jour-là, et chevauchant à la droite d'Orodreth, il inspira courage à son armée. Mais celle de Morgoth était bien plus puissante que ce qu'en avait dit aucun des éclaireurs, et personne hormis Túrin, protégé par son masque forgé par les Nains, ne pouvait résister à l'approche de Glaurung.

Les Elfes furent repoussés et vaincus lors de la bataille de Tumhalad ; et là s'évanouit toute la fierté de Nargothrond avec son armée. Le Roi Orodreth fut tué en première ligne, et Gwindor, fils de Guilin, fut blessé à mort. Mais Túrin lui vint en aide et tous les ennemis fuirent devant lui ; et il porta Gwindor hors de l'armée en déroute, et se réfugiant dans un bois, il le déposa sur l'herbe.

Alors Gwindor dit à Túrin : « Que ce secours t'acquitte d'un précédent secours ! Mais mon action a été funeste, et la tienne est vaine ; car rien ne peut guérir mon corps blessé, et je dois quitter la Terre du Milieu. Et bien que je t'aime, fils de Húrin, je maudis le jour où je t'ai enlevé aux Orques. Sans tes prouesses et ton orgueil, je n'aurais perdu ni l'amour ni la vie, et Nargothrond tiendrait encore pour un temps. Maintenant, si tu m'aimes, laisse-moi ! Hâte-toi vers Nargothrond, et sauve Finduilas. Et je te dis cette dernière chose : elle seule se tient entre toi et ton destin. Si tu oublies Finduilas, lui ne t'oubliera pas. Adieu ! »

Alors Túrin retourna rapidement vers Nargothrond, rassemblant tous ceux des soldats en déroute qu'il rencontrait en chemin ; et sur leur route, un grand vent faisait tomber les feuilles des arbres, car l'automne laissait la place à un rude hiver. Mais Glaurung et son armée d'Orques l'avaient devancé, pendant qu'il secourait Gwindor, et ils surgirent brusquement, avant que ceux qui étaient restés pour garder la cité n'apprennent l'issue de la bataille de Tumhalad. Ce jour-là, le pont sur le Narog dont Túrin avait obtenu la construction se révéla être un mal ; car il était puissant et solidement bâti et il ne pouvait être rapidement détruit, de sorte que l'ennemi passa promptement la rivière profonde, et Glaurung déchaîna son feu contre les Portes de Felagund qu'il détruisit, et il pénétra dans Nargothrond.

Et avant même l'arrivée de Túrin, l'épouvantable pillage de Nargothrond était presque achevé. Les Orques avaient tué ou repoussé tous ceux qui portaient encore des armes, tout en mettant à sac les grand-salles et les chambres, volant et détruisant tout ; mais celles des femmes et des jeunes filles qui n'avaient pas brûlé ou péri furent rassemblées sur la terrasse devant les portes pour être emmenées comme esclaves à Angband. Alors Túrin découvrit l'effroyable saccage, et personne ne put l'arrêter ; ou ne chercha à le faire, car il abattait tous ceux qui se dressaient sur son chemin, et il traversa le pont, se frayant un passage vers les captives avec son épée.

Et à présent il était seul, car les rares qui l'avaient suivi au début s'étaient enfuis pour se cacher. Mais le cruel Glaurung surgit à cet instant des Portes béantes de Felagund et s'étendit entre Túrin et le pont. Puis l'esprit maléfique qui était en lui parla en ces termes : « Salut à toi, fils de Húrin. Heureuse rencontre ! »

Alors Túrin se retourna vivement et marcha contre lui, ses yeux lancèrent des éclairs, et la lame de Gurthang brilla comme le feu. Mais Glaurung retint ses flammes et il ouvrit grand ses yeux de serpent pour fixer Túrin. Sans nulle peur, Túrin y plongea le regard tout en levant son épée ; et il tomba immédiatement victime de l'horrible sortilège du Dragon, et fut comme changé en pierre. Ainsi ils demeurèrent longtemps immobiles, silencieux devant les grandes Portes de Felagund. Puis Glaurung parla de nouveau, raillant Túrin :

« Tout ce que tu as fait s'est révélé funeste, fils de Húrin. Ingrat avec ton père adoptif, hors-la-loi, meurtrier de ton ami, voleur d'amour, usurpateur à Nargothrond, capitaine imprudent, et traître envers les tiens. C'est en esclaves que ta mère et ta sœur vivent en Dor-lómin, dans la misère et le besoin. Tu as des atours de prince, alors qu'elles vont en haillons. Elles meurent de te revoir, mais tu n'as que faire de cela. Heureux sera ton père d'apprendre qu'il a un tel fils : car il l'apprendra. » Et Túrin, sous l'emprise du sortilège de Glaurung, écouta attentivement ces mots, et comme dans un miroir il vit son image déformée par la malignité, et il détesta ce qu'il vit.

Et tandis qu'il était ainsi retenu par les yeux de Glaurung, l'esprit tourmenté, sans pouvoir bouger, les Orques emmenèrent le groupe de captives sur un signe du Dragon, et elles passèrent près de Túrin pour traverser le pont. Et parmi elles se trouvait Finduilas, qui tendit les bras vers Túrin, et l'appela par son nom. Mais ce n'est que lorsque ses cris et les pleurs des captives se furent perdus sur la route du nord que Glaurung délivra Túrin, qui ne put faire taire cette voix qui le hanta longtemps après.

Glaurung détourna soudain le regard, et attendit ; et Túrin se mit lentement à bouger comme quelqu'un qui s'éveille d'un rêve atroce. Revenant alors à lui, il bondit vers le Dragon dans un grand cri. Mais Glaurung se prit à rire et dit :

« Si tu veux être tué, je te tuerai volontiers. Mais cela ne sera pas d'une grande aide pour Morwen et Niënor. Tu n'as pas prêté attention aux cris de la femme elfe. Vas-tu également renier les liens du sang ? »

Mais Túrin reprit son épée et l'enfonça près des yeux du Dragon ; et se lovant brusquement, Glaurung se dressa au-dessus de lui et dit : « Non ! Au moins tu es vaillant. Bien plus que tous ceux que j'ai rencontrés. Et ils mentent, ceux qui affirment que nous autres ne reconnaissons pas le courage de nos ennemis. Vois donc ! Je t'offre la liberté. Va rejoindre les tiens, si tu peux. Va-t'en vite ! Et s'il reste un Elfe ou un Homme pour faire le récit de ces événements, ils te traiteront certainement avec mépris, si tu rejettes ce présent. »

Alors Túrin, encore sous l'emprise du pouvoir des yeux, comme s'il avait affaire à un ennemi qui pouvait éprouver de la pitié, crut les paroles de Glaurung, et tournant les talons, il traversa le pont en toute hâte. Mais pendant qu'il s'en allait, Glaurung parla dans son dos d'une voix cruelle : « Regagne vite le Dor-lómin, fils de Húrin ! Ou les Orques pourraient bien te précéder une fois de plus. Et si tu t'attardes pour retrouver Finduilas, alors jamais tu ne reverras Morwen ni Niënor ; et elles te maudiront. »

Ainsi Túrin s'éloigna par la route du nord, et Glaurung rit à nouveau, car il avait accompli la mission ordonnée par son Maître. Alors il s'adonna à son propre plaisir, et il cracha ses flammes, brûlant tout autour de lui. Et tous les Orques qui se livraient au pillage, il les arrêta et les fit partir, et il refusa qu'ils emportent leur butin, même les choses sans valeur. Puis il détruisit le pont et le jeta dans l'écume du Narog ; et ainsi à l'abri, il rassembla en un tas tout le trésor et les richesses de Felagund, et il se coucha dessus dans la salle la plus reculée, et se reposa un temps.

Et Túrin se hâta le long des chemins qui menaient vers le nord, traversant les terres désormais désolées qui s'étendaient entre le Narog et le Teiglin, et le Cruel Hiver vint à sa rencontre ; car cette année-là la neige tomba avant même la fin de l'automne, et le printemps fut tardif et froid. Et toujours il lui semblait qu'il entendait les cris de Finduilas l'appelant de son nom par les bois et les collines, et grand était son tourment ; mais poussé en son cœur par les mensonges de Glaurung, ayant toujours à l'esprit l'image des Orques brûlant la maison de Húrin ou molestant Morwen et Niënor, il continua son chemin, sans jamais en dévier.

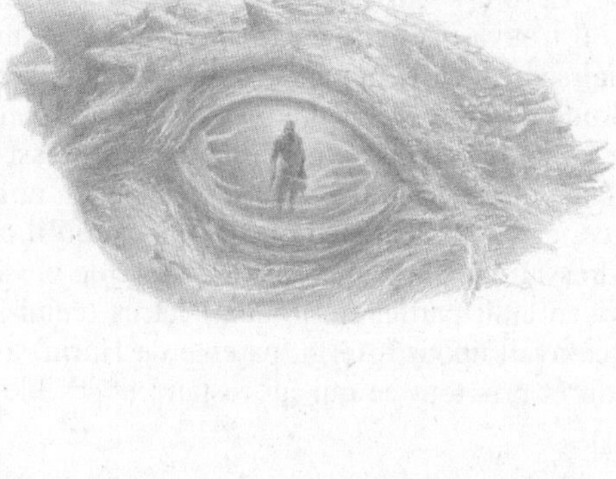

# Chapitre XII

## Le retour de Túrin en Dor-lómin

Exténué par sa longue course précipitée (car il avait fait plus de quarante lieues sans souffler), Túrin parvint enfin avec les premières glaces de l'hiver à la Fontaine d'Ivrin, où la guérison jadis lui fut prodiguée. Mais ce n'était plus à présent qu'un bourbier gelé, et il ne pouvait plus y boire.

De là, il gagna les passes qui mènent en Dor-lómin ; une âpre neige s'était mise à tomber du nord, et les chemins étaient glacés et dangereux. Bien que vingt-trois ans se fussent écoulés depuis qu'il avait foulé ce chemin, il le portait gravé en son cœur, tant aigu avait été son chagrin de quitter Morwen. Et c'est ainsi qu'il retourna au pays de son enfance. Il trouva une terre morne et désolée ; et une population clairsemée, et de mœurs grossières, et qui s'exprimait dans le rude parler des Orientaux, et l'ancienne langue était devenue celle des esclaves, ou des ennemis. Aussi prudemment allait Túrin, dissimulé sous son capuchon et marchant en silence, et voilà qu'il atteignit la maison qu'il cherchait. Elle se dressait vide et sombre, et nul signe de vie alentour ; car Morwen était partie, et Brodda l'Intrus (celui-là qui de vive force avait épousé Aerin, parente de Húrin) avait pillé sa maison et pris tout ce qui lui restait : et ses biens et ses gens. La maison de Brodda s'élevait toute proche de l'ancienne demeure de Húrin, et là se rendit Túrin, épuisé par ses errances et son chagrin, et il quémanda l'hospitalité, laquelle lui fut accordée, car sous l'influence d'Aerin, on tenait encore en honneur quelques-unes des pratiques charitables d'autrefois. On lui donna un siège près du feu, parmi les serviteurs et quelques gueux aussi misérables et fourbus que lui ; et il demanda des nouvelles du pays.

À cela, la compagnie fit silence, et certains s'écartèrent, regardant l'étranger de travers. Mais un vieux vagabond à béquilles dit : « S'il te plaît de parler l'ancienne langue, maître, parle donc plus bas et ne pose pas de questions. Crains qu'on ne te rosse comme un malandrin, ou qu'on ne te pende comme espion ! Car à te voir, il se pourrait bien que tu sois l'un et l'autre. Ce qui revient à dire – et il baissa la voix et s'approchant de Túrin, lui murmura à l'oreille – l'un de ces gens de bien qui vinrent avec Hador, dans les jours dorés, lorsque les têtes ne portaient pas poils de loup. Certains, ici, sont de cette race, mais réduits aujourd'hui à l'état de mendiants ou d'esclaves, et sans la Dame Aerin, on ne leur baillerait ni feu ni potage. D'où es-tu et quelles nouvelles apportes-tu ? »

« Il y avait une dame nommée Morwen, répondit Túrin, et au temps jadis, je vivais dans sa maison. Et en ce lieu, après avoir erré au loin, je suis revenu trouver bon accueil, mais il n'y a ni feu ni âme qui vive là-bas. »

« Et cela depuis une année entière et plus, répliqua le vieillard. Mais peu nourris étaient le feu et les gens de la maison depuis cette guerre meurtrière ; car la Dame était de l'ancien peuple, comme assurément tu le sais : la veuve de notre seigneur Húrin, fils de Galdor. On n'osait la toucher, pourtant, car on la craignait ; elle était fière et belle comme une reine, avant que le chagrin ne la ravage. Sorcière l'appelait-on, et on l'évitait. Sorcière, c'est-à-dire, dans le nouveau langage, “Amie des Elfes”. Et cependant ils la dépouillèrent de tout. Bien souvent, elle et sa fille auraient connu la faim sans la Dame Aerin. Elle les secourait en secret, et maintes fois, dit-on, elle fut battue pour prix de ses bienfaits par Brodda le brutal, son mari par nécessité. »

« Et cela depuis une année entière et plus ? demanda Túrin. Sont-elles mortes, ou réduites en servitude ? Les Orques se seraient-ils emparés d'elles ? »

« On ne sait au juste, dit le vieillard. Mais elle est partie avec sa fille ; et ce Brodda a fait main basse sur ce qu'elle avait, et il a tout rapiné. Pas un chien ne lui reste, et de ses quelques gens, il a fait des esclaves ; hors ceux qui s'en sont allés mendier, comme moi. Je l'ai servie de longues années, et l'illustre maître auparavant ; on me nomme Sador l'Éclopé : une maudite hache dans les bois, il y a longtemps, sinon je reposerais aujourd'hui sous le Grand Tertre. Je me souviens bien du jour où l'on fit partir le garçon de Húrin, et comme il pleurait ; et elle également, après son départ. On a dit qu'il s'en est allé au Royaume Caché. »

Là-dessus, le vieillard se tut, et il dévisagea Túrin avec inquiétude. « Je suis vieux et je jase volontiers, maître, dit-il. Ne prête pas attention à moi ! Car si c'est un plaisir de parler l'ancienne langue avec qui la parle noblement comme par le passé, les temps sont mauvais et il faut être prudent. Ils n'ont pas tous le cœur noble, ceux qui parlent la langue noble. »

« C'est vrai, dit Túrin. Mon cœur à moi est sombre. Mais si tu redoutes que je sois un espion du Nord ou de l'Est, alors tu n'es guère plus sage qu'autrefois, Sador Labadal. »

Le vieillard le contempla avec stupeur ; puis tremblant, il parla : « Viens dehors ! Il y fait plus froid mais on est plus en sécurité. Tu parles trop fort et moi je parle trop, pour la salle de festin d'un Oriental. »

Lorsqu'ils furent dans la cour, il saisit le manteau de Túrin : « Tu as vécu jadis dans cette maison, dis-tu. Seigneur Túrin, pourquoi es-tu revenu ? Enfin s'ouvrent mes yeux et mes oreilles : tu as la voix de ton père. Mais le jeune Túrin a toujours été le seul à me donner ce nom, Labadal. Et ce n'était pas en mauvaise part : nous étions de joyeux compagnons, tous les deux, en ces jours d'autrefois. Que cherche-t-il ici à présent ? Nous ne sommes plus que quelques-uns ; et vieux et sans armes. Plus heureux sont ceux du Grand Tertre. »

« Je ne suis pas venu pour me battre, dit Túrin, bien que tes paroles aient éveillé ces pensées dans mon cœur, Labadal. Mais cela doit attendre. Je suis venu chercher la Dame Morwen et Niënor. Que peux-tu m'apprendre, et vite ? »

« Pas grand-chose, seigneur, dit Sador. Elles s'en furent secrètement. On a chuchoté parmi nous que le Seigneur Túrin les avait mandées auprès de lui ; car nous ne doutions point qu'avec les années, il ne fût devenu un homme de grande importance, un roi ou un seigneur dans quelque contrée du Sud. Mais il semble que non. »

« Non, en effet, répondit Túrin. Je fus en effet seigneur dans un pays du Sud, bien que je sois maintenant un vagabond. Mais je ne les ai point mandées auprès de moi. »

« Alors je ne sais que te dire, répliqua Sador. Mais la Dame Aerin, elle, saura, j'en suis sûr. Elle était dans la confidence de ta mère. »

« Comment puis-je l'approcher ? »

« Cela, je l'ignore. Il lui en coûtera gros si on l'attrape chuchotant entre deux portes avec un misérable vagabond du peuple des vaincus, quand bien même on parviendrait par un message à la faire venir. Et à peine un mendiant de ton espèce s'avancerait-il dans la grand-salle vers la table des maîtres que les Orientaux se saisiraient de lui, et le battraient, sinon pire. »

De colère, Túrin s'écria : « Il ne me serait pas permis, à moi, de traverser la salle de Brodda, et ils oseraient lever la main sur moi ? Viens donc, et tu verras ! »

Là-dessus, il pénétra dans la salle du festin, rejeta son capuchon, et repoussant tous ceux qui se trouvaient sur son passage, il marcha à grands pas jusqu'à la table où siégeaient le maître de maison et sa femme, et d'autres seigneurs orientaux. Et certains lui coururent sus, mais il les précipita au sol, et clama : « Personne ne gouverne-t-il donc ici, ou est-ce une tanière d'Orques ? Où est le maître de céans ? »

Alors Brodda se leva en grand courroux et dit : « C'est moi qui gouverne cette maison. » Mais avant même qu'il puisse prononcer un mot de plus, Túrin s'écria : « Alors tu n'as pas encore appris la courtoisie qui régnait dans ce pays avant ta venue. Est-ce l'usage des hommes à présent, de laisser des laquais malmener les parents de leurs femmes ? Tel je suis, et j'ai à entretenir la Dame Aerin. Viendrai-je librement, ou viendrai-je en me frayant un chemin à ma manière ? »

« Viens », dit Brodda, l'air menaçant, et Aerin devint toute pâle.

Alors Túrin s'avança jusqu'à la table des maîtres, et il se tint là debout et s'inclina : « Je te prie de m'excuser, dit-il, Dame Aerin, de faire irruption ainsi devant toi ; mais ce que j'ai à te dire ne souffre pas de répit, et m'amène de loin. Je cherche Morwen, Dame du Dor-lómin, et Niënor, sa fille. Mais sa maison est vide, et a été pillée. Que peux-tu m'apprendre ? »

« Rien », dit Aerin pleine d'effroi, car Brodda la surveillait de près.

« Voilà ce que je ne puis croire », dit Túrin.

Alors Brodda se dressa et une rage avinée l'empourprait.

« Suffit ! cria-t-il. Ma femme se verra-t-elle contredire sous mes yeux, et par un mendiant qui parle la langue des serfs ? Il n'y a pas de Dame du Dor-lómin. Quant à Morwen, elle était de la gent esclave, et comme une esclave, elle a pris la fuite. Et hâte-toi de faire de même, et sans plus attendre, ou je te ferai pendre à un arbre ! »

Túrin bondit alors sur lui, et il tira sa noire épée, puis il saisit Brodda par les cheveux et lui renversa la tête. « Que personne ne bouge, dit-il, ou cette tête quittera ces épaules ! Dame Aerin, je te prierai une fois encore de me pardonner si je pensais que cette brute t'avait jamais fait autre chose que du mal. Mais parle maintenant, et ne te dérobe plus à ma demande ! Ne suis-je pas Túrin, Seigneur du Dor-lómin ? Dois-je te donner ordre de parler ? »

« Ordonne-moi de parler », dit-elle.

« Qui a pillé la maison de Morwen ? »

« Brodda », répondit-elle.

« Quand a-t-elle fui, et où ? »

« Voilà plus d'une année et trois mois, dit Aerin. Maître Brodda et d'autres parmi ceux venus d'Orient ici présents l'opprimèrent durement. Depuis longtemps elle était conviée à se rendre au Royaume Caché ; et enfin, elle se décida à y aller. Car toutes les terres nous en séparant se trouvèrent pour un temps libres de l'oppression, grâce aux exploits du Noire-Épée qui, dit-on, guerroyait sur les marches méridionales du pays ; mais c'est fini à présent. Elle espérait retrouver son fils l'attendant là-bas. Mais si tu es celui-là même, alors je crains fort un fâcheux contretemps. »

Túrin se prit à rire amèrement : « Un fâcheux contretemps, vraiment ? s'écria-t-il. Oui, tout est vicié ! Aussi vicié que l'est Morgoth lui-même ! » Et soudain, il fut secoué d'un noir courroux ; car ses yeux se dessillèrent et se détachèrent les derniers liens du maléfice que lui avait jeté Glaurung ; et il connut enfin les mensonges dont on l'avait abreuvé. « Aurais-je été par duperie et traîtrise amené jusqu'ici pour y trouver la mort dans le déshonneur, moi qui pouvais au moins achever mon existence vaillamment devant les Portes de Nargothrond ? » Et du cœur de la nuit qui environnait la salle, il crut entendre la plainte de Finduilas.

« Mais je ne serai pas le premier à périr ici ! » s'écria-t-il. Et il saisit Brodda, et mû par une colère et une angoisse terribles, le souleva de terre et le secoua en l'air comme un chien. « Morwen de la gent esclave, dis-tu ? Toi, fils de chienne, bandit, esclave d'esclaves ! » Et il jeta Brodda tête la première au travers de sa propre table, au visage d'un Oriental qui se leva pour l'assaillir. Et dans sa chute, Brodda se rompit le cou ; et Túrin bondit sur sa lancée et en tua trois autres qui se rencognaient lâchement car ils étaient pris sans armes. Et le tumulte fut grand dans la salle. Les Orientaux assis à la table du festin se seraient rués sur Túrin, mais il y avait bien d'autres gens assemblés là qui, eux, étaient de l'ancien peuple du Dor-lómin : ils avaient longtemps servi avec soumission, mais voilà qu'ils se soulevaient avec des cris de révolte. En un instant, la grand-salle fut un champ de bataille, et bien que les esclaves n'eussent que des tranchoirs et autres ustensiles de ce genre, tout ce dont ils pouvaient se saisir, en guise de dagues et d'épées, il y eut bientôt des morts dans les deux camps, avant même que Túrin ne saute parmi eux, et ne tue le dernier des Orientaux qui restait dans la salle.

Alors il reprit son souffle, appuyé contre une colonne, et le feu de sa rage était cendres. Mais le vieux Sador se traîna à ses pieds et lui étreignit les genoux, car il était blessé à mort.

« Trois fois sept ans et plus, ce fut long à attendre pour voir cette heure, dit-il. Mais maintenant pars, pars, seigneur ! Pars, et ne reviens pas, sinon avec des forces plus puissantes. Car ils vont ameuter tout le pays contre toi. Nombreux sont ceux qui se sont échappés du palais. Pars, ou ici même sera ta fin. Adieu ! » Et il s'affaissa et expira.

« Il parle avec la vérité de la mort, dit Aerin. Tu as appris ce que tu voulais savoir. À présent, pars et fais vite ! Mais d'abord, va auprès de Morwen et rassure-la, sinon j'aurai peine à pardonner tous les ravages que tu as perpétrés ici. Car si mauvaise que fût ma vie, tu m'as apporté la mort ici, avec ta violence. Les Intrus tireront vengeance de cette nuit sur tous ceux qui étaient présents. Inconsidérés sont tes actes, fils de Húrin, comme si tu n'étais encore que l'enfant que j'ai connu. »

« Et craintive de cœur es-tu, Aerin, fille d'Indor, tout comme tu étais lorsque je t'appelais tante, et qu'un chien un peu hargneux t'effraya, dit Túrin. Tu étais faite pour un monde plus clément. Mais viens avec moi ! Je t'emmènerai auprès de Morwen. »

« La neige gît sur la terre, mais elle gît plus épaisse encore sur ma tête, répondit-elle. Je mourrai aussi bien avec toi dans les solitudes sauvages, que de la main brutale des Orientaux. Tu ne peux réparer ce que tu as fait. Pars ! Rester ne fera qu'aggraver les choses, et privera Morwen de son bien, inutilement. Pars, je t'en conjure ! »

Alors Túrin s'inclina profondément devant elle et se détourna, et il quitta la salle de Brodda ; et les rebelles qui en avaient la force le suivirent. Ils s'enfuirent vers les montagnes, car certains d'entre eux connaissaient bien les terres sauvages, et ils furent reconnaissants à la neige qui tombait derrière eux, recouvrant leurs traces. Et ainsi, malgré la traque promptement lancée contre eux avec des hommes et des chiens en nombre et des chevaux hennissant, ils s'échappèrent vers le sud, s'enfonçant dans les collines. C'est alors que jetant un regard en arrière, ils virent une rouge clarté au loin, dans la contrée qu'ils avaient fuie.

« Ils ont mis le feu au palais, dit Túrin. Et pourquoi cela ? »

« Non pas ''ils'', seigneur ; ''elle'', je pense, dit celui qui avait pour nom Asgon. Souvent, un homme de guerre méconnaît les vertus de patience et de douceur. Elle faisait beaucoup de bien aux nôtres, et ça lui coûtait cher. Son cœur n'était pas craintif, et la patience un jour s'épuise. »

Ainsi, quelques-uns des plus endurants, et qui pouvaient braver les rigueurs de l'hiver, demeurèrent avec Túrin, et le conduisirent par des chemins détournés à un refuge de montagne, une grotte connue des seuls hors-la-loi et fugitifs ; et s'y trouvaient cachées quelques provisions. Et là ils patientèrent jusqu'à ce que la neige cesse, et alors ils munirent Túrin de nourriture et l'amenèrent à une passe peu fréquentée, par laquelle on gagnait par le sud le Val du Sirion, où la neige n'avait pas fait son apparition. Et sur le chemin de la descente, ils se séparèrent.

« Adieu donc, Seigneur du Dor-lómin, dit Asgon. Mais ne nous oublie pas. Car nous serons à présent des hommes pourchassés ; et pour prix de ta venue, le Peuple-loup sera plus cruel d'autant. C'est pourquoi je te dis : pars, et ne reviens point, sinon en force pour nous libérer. Adieu ! »

## Chapitre XIII

## Túrin vient en Brethil

Or donc Túrin descendit vers le Sirion, et il sentait en son esprit un déchirement. Car, lui semblait-il, si auparavant il avait eu deux choix, amers tous deux, voici qu'il en avait trois à présent ; et son peuple opprimé l'appelait, à qui il n'avait apporté qu'un surcroît de malheur. Un seul réconfort lui restait : la certitude que Morwen et Niënor étaient parvenues depuis longtemps en Doriath, et cela grâce aux seules prouesses du Noire-Épée de Nargothrond, qui leur avait ouvert la route. Et il se prit à songer : « Quand bien même je serais venu plus tôt, en des mains plus sûres je n'aurais pu les confier ! Si l'Anneau de Melian cède, alors tout est fini. Non, les choses sont mieux ainsi ; car par la fureur qui est en moi et par mes actes inconsidérés, je jette une ombre partout où je m'attarde. Que Melian les garde ! Et je les laisserai vivre une paix sans ombrage quelque temps. »

Mais trop tard se mit-il en quête de Finduilas, fouillant les forêts au chevet des Ered Wethrin, allant sauvage et défiant comme une bête des bois ; et il tendit des embuscades sur toutes les routes qui gagnaient, par le nord, la Passe du Sirion. Trop tard. Car les pluies et les neiges avaient brouillé toutes les pistes. Mais voici que descendant le cours du Teiglin,

Túrin tomba sur des gens du Peuple de Haleth, vivant en Forêt de Brethil. La guerre les avait fort réduits en nombre et ils habitaient pour la plupart secrètement, à l'abri d'une palissade fortifiée sur les pentes d'Amon Obel, au cœur de la forêt. Et le lieu de leur séjour avait pour nom Ephel Brandir ; car son père ayant été tué, Brandir, fils de Handir, était maintenant leur seigneur. Et Brandir n'avait rien d'un homme de guerre, car il boitait d'une jambe qu'il s'était cassée, enfant, par accident ; et il était, en outre, homme de disposition pacifique, aimant le bois plutôt que le métal, et préférant à toute autre science le savoir des choses qui croissent en terre.

Mais certains des Forestiers continuaient à traquer l'Orque sur les confins ; et ainsi advint-il que Túrin, errant dans les parages, perçut le cliquetis d'une mêlée. Et lui d'y courir, mais prudemment néanmoins, s'avançant à pas furtifs parmi les arbres ; et il vit une petite troupe d'hommes encerclés par des Orques. Ils se défendaient désespérément, le dos à un boqueteau qui poussait à l'écart dans une clairière ; mais les Orques étaient en nombre, et sauf à être secourus, les hommes avaient peu de chances d'en réchapper. Aussi, sous le couvert des bois, Túrin se mit à faire grand tapage, avec force piétinement et branches cassées, et puis s'écria d'une voix haute et claire, comme s'il menait au combat toute une compagnie : « Holà ! Les voilà ! Suivez-moi, vous autres ! À l'assaut, et qu'on les tue ! »

À ces cris, nombre des Orques, de saisissement, se retournèrent, et Túrin se précipita d'un bond, gesticulant comme s'il appelait ses hommes à le suivre, et le tranchant de Gurthang étincelait comme une flamme dans sa main. Les Orques ne connaissaient que trop bien cette lame, et avant même que Túrin ait sauté parmi eux, ils s'étaient débandés au loin et enfuis. Alors les Forestiers s'empressèrent de se joindre à lui, et ensemble ils pourchassèrent leurs ennemis et les jetèrent à l'eau ; et peu, parmi les Orques, s'en sortirent vivants. Enfin les Forestiers firent halte sur la rive, et Dorlas, leur chef, dit : « Tu es rapide à la course, seigneur ; mais tes hommes sont lents à suivre. »

« Non pas, dit Túrin. Nous courons de concert, comme un seul homme, et jamais ne nous séparons. »

Et les Hommes de Brethil de rire, disant : « Eh bien, un seul de ta force en vaut certes plusieurs. Et nous te devons une grande reconnaissance. Mais qui es-tu, et que fais-tu ici ? »

« Je ne fais guère que mon métier, qui est de tuer de l'Orque, dit Túrin. Et je vis là où s'exerce mon métier. Je suis l'Homme Sauvage des Bois. »

« Alors viens donc vivre avec nous, dirent-ils. Car nous habitons la forêt, et nous avons bien besoin d'artisans de ton espèce. Tu seras le bienvenu ! »

Sur ce, Túrin les regarda d'un air étrange et dit : « Existent-ils donc, ceux-là qui souffriraient que j'assombrisse leurs seuils ? Mais, amis, il me faut d'abord mener à bien ma douloureuse quête : je dois retrouver Finduilas, fille d'Orodreth de Nargothrond, ou du moins apprendre de ses nouvelles. Hélas ! Bien des semaines se sont écoulées depuis qu'elle a été emmenée de Nargothrond, mais il me faut coûte que coûte poursuivre. »

Alors les Forestiers le considérèrent avec compassion, et Dorlas dit : « Ne cherche plus. Car une colonne d'Orques est passée, qui venait de Nargothrond et se dirigeait vers les Gués du Teiglin, et nous en fûmes avertis longtemps à l'avance : elle cheminait très lentement, à cause du grand nombre de prisonniers qu'elle escortait. Et nous avons voulu frapper nous aussi notre coup, si modeste soit-il, dans cette guerre, et avec tous les archers que nous pûmes rameuter, nous dressâmes une embuscade pour les Orques, et nous avions bon espoir de sauver quelques-uns des prisonniers. Mais hélas, dès qu'ils se virent attaqués, les Orques infâmes tuèrent leurs captives d'abord ; et d'une lance, ils clouèrent à un arbre la fille d'Orodreth. »

Túrin se figea, tel un homme touché à mort : « Comment le savez-vous ? » demanda-t-il.

« Parce qu'elle s'adressa à moi avant de mourir, dit Dorlas. Elle nous dévisageait tous comme si elle cherchait quelqu'un qu'elle attendait, et elle dit : “Mormegil. Dites au

Mormegil que Finduilas est ici.” Et puis elle se tut. Mais en raison de ses dernières paroles, nous lui avons donné sépulture à l’endroit où elle expira. Elle repose sous un tertre proche du Teiglin. Il y a un mois maintenant de cela. »

« Menez-moi en ce lieu », dit Túrin ; et ils le conduisirent à une petite butte près des Gués du Teiglin. Et parvenu là, il se coucha à terre et tomba en pâmoison, de sorte qu’ils le crurent mort. Mais Dorlas, le contemplant couché là, se tourna vers ses hommes et dit : « Trop tard ! Voici un funeste hasard. Car voyez donc : ci-gît le Mormegil en personne, l’illustre capitaine de Nargothrond. À son épée, nous aurions dû le reconnaître, comme l’ont fait les Orques. » Car la gloire du Noire-Épée qui guerroyait dans le sud avait retenti au loin et jusqu’au plus profond des grands bois.

Aussi le soulevèrent-ils avec révérence et le portèrent ainsi à Ephel Brandir : et Brandir, venant à leur rencontre, s’étonna fort de cette civière qu’ils portaient. Et retirant la couverture, ses yeux se posèrent sur le visage de Túrin, fils de Húrin ; et une ombre noire recouvrit son cœur. « Ô Hommes de Haleth, hommes cruels ! s’écria-t-il. Pourquoi avez-vous soustrait cet homme à la mort ? À grand labeur et peine, vous avez amené jusqu’ici l’ultime fléau de notre peuple. »

Mais les Forestiers dirent : « Non pas, c’est le Mormegil de Nargothrond, un fameux tueur d’Orques, et s’il revient à la vie, il nous sera d’un grand secours. Et quand cela ne serait pas, devions-nous abandonner un homme terrassé par le malheur au bord de la route comme une charogne ? »

« Certes non, dit Brandir. Le Destin en a décidé autrement. » Et il prit Túrin dans sa demeure et lui prodigua ses soins.

Et lorsque Túrin émergea enfin des ténèbres, le printemps s’en revenait ; et il s’éveilla et vit le soleil sur les pousses verdissantes. Alors s’émut également en lui le courage de la Maison de Hador, et il se leva, et en son cœur il se dit : « Toutes mes actions et mes jours révolus ont été sombres et embués de Mal. Mais voici qu’un jour neuf est né. Ici resterai-je en paix, et je renoncerai à mon nom et à ma parenté ; et peut-être me dépouillerai-je ainsi de mon ombre, ou du moins ne la projetterai-je pas sur ceux que j'aime. »

C'est pourquoi il prit un nouveau nom, s'appelant lui-même Turambar, qui dans le parler haut-elfique signifie « Maître du Destin » ; et il vécut parmi les Forestiers, et ceux-ci lui vouèrent de l'affection, et il les engagea à oublier son nom de jadis, et à voir en lui un natif de Brethil. Toutefois, changeant de nom, il ne pouvait changer complètement de caractère, ni perdre la mémoire de ses anciens griefs contre les serviteurs de Morgoth ; et il allait chasser l'Orque en compagnie de certains qui partageaient sa disposition d'esprit, même si cela déplaisait fort à Brandir. Car ce dernier espérait plutôt protéger son peuple par le silence et le secret.

« Le Mormegil n'est plus, dit-il, cependant prends garde que la vaillance de Turambar ne déchaîne sur Brethil une vengeance semblable ! »

C'est pourquoi Turambar remisa sa noire épée, et ne s'en servit plus au combat, et il mania plus volontiers l'arc et le javelot. Mais il ne souffrait pas que les Orques puissent emprunter les Gués du Teiglin, ou s'approcher du tertre où reposait Finduilas. Et on l'avait nommé Haudh-en-Elleth, le Tertre de la jeune Elfe, et bientôt les Orques apprirent à redouter ce lieu et à l'éviter. Et Dorlas dit à Turambar : « Tu as renoncé au nom, mais le Noire-Épée tu demeures ; et, à en croire la rumeur, n'était-il pas le fils de Húrin du Dor-lómin, seigneur de la Maison de Hador ? »

Et Turambar répondit : « Je l'ai entendu dire, en effet. Mais je t'en prie, si tu es mon ami, ne le divulgue point. »

# Chapitre XIV

## Le voyage de Morwen et de Niënor à Nargothrond

Lorsque le Cruel Hiver lâcha prise, on reçut en Doriath des nouvelles fraîches de Nargothrond. Car certains qui avaient réchappé au sac de la forteresse et survécu aux rigueurs du froid dans les solitudes sauvages s'en vinrent finalement chercher refuge auprès de Thingol, et les gardes-frontières les menèrent au Roi. Et certains disaient que tous les ennemis s'étaient repliés vers le Nord, et d'autres que Glaurung gîtait encore dans le palais de Felagund ; et ceux-là disaient que le Mormegil avait été tué, et d'autres qu'il avait été ensorcelé par le Dragon, et qu'il vivait encore là-bas, comme changé en pierre. Mais tous déclarèrent que l'on savait, à Nargothrond, bien avant le dénouement, que le Noire-Épée n'était autre que Túrin, fils de Húrin du Dor-lómin.

Quels furent alors l'effroi et le chagrin de Morwen et de Niënor ; et Morwen dit : « De telles incertitudes sont l'œuvre même de Morgoth ! Ne pouvons-nous découvrir la vérité, et venir à savoir clairement le pire de ce qu'il nous faudra endurer ? »

Or Thingol lui-même désirait fort en apprendre plus long sur le sort de Nargothrond, et il songeait déjà à envoyer des hommes en reconnaissance, qui iraient prudemment se rendre compte sur place, mais il était convaincu que Túrin avait été tué, ou bien qu'il se trouvait au-delà de tout secours, et il redoutait de voir l'heure où Morwen l'apprendrait sans plus de doutes possibles. C'est pourquoi il lui dit : « C'est là chose fort périlleuse, Dame du Dor-lómin, et il convient d'y donner réflexion. Des incertitudes de ce genre peuvent fort bien, en effet, être l'œuvre de Morgoth, pour nous inciter à quelque action irréfléchie et téméraire. »

Mais Morwen, éperdue, s'écria : « Téméraire, seigneur ! Si mon fils se tient tapi, affamé, dans les bois ; s'il se morfond dans les fers ; si sa dépouille gît sans sépulture, alors je serai, oui, téméraire. Et je ne perdrai pas une heure pour partir à sa recherche. »

« Dame du Dor-lómin, dit Thingol, cela, le fils de Húrin ne le souhaiterait assurément point. Il jugerait que tu te trouves ici en un lieu plus sûr qu'en aucune des autres contrées encore accessibles : ici, sous la protection de Melian. Au nom de Húrin, et en celui de Túrin, je ne souffrirai pas que tu ailles errant au loin, dans ces temps de péril extrême. »

« Tu n'as pas retenu Túrin d'aller au-devant du péril, et tu m'empêcherais, moi, de le rejoindre, s'écria Morwen. Sous la protection de Melian ! Oui, dis plutôt prisonnière de l'Anneau ! Longtemps ai-je hésité à y pénétrer, et maintenant je maudis ce jour. »

« Non, Dame du Dor-lómin, dit Thingol. Si tu dis de telles choses, alors sache bien ceci : l'Anneau est ouvert. Libre tu es venue ici ; libre tu y demeureras – ou partiras. »

Alors Melian, qui avait gardé le silence, prit la parole : « Ne t'en va pas d'ici, Morwen. Tu as dit un mot de vérité : ces incertitudes nous viennent de Morgoth. Si tu t'en vas, tu suis sa volonté. »

« La peur de Morgoth ne me retiendra pas de répondre à l'appel de mon sang, répondit Morwen. Mais si tu redoutes quelque danger pour moi, seigneur, prête-moi donc quelques-uns de tes hommes. »

« À toi, je n'ai point d'ordre à donner, dit Thingol. Mais à mon peuple, il m'appartient de commander. Je ne les enverrai que si je le juge opportun. »

Là-dessus, Morwen se tut, mais elle pleura ; et elle quitta la présence du Roi. Thingol avait le cœur lourd, car il lui semblait que folle était la résolution de Morwen ; et il demanda à Melian si elle ne pouvait user de ses pouvoirs pour la retenir. « Je puis beaucoup pour empêcher le Mal d'entrer, répondit-elle. Mais pour empêcher de sortir ceux qui le désirent, je ne puis rien. Cela, c'est ta partie. Si on doit la garder ici, il te faut la faire garder de force. Mais peut-être risqueras-tu alors d'ébranler sa raison. »

Alors Morwen se rendit auprès de Niënor, et dit : « Adieu, fille de Húrin. Je vais à la recherche de mon fils, ou de la vérité sur son sort, puisque personne ici ne s'en souciera avant qu'il ne soit trop tard. Attends-moi ici jusqu'à ce que, rassurée, je revienne. » Et Niënor, pleine de crainte et de désarroi, voulut la dissuader, mais Morwen ne répondit mot et se retira dans sa chambre ; et au lever du jour, elle était montée à cheval, et avait disparu.

Or Thingol avait donné ordre que personne ne la retienne, ou ne fasse mine de l'arrêter au passage. Mais dès qu'elle fut partie, il rassembla les plus audacieux et les plus habiles de ses gardes-frontières, et il donna le commandement de cette compagnie à Mablung.

« Suis-la maintenant promptement, dit-il, sans toutefois qu'elle ne s'en aperçoive. Mais lorsqu'elle sera en pays sauvage, si le danger menace, alors montrez-vous ; et si elle refuse de revenir, protégez-la au mieux. Mais à certains d'entre vous, je donne mission de pousser la reconnaissance aussi loin que vous pouvez, et de recueillir tous les renseignements possibles. »

Ainsi se fit-il que Thingol envoya une compagnie plus importante qu'il n'avait d'abord prévu, et parmi eux dix cavaliers avec des chevaux en réserve. Ils suivirent Morwen ; elle se dirigeait vers le sud à travers Region, et parvint aux rives du Sirion, juste en amont des Mares Crépusculaires ; et là elle fit halte, car le Sirion était large et impétueux, et elle ne connaissait pas le chemin. Les gardes durent dès lors révéler leur présence ; et Morwen dit : « Thingol veut-il me retenir ? Ou me mande-t-il tardivement le secours qu'il m'a refusé ? »

« L'un et l'autre, répondit Mablung. Refuses-tu de rebrousser chemin ? »

« Je refuse », dit-elle.

« Alors je suis chargé de t'aider, dit Mablung, bien que fort contre mon propre gré. Le Sirion est large et profond en cet endroit, et périlleux à franchir à la nage pour bêtes ou hommes. »

« Eh bien, fais-moi traverser là où passent les Elfes, dit Morwen. Ou bien je tenterai ma chance à la nage. »

Aussi Mablung la conduisit-il aux Mares Crépusculaires. Là, dans les criques de la rive est, on gardait des barques traversières dissimulées parmi les roseaux ; car c'était la voie qu'empruntaient les messagers qui allaient et venaient entre Thingol et ses semblables à Nargothrond. Et ils attendirent jusqu'à une heure avancée dans la nuit criblée d'étoiles, et passèrent dans les brouillards laiteux, juste avant l'aube. Et comme le soleil se levait rouge au-delà des Montagnes Bleues et qu'un fort vent matinal dispersait les nuées, les gardes escaladèrent la rive ouest, laissant derrière eux l'Anneau de Melian. C'étaient des Elfes du Doriath, de haute taille, et un ample manteau gris recouvrait leurs cottes de mailles. De la barque, Morwen les regardait défiler en silence, et soudain elle poussa un cri, montrant le dernier de la compagnie à aborder.

« Celui-là, d'où vient-il ? demanda-t-elle. Trois fois dix étiez-vous, lorsque vous m'avez retrouvée. Et vous voilà trois fois dix, plus un, à prendre pied sur la berge ! »

Les autres alors se retournèrent, et virent le soleil briller sur une tête d'or : car c'était Niënor, et le vent avait rabattu son capuchon. Ainsi fut révélé qu'elle avait suivi les cavaliers et les avait rejoints dans la pénombre, avant le passage de la rivière. Ils en furent contrariés, et Morwen plus que tous. « Rentre vite ! Rentre vite ! Je te l'ordonne ! » s'écria-t-elle.

« Si la femme de Húrin peut aller contre l'avis de tous, à l'appel de son sang, dit Niënor, alors le peut aussi la fille de Húrin. "Deuil", tu m'as nommée, mais je ne resterai pas endeuillée toute seule, à pleurer père, frère et mère. Et de ces trois-là, je n'ai connu que toi, et je t'aime plus que tout. Et ce qui ne te fait point peur, je n'en ai point peur non plus. »

Et en vérité, on ne voyait guère trace de peur sur son visage et dans sa contenance. Grande et forte, elle apparaissait ; car ceux de la Maison de Hador étaient de haute taille, et ainsi revêtue de la livrée des Elfes, elle était bien accordée avec les gardes, et ne le cédait en stature qu'aux plus grands d'entre eux.

« Et que veux-tu faire ? » dit Morwen.

« Aller où tu iras, dit Niënor. Voici le choix que je te propose. Ou bien tu me ramènes, et me remets saine et sauve sous la protection de Melian ; car il est peu sage de dédaigner son conseil. Ou bien sache que j'affronterai le danger, si toi-même l'affrontes. » Car Niënor était venue, en vérité, surtout dans l'espoir que par souci et amour d'elle, sa mère rebrousserait chemin ; et Morwen fut certes tiraillée en son esprit.

« Une chose est de dédaigner un conseil, dit-elle, et une tout autre de dédaigner les ordres de sa mère. Maintenant, retourne-t'en au plus vite ! »

« Non, dit Niënor. Le temps est loin où je n'étais qu'une enfant. J'ai une volonté et une sagacité bien à moi, même si jusqu'à présent elles n'ont pas été à l'encontre de ton propre vouloir. Je vais avec toi. De préférence en Doriath, par respect pour ceux qui règnent là-bas ; mais sinon, eh bien à l'ouest. Au surplus, si l'une de nous doit poursuivre, c'est bien plutôt à moi de le faire, qui suis en la plénitude de mes forces neuves. »

Et Morwen vit dans les yeux gris de Niënor la fermeté d'âme de Húrin ; et elle hésita, mais elle ne put faire taire son orgueil, et (nonobstant les belles paroles) se résoudre à ce que sa fille la ramène au palais, comme une personne âgée et qui n'a plus toute sa tête. « Je m'en tiens à ma résolution et vais poursuivre mon chemin, dit-elle. Viens donc aussi, mais sache que c'est contre ma volonté. »

« Qu'il en soit ainsi », répondit Niënor.

Alors Mablung dit à ses hommes : « En vérité, c'est bien par défaut de jugement, mais non de vaillance, que Húrin et les siens font le malheur d'autrui ! Et de même pour Túrin ; et pourtant il n'en allait pas ainsi avec ses pères. Mais à présent, ils sont tous fous, et je n'aime point cela du tout. Je redoute plus cette mission du Roi que la chasse au Loup. Que faire ? »

Mais Morwen avait pris pied sur la rive et, s'approchant, entendit ses derniers mots. « Fais, dit-elle, ce que le Roi t'a enjoint de faire. Efforce-toi de recueillir des nouvelles de Nargothrond, et de Túrin. Car tel est le but pour lequel nous nous trouvons ici rassemblés. »

« Le chemin est encore long et périlleux, dit Mablung. Si vous êtes décidées à poursuivre, on vous donnera à chacune un cheval, et vous chevaucherez au milieu des cavaliers, et ne vous écarterez point d'eux. »

Ainsi, il faisait grand jour lorsqu'ils se mirent en route, et lentement et prudemment, ils quittèrent le pays des roseaux et des saules nains, et parvinrent jusqu'aux bois gris qui couvraient une grande partie de la plaine, au sud de Nargothrond. Toute la journée, ils cheminèrent droit vers l'ouest, et ne virent que désolation, et n'eurent écho de rien ; car les terres faisaient silence, et à Mablung, il sembla qu'une vivante épouvante planait au-dessus d'elles. Ce même chemin, Beren l'avait foulé des années auparavant, et en ce temps-là, les regards furtifs des chasseurs aux aguets emplissaient les bois ; mais à présent, le peuple du Narog s'en était allé, et les Orques, apparemment, ne rôdaient pas encore si loin au sud. Cette nuit-là, ils campèrent dans le bois gris, sans feu ni lumière.

Les deux jours suivants, ils poursuivirent leur route et trois jours après avoir quitté le Sirion, ils atteignirent la plaine, vers le soir, et s'avancèrent jusqu'aux rives est du Narog. Et là, une telle angoisse s'empara de Mablung qu'il supplia Morwen de ne pas pousser plus avant. Mais elle ne fit que rire, et dit : « Sous peu, comme c'est fort probable, tu auras le bonheur d'être débarrassé de nous. Mais il te faut nous supporter encore quelque temps. Nous touchons de trop près au but maintenant pour faire demi-tour par peur. »

Alors Mablung s'exclama : « Vous êtes ensorcelées, l'une et l'autre, et d'une folle témérité. Vous ne favorisez nullement la quête de renseignements, mais l'entravez bien au contraire. Maintenant écoutez-moi ! On m'a enjoint de ne pas vous retenir de force ; mais aussi de vous protéger de tout mon pouvoir. En ce mauvais pas, je ne puis faire les deux. Et je choisis de vous protéger. Demain, je vous conduirai sur Amon Ethir, la Colline des Espions, qui est toute proche ; et là vous patienterez sous bonne garde, et vous n'irez pas plus loin, tant que c'est moi qui commande ici. » Or Amon Ethir était un tertre de la hauteur d'une colline, que Felagund avait fait ériger jadis à grand labeur, dans la plaine, devant ses Portes, à une lieue à l'est du Narog. C'était un tertre planté d'arbres sauf au sommet, et d'où l'on pouvait surveiller l'horizon et toutes les routes qui aboutissaient au grand pont de Nargothrond, et toutes les terres alentour. Ils atteignirent ce tertre en fin de matinée, et le gravirent par le flanc est. De là, scrutant le Haut Faroth brun et dénudé au-delà de la rivière, Mablung distingua, avec la vue perçante des Elfes, les terrasses de Nargothrond, sur le versant escarpé à l'ouest, et tel un minuscule trou noir dans la colline, les Portes béantes de Felagund. Mais il ne percevait aucun bruit, ni n'entrevoyait le moindre signe de l'Ennemi, ou la moindre trace du Dragon, sinon les ravages de l'incendie qu'il avait déchaîné tout autour des Portes, lors du sac de la forteresse. Tout reposait en paix sous un pâle soleil.

Or donc Mablung, comme il l'avait dit, donna ordre à dix de ses cavaliers de veiller sur Morwen et Niënor au sommet de la colline, et de n'en point bouger jusqu'à son retour, à moins d'un péril immédiat ; et s'il survenait, les cavaliers devaient placer Morwen et Niënor au milieu d'eux et filer à bride abattue vers l'est, en direction du Doriath, en dépêchant l'un d'eux en avant pour porter la nouvelle et demander secours.

Là-dessus, Mablung prit avec lui les vingt autres, et ils se glissèrent au bas de la colline ; puis, traversant les champs à l'ouest, où les arbres se faisaient rares, ils s'égaillèrent et chacun s'en alla de son côté, audacieux mais prudent, rallier les rives du Narog. Mablung, quant à lui, prit le chemin du milieu, se dirigeant vers le pont, qu'il trouva effondré ; et la rivière profondément encaissée, grossie par les pluies abondantes tombées plus au nord, se déchaînait, écumant et grondant parmi les pierres éboulées.

Mais Glaurung était tapi là, dans l'ombre du grand passage qui conduisait à l'intérieur, au-delà des Portes en ruine, et il avait repéré depuis longtemps les éclaireurs, bien que rares eussent été d'autres yeux de la Terre du Milieu capables de les discerner. Mais le regard de ses prunelles féroces était plus acéré que celui des aigles, et portait beaucoup plus loin que la vue perçante des Elfes ; il savait même qu'une partie d'entre eux était restée en arrière, et qu'ils attendaient sur la cime dénudée d'Amon Ethir.

Ainsi, juste comme Mablung se frayait un chemin parmi les rochers, cherchant à franchir la rivière sauvage à gué, sur les débris du pont, soudain surgit Glaurung dans une puissante gerbe de flammes, et il se coula dans le lit de la rivière. Et il y eut immédiatement un bouillonnement strident et la vapeur jaillit de tous côtés ; et Mablung et ses compagnons qui rôdaient alentour furent plongés dans une buée aveuglante et une puanteur fétide ; et la plupart s'enfuirent à tâtons vers la Colline des Espions. Mais comme Glaurung traversait le Narog, Mablung se jeta de côté pour se blottir sous un surplomb rocheux, et n'en bougea plus ; car sa mission, lui semblait-il, n'était pas encore accomplie. Il savait maintenant que Glaurung se terrait dans les ruines de Nargothrond, mais on lui avait aussi enjoint d'apprendre, si possible, la vérité sur le destin échu au fils de Húrin ; et intrépide de cœur, il se mit en tête de franchir la rivière, sitôt Glaurung parti, et de fouiller les décombres du palais de Felagund. Car il pensait avoir tout fait pour assurer la protection de Morwen et de Niënor : les guetteurs avaient dû déceler l'approche de Glaurung, et à cet instant même, les cavaliers devaient filer à toute allure vers le Doriath.

Ainsi Glaurung glissa-t-il devant Mablung, monstrueuse silhouette dans le brouillard ; et il allait vite, car c'était un Ver énorme mais néanmoins souple et agile. Et Mablung à sa suite passa à gué le Narog, au péril de sa vie. Mais les guetteurs sur Amon Ethir aperçurent le Dragon émergeant de son antre, et ils furent épouvantés ; et ils engagèrent sans plus attendre Morwen et Niënor à prendre cheval sans disputer et à fuir vers l'est, comme ils en avaient reçu l'ordre. Mais à peine débouchaient-ils en plaine, après avoir dévalé le versant de la colline, qu'un vent méphitique leur souffla au visage des miasmes pestilentiels, et la puanteur était telle qu'aucun cheval ne la pouvait endurer. Et, aveuglés par le brouillard et affolés par le relent du Dragon, les chevaux s'emballèrent, filant de tous côtés sans qu'on puisse les maîtriser ; et les gardes furent dispersés et jetés contre les arbres, souvent blessés gravement ; ou encore ils allaient, se cherchant vainement les uns les autres. Et les hennissements des chevaux et les clameurs des cavaliers vinrent aux oreilles de Glaurung, et il en fut réjoui.

Un des cavaliers elfes, luttant avec son cheval dans le brouillard, vit soudain la Dame Morwen passer tout près, spectre gris sur une cavale déchaînée, mais elle s'évanouit dans la brume en criant le nom de *Niënor*, et on ne devait jamais plus la revoir.

Or, lorsque l'aveugle terreur s'empara des cavaliers, le cheval de Niënor s'emporta lui aussi et, trébuchant, la jeta à terre. Chutant doucement sur l'herbe, elle ne se fit aucun mal ; mais lorsqu'elle se releva, elle était toute seule : perdue dans les nuées, sans cheval ni compagnon. Mais elle ne perdit pas courage, et se prit à réfléchir ; il lui parut vain de se diriger ici ou là d'après les cris qui l'environnaient de toutes parts et allaient d'ailleurs s'affaiblissant. Mieux valait, pensa-t-elle, chercher à regagner la colline ; nul doute que Mablung y monterait avant de repartir, ne serait-ce que pour s'assurer qu'aucun de ses hommes n'était resté à l'attendre.

Et marchant au hasard, elle sentit le sol s'élever sous ses pas, et retrouva la colline, en fait toute proche ; et lentement elle gravit le sentier qui y conduisait, venant de l'est. Et à mesure qu'elle grimpait, le brouillard se dissipait, et c'est en plein soleil qu'elle déboucha sur le sommet dénudé. Et elle s'avança et tourna ses regards vers l'ouest. Et, lui faisant face, se dressait la tête gigantesque de Glaurung, qui s'était hissé au même instant par l'autre versant ; et avant même d'en être consciente, elle avait plongé ses yeux dans la cruauté des siens, et c'étaient des yeux terribles, d'où dardait l'esprit cruel de Morgoth, son Maître.

Et Niënor lutta contre Glaurung, car elle avait l'âme forte et bien trempée ; mais il braqua tout son pouvoir contre elle. « Que cherches-tu ici ? » demanda-t-il.

Et contrainte de répondre, elle dit : « Je cherche seulement un nommé Túrin qui a vécu un temps en ces lieux. Mais peut-être est-il mort ? »

« Je l'ignore, dit Glaurung. On l'a commis ici à la défense des femmes et de tous ceux qui ne pouvaient se battre ; mais j'ai paru, et il les a abandonnés pour prendre la fuite. C'est un arrogant, mais un poltron, semble-t-il. Pourquoi cherches-tu un de son espèce ? »

« Tu mens, dit Niënor. Les enfants de Húrin ne sont pas lâches, cela au moins ils ne le sont pas. Et nous n'avons pas peur de toi. »

Alors Glaurung se mit à rire, car par ces mots, la fille de Húrin se révélait à lui, et à sa malignité. « Alors vous êtes bien sots, toi et ton frère, dit-il. Et ta superbe te sera de piètre secours. Car je suis Glaurung ! »

Alors il capta ses yeux dans les siens, et la volonté de Niënor fut anéantie. Et il lui sembla que le soleil dépérissait et tout se brouilla autour d'elle ; et une profonde obscurité lentement l'envahit et au cœur de cette obscurité, c'était le néant ; elle ne savait rien, elle n'entendait rien, et elle ne se souvenait plus de rien.

Longtemps Mablung explora les salles de Nargothrond, du mieux qu'il put dans les tĕnèbres et la puanteur ; mais il n'y trouva aucune vie : rien ne remuait parmi les ossements et personne ne répondit à ses appels. À la fin, oppressé par l'horreur du lieu, et redoutant le retour de Glaurung, il regagna les Portes. Le soleil déclinait à l'ouest, et les ombres du Faroth, à l'arrière-plan, assombrissaient les terrasses et la sauvage rivière en contrebas ; mais au loin, sous Amon Ethir, il crut distinguer la forme hideuse du Dragon. Plus dure et plus périlleuse encore fut sa retraversée du Narog, dans la précipitation et l'effroi ; et à peine avait-il pris pied sur la rive est et s'était-il tapi à l'écart sous la berge, que Glaurung s'approcha. Il allait maintenant avec lenteur et comme avec défiance, car il avait consumé ses feux : ses pouvoirs s'étaient retirés de lui, et à présent il voulait reprendre ses forces et dormir dans l'obscurité. Ainsi se coula-t-il dans l'eau pour ramper jusqu'aux Portes, tel un énorme serpent cendreux, souillant la terre de son ventre visqueux.

Mais avant de disparaître, il se retourna pour regarder vers l'est, et il émit le rire de Morgoth, comme assourdi mais immonde, tel l'écho d'une malignité issue des noirs tréfonds de l'univers. Et cette voix résonna derrière lui, glacée et profonde : « Tu es là, puissant Mablung, mussé sous la rive comme un rat d'eau ! Tu t'acquittes bien mal des missions de Thingol. Hâte-toi jusqu'à la colline et vois ce qu'est devenue celle qui te fut confiée ! »

Et Glaurung se faufila dans son antre, et le soleil sombra à l'horizon et la froide grisaille du crépuscule se répandit sur tout le pays. Mais Mablung s'empressa de retourner sur Amon Ethir, et comme il atteignait le sommet, les étoiles s'allumèrent à l'orient. Et à leur clarté, il discerna, sombre et figée, une silhouette debout, telle une figure de pierre. Ainsi se tenait Niënor, et elle n'entendit rien de ce qu'il lui dit et ne lui fit pas réponse. Mais lorsque enfin, il lui prit la main, elle frissonna et se laissa emmener ; et tant qu'il la tenait, elle suivait, mais dès qu'il la lâchait, elle s'immobilisait.

Et combien pesants furent le chagrin et le désarroi de Mablung ; mais il n'avait d'autre choix que de conduire Niënor de cette façon, et longtemps ils cheminèrent vers l'est, sans nul secours ni compagnie. Et ils passèrent ainsi, marchant tels des somnambules dans la plaine à nuitée. Et lorsque le matin revint, Niënor trébucha et tomba, et demeura à terre sans mouvement ; et Mablung s'assit près d'elle, en proie au désespoir.

« Je redoutais cette mission avec bonne raison, dit-il, car ce sera, semble-t-il, ma dernière. Auprès de ce malheureux enfant des Hommes, je périrai dans les solitudes sauvages, et mon nom restera un objet d'opprobre en Doriath ; si tant est qu'on y apprenne quelque chose de notre sort. Nul doute que tous les autres ont péri, et qu'elle seule a été épargnée, mais non point exemptée. »

Ils furent découverts en cette situation, par trois de la compagnie qui avaient fui le Narog à la venue de Glaurung, et après avoir longtemps erré, étaient retournés vers la colline lorsque le brouillard s'était dissipé ; et n'y trouvant personne, s'étaient résolus à reprendre le chemin du Doriath. L'espoir se réveilla alors en Mablung, et ils repartirent ensemble, bifurquant vers le nord et vers l'est, car nulle route n'accédait en Doriath par le sud, et depuis la chute de Nargothrond, les gardes postés au passage des bacs avaient ordre de ne faire traverser que ceux qui venaient de l'intérieur du pays.

Ils allaient lentement, comme des gens qui traînent après eux un enfant fatigué. Mais à mesure qu'ils s'éloignaient de Nargothrond et se rapprochaient du Doriath, Niënor reprenait peu à peu force, et soumise, marchait heure après heure, conduite par la main. Et cependant ses grands yeux ne voyaient rien, et ses oreilles ne percevaient aucun son, et ses lèvres ne prononçaient aucune parole.

Et enfin, après des jours et des jours de marche, ils atteignirent les confins ouest du Doriath, un peu au sud du Teiglin ; car ils comptaient passer les frontières du petit royaume de Thingol au-delà du Sirion, et parvenir ainsi au pont gardé, non loin de son confluent avec l'Esgalduin. Là, ils firent halte un temps ; et ils étendirent Niënor sur un lit d'herbe, et elle ferma les yeux, ce qu'elle n'avait pas fait jusque-là, et elle parut s'assoupir. Et les Elfes se reposèrent eux aussi, et par pure lassitude, relâchèrent leur vigilance. C'est alors qu'une bande de chasseurs Orques les attaquèrent par traîtrise, car il y en avait qui rôdaient maintenant dans les parages, s'approchant du plus près qu'ils osaient des frontières du Doriath. Et dans le feu de la bataille, Niënor bondit soudain de sa couche, comme qui s'éveille la nuit dans un sursaut d'épouvante, et avec un cri, elle s'élança dans le couvert des bois et disparut. Les Orques aussitôt la prirent en chasse, les Elfes à leurs trousses. Mais un étrange changement s'était opéré en Niënor, et elle les distança tous, volant comme une biche au travers des fourrés, ses cheveux épars dans le vent de la course. Mablung et ses compagnons eurent vite fait de rejoindre les Orques, et ils les tuèrent sans merci, et reprirent leur poursuite. Mais entre-temps Niënor s'était évanouie comme un spectre ; et jamais plus ils ne purent ni l'entrevoir ni retrouver la moindre trace d'elle, même s'ils la recherchèrent des jours durant, poussant leurs recherches loin au nord.

Et à la longue, Mablung revint en Doriath, courbé de chagrin et de honte. « Choisis-toi un nouveau maître de tes chasseurs, seigneur, dit-il au Roi. Car je suis déshonoré. »

Mais Melian dit : « Non point, Mablung. Tu as fait tout ce que tu as pu, et personne d'autre parmi les serviteurs du Roi n'en aurait fait autant. Mais ce fut ta mauvaise chance que d'affronter une puissance trop forte pour toi ; trop forte, en fait, pour tous ceux qui vivent à ce jour en Terre du Milieu. »

« Je t'ai envoyé en quête de nouvelles ; et des nouvelles, tu en as rapporté, dit Thingol. Ce n'est pas ta faute si ceux que ces nouvelles touchent au premier chef se trouvent à présent hors de toute atteinte. Douloureuse, certes, est cette fin de toute la parenté de Húrin, mais on ne saurait te l'attribuer. »

Car non seulement Niënor errait désormais par les grands bois, l'esprit égaré, mais Morwen également avait disparu. Et ni alors ni jamais plus, en Doriath comme en Dor-lómin, on ne devait apprendre quoi que ce soit de certain sur son sort. Néanmoins, Mablung ne put trouver de repos, et avec quelques compagnons il s'en alla dans les solitudes sauvages, et durant trois ans erra au loin, depuis les Ered Wethrin jusqu'aux Bouches du Sirion, en quête de traces ou de nouvelles des disparues.

# Chapitre XV

## Niënor en Brethil

Quant à Niënor, elle allait toujours courant par les grands bois, prêtant l'oreille aux cris des poursuivants ; et elle arracha ses vêtements, et dans sa fuite éperdue, les sema, tant et si bien qu'elle se trouva nue ; et tout le jour, elle courut, comme une bête traquée au point de défaillir, et qui n'ose s'arrêter ou souffler. Mais vers le soir soudain sa folie s'apaisa. Un instant elle se tint coite, comme interdite, puis, fourbue, se laissa choir pâmée de fatigue sur un lit de fougères. Et là, à l'ombre des hautes fougères et des fraîches frondaisons printanières, elle resta profondément endormie, insoucieuse de tout.

Au matin, elle s'éveilla et se réjouit de la lumière, comme qui s'ouvre à la vie ; et toutes les choses alentour lui parurent neuves et singulières, et elle n'avait pas de nom à leur donner. Car derrière elle, il n'y avait qu'un néant obscur d'où n'émergeait aucun souvenir de ce qu'elle avait su autrefois, ni l'écho du moindre mot. Seule l'ombre d'une peur l'habitait, l'incitant à aller, furtive, cherchant toujours à se cacher ; et elle grimpait dans les arbres ou se blottissait dans les fourrés, aussi prompte que l'écureuil ou le renard, si quelque bruit ou forme l'effrayait ; et de sa cachette, elle épiait longtemps à travers les branchages, l'air effarouché, avant de repartir.

Cheminant ainsi dans la direction de sa course première, elle parvint au Teiglin et étancha sa soif dans cette rivière ; mais elle ne trouva aucune nourriture ni ne savait s'en procurer, et elle avait grand faim et froid. Et parce que les arbres de l'autre côté de l'eau lui parurent plus sombres et plus touffus (et ils l'étaient en effet, car c'était l'orée de la Forêt de Brethil), elle traversa enfin, et atteignit un tertre verdoyant et là, s'affaissa : elle était épuisée, et les ténèbres qu'elle avait laissées derrière elle, à nouveau, lui semblait-il, la gagnaient, et le soleil à nouveau faiblissait.

Mais en réalité, c'était un ténébreux orage qui, du sud, s'était levé, chargé d'éclairs et de fortes pluies ; et Niënor gisait là, terrifiée par le tonnerre, et la pluie obscure fouettait sa nudité, tandis qu'elle regardait le ciel sans dire un mot, comme une créature sauvage prise au piège.

Or il se trouva que quelques Forestiers de Brethil passèrent justement par là, qui revenaient d'une échauffourée avec les Orques et se hâtaient de franchir les Gués du Teiglin pour rejoindre un abri tout proche ; et un puissant éclair fulmina, illuminant tout le Haudh-en-Elleth d'une flamme blanche. Alors Turambar, qui commandait la troupe, brusquement chancela et se voila les yeux, et il tremblait, car il avait cru apercevoir gisant sur la tombe de Finduilas le spectre d'une jeune fille tuée.

Mais l'un des hommes courut jusqu'au monticule, et le héla : « Par ici, seigneur ! Il y a une jeune femme couchée là, et elle est vivante ! » Et Turambar s'approchant la souleva, et l'eau ruissela de ses cheveux trempés, mais elle ferma les yeux, et frissonnante, cessa de se débattre. Alors tout étonné de la trouver là étendue dans sa nudité, Turambar la revêtit de son manteau, et l'emporta jusqu'à leur cabane de chasseur au fond des bois. Et ils allumèrent un feu et l'enveloppèrent de couvertures, et elle ouvrit les yeux, et les considéra ; et lorsque son regard rencontra Turambar, son visage s'éclaira et elle lui tendit la main, car elle avait enfin trouvé, lui semblait-il, ce qu'elle avait tant cherché dans l'obscurité, et elle se sentit apaisée. Mais Turambar lui prit la main, sourit et dit :

« Eh bien, gente Dame, nous diras-tu ton nom et ta parenté, et quel malheur t'est arrivé ? »

Mais elle secoua la tête et ne dit mot, et se mit à pleurer ; et ils ne la questionnèrent plus jusqu'à ce qu'elle ait assouvi sa faim avec les nourritures qu'ils lui purent procurer. Et lorsqu'elle eut mangé son content, elle soupira et posa de nouveau sa main dans celle de Turambar ; et il dit : « Avec nous, tu n'as plus rien à craindre. Et tu peux te reposer cette nuit, et au matin, nous te conduirons dans nos demeures, là-haut au cœur de la forêt. Mais nous souhaiterions connaître ton nom et ta parenté, afin de peut-être retrouver tes parents, et leur donner des nouvelles de toi. Ne nous diras-tu rien ? »

Mais de nouveau elle ne répondit rien, et se mit à pleurer.

« Ne sois pas en peine ! dit Turambar. C'est peut-être chose trop triste à raconter sur l'heure. Mais je te donnerai un nom, et je t'appellerai Níniel, Fille des Larmes. » Et à ce nom, elle releva les yeux et secoua la tête, mais dit : « Níniel ». Et ce fut le premier mot qu'elle prononça après sa plongée dans les ténèbres, et tel fut son nom dès lors parmi les Forestiers.

Au matin, ils portèrent Níniel vers Ephel Brandir, et la route était raide, montant en pente jusqu'à l'endroit où elle traversait le torrent tumultueux du Celebros. On avait construit là un pont de bois, et en aval, le torrent franchissait une margelle de pierre tout usée, et déferlait, écumant par-dessus plusieurs marches pour retomber en cascade dans une vasque beaucoup plus bas ; et l'air était criblé d'écume comme une pluie fine. Et en haut des chutes, il y avait une verte prairie, environnée de bouleaux, mais de l'autre côté du pont, la vue découvrait à l'horizon les gorges du Teiglin, quelque deux milles à l'ouest. L'air y était toujours frais, et en ce lieu les voyageurs faisaient souvent halte l'été, pour boire l'eau froide. Ces chutes avaient pour nom Dimrost, les

Marches de la Pluie, mais à compter de ce jour, elles s'appelèrent Nen Girith, Eau Frissonnante ; car Turambar et ses hommes s'étant arrêtés au bord de la rivière, Níniel s'en approcha, et sur-le-champ le froid la saisit et elle se mit à trembler, et ils furent impuissants à la réchauffer ou la réconforter. Aussi reprirent-ils leur chemin en toute hâte ; mais avant qu'ils aient atteint Ephel Brandir, Níniel était consumée de fièvre et délirait.

Longtemps la maladie la tint couchée, et Brandir usa de tout son art pour la guérir, et les femmes des Forestiers la veillèrent nuit et jour. Mais elle ne reposait en paix ou ne dormait sans gémir que lorsque Turambar venait à son chevet ; et tous ceux qui l'approchaient remarquèrent ceci : durant tout le cours de sa fièvre, et même lorsque son esprit s'égarait, jamais, dans son délire, ne murmura-t-elle un seul mot d'une langue connue, ni des Elfes ni des Hommes. Et quand la santé lentement lui revint, et qu'elle s'éveilla et recommença à manger, les femmes de Brethil durent lui apprendre à parler tout comme à un petit enfant, mot après mot. Mais elle était vive, et elle prit grand-joie à cet apprentissage, comme qui retrouve des trésors, plus ou moins précieux, qui avaient été égarés ; et lorsqu'elle en sut assez pour converser avec ses amis, toujours elle demandait : « Quel est le nom de ceci ? Car dans mes ténèbres, je l'ai perdu. » Et lorsqu'elle put de nouveau aller et venir, elle fréquenta volontiers la maison de Brandir ; car elle était avide d'apprendre le nom de toutes choses vivantes, et il en savait long dans ces domaines ; et ils se promenaient ensemble dans les jardins et les clairières.

Et Brandir vint à l'aimer d'amour ; et lorsqu'elle reprit des forces, volontiers elle lui donnait le bras pour l'aider à marcher car il boitait, et elle l'appelait son frère. Mais son cœur appartenait à Turambar, et elle ne souriait qu'à son approche, et ne riait que lorsqu'il parlait gaiement.

Et un soir de cet automne doré, ils étaient assis côte à côte et le soleil embrasait la colline et les maisons d'Ephel Brandir, et il régnait un profond silence. Alors Níniel lui dit : « Maintenant j'ai demandé le nom de toutes choses, sauf le tien. Quel est ton nom ? »

« Turambar », répondit-il.

Alors elle s'interrompit, comme prêtant l'oreille à quelque écho ; et elle poursuivit : « Et que dit ce nom, ou est-ce juste ton nom, à toi seul ? »

« Cela signifie, dit-il, Maître de l'Ombre Obscure. Car moi aussi, Níniel, j'ai eu mes ténèbres, où se sont englouties des choses bien-aimées ; mais je pense maintenant les avoir vaincues. »

« Et as-tu aussi fui ces ténèbres, tout courant, jusqu'à ces forêts merveilleuses ? demanda-t-elle. Et quand t'es-tu échappé, Turambar ? »

« Oui, répondit-il, j'ai fui pendant de longues années. Et je me suis échappé au temps où toi-même, tu t'échappas. Car tout était sombre lorsque tu survins, Níniel, mais la lumière s'est faite depuis lors. Et il me semble que ce que j'ai longtemps cherché en vain est venu à moi. » Et rentrant chez lui dans le crépuscule, il se dit : « Haudh-en-Elleth ! Du tertre verdoyant, elle est venue. Est-ce un signe, et comment le déchiffrer ? »

Et cette année dorée déclina, pour se muer en un hiver très doux, et commença une autre année lumineuse. La paix régnait en Brethil, et les Forestiers se tenaient tranquilles et ne faisaient pas de sorties, ni ne recevaient aucune nouvelle des pays environnants. Car les Orques qui, à cette époque, infestaient le sud sous le sombre règne de Glaurung, ou que l'on envoyait espionner aux frontières du Doriath, évitaient les Gués du Teiglin, et passaient à l'ouest, à bonne distance de la rivière.

Et Níniel était complètement guérie à présent, et elle avait grandi en beauté et en vigueur ; et Turambar ne se contint plus et la demanda en mariage. Et Níniel se réjouit. Mais lorsque Brandir apprit la chose, son cœur se serra et il lui dit : « Ne précipite rien ! Et ne le prends pas en mauvaise part si je te conseille d'attendre. »

« Rien de ce que tu fais ne peut se prendre en mauvaise part, répondit-elle. Mais pourquoi donc me donnes-tu ce conseil, ô mon frère sagace ? »

« Ton frère sagace ? répondit-il. Ton frère infirme plutôt, qui n'est pas aimé, et qui n'est pas aimable. Et je ne saurais guère dire pourquoi. Mais une ombre environne cet homme, et j'ai peur. »

« Il y avait une ombre, dit Níniel, et il m'en a parlé. Mais tout comme moi, il l'a vaincue. Et n'est-il pas digne d'amour ? Bien qu'à l'heure actuelle il soit homme de paix, ne fut-il pas autrefois un grand capitaine, le plus illustre, et tous nos ennemis ne fuiraient-ils pas à sa vue ? »

« Qui t'a dit cela ? » demanda Brandir.

« C'est Dorlas, dit-elle. N'est-ce point la vérité ? »

« La vérité certes », répondit Brandir, mais il en fut contrarié car Dorlas était le chef du groupe qui souhaitait faire la guerre aux Orques. Et pourtant il chercha encore des raisons d'inciter Níniel à différer. Et c'est pourquoi il dit : « La vérité, mais non pas toute la vérité ; car il a été le Capitaine de Nargothrond, et il est originaire du Nord, et le fils (dit-on) de Húrin du Dor-lómin, de la Maison guerrière de Hador. » Et Brandir, voyant l'ombre qui, à ce nom, assombrit le visage de Níniel, se méprit et ajouta : « Aussi, Níniel, tu penses bien qu'un homme de son espèce ne tardera sans doute pas à retourner guerroyer, et peut-être loin de ce pays. Et si c'est le cas, combien de temps le supporteras-tu ? Prends garde, car j'ai le noir pressentiment que si Turambar s'en va de nouveau au combat, c'est l'Ombre qui sera Maître de son destin, et non point lui. »

« Je le supporterais fort mal, répondit-elle ; mais pas mieux non mariée que mariée. Et peut-être que sa femme saura mieux tempérer son ardeur et tenir l'Ombre à distance. » Elle n'en fut pas moins troublée par les propos de Brandir, et elle pria Turambar de patienter encore un peu. Et il s'étonna et s'assombrit ; mais quand il apprit de Níniel que c'était Brandir qui lui avait conseillé d'attendre, son déplaisir fut grand.

Mais vint le printemps suivant, et un jour il dit à Níniel : « Le temps passe. Nous avons attendu, et à présent je n'attendrai plus. Fais ce que ton cœur t'enjoint de faire, Níniel chérie, mais considère ceci : tel est le choix qui s'ouvre à moi. Je m'en vais retourner guerroyer dans les déserts du monde ; ou je vais t'épouser, et jamais plus ne ferai la guerre – sauf pour te défendre, si quelque danger vient à menacer notre maison. »

Et la joie de Níniel fut grande en vérité, et elle lui engagea sa foi, et au solstice d'été, ils se marièrent ; et les Forestiers firent un festin magnifique, et ils leur donnèrent une belle maison qu'ils avaient construite pour eux sur les pentes d'Amon Obel. Et là, ils vécurent heureux, mais Brandir était inquiet et l'ombre sur son cœur devint plus pesante.

# Chapitre XVI

## La venue de Glaurung

Pendant ce temps, la puissance et la malfaisance de Glaurung allaient toujours croissant, il se fit gros et gras, et il rassembla tous les Orques sous ses ordres et régna comme Roi Dragon, et tout le royaume dévasté de Nargothrond lui était asservi. Et avant la fin de la troisième année du séjour de Turambar parmi les Forestiers, Glaurung commença à investir leurs terres, qui avaient connu la paix pour un temps ; car Glaurung et son Maître savaient fort bien qu'en Brethil vivait encore une poignée d'Hommes libres, les derniers rescapés des Trois Maisons qui avaient défié la puissance du Nord. Et cela, ils ne le pouvaient souffrir ; car les desseins de Morgoth étaient de soumettre tout le Beleriand et d'en fouiller jusqu'au dernier recoin, afin qu'il n'y ait être vivant en quelque trou ou cachette qui ne soit son esclave. Aussi bien, peu importe, en vérité, que Glaurung ait deviné où se dissimulait Túrin, ou (comme le pensent certains) que Túrin ait échappé effectivement pour un temps à l'Œil maléfique qui le traquait. Car les conseils de Brandir devaient finalement se révéler vains, et en définitive, Turambar n'avait plus qu'une alternative possible : rester sans rien faire jusqu'à ce qu'on le déniche et le débusque comme un rat ; ou aller au combat et s'y faire connaître pour ce qu'il était.

Mais lorsque les premières nouvelles des incursions des Orques parvinrent à Ephel Brandir, il ne se montra pas et accéda aux prières de Níniel. Car, dit-elle : « Nos maisons ne sont pas encore menacées, comme tu disais. On prétend que les Orques ne sont pas nombreux. Et Dorlas m'a dit qu'avant ta venue, ces escarmouches étaient chose fréquente, et que les Forestiers les tenaient à distance. »

Mais cette fois, les Forestiers eurent le dessous, car ces Orques-là étaient de la pire espèce, des créatures féroces et rusées, et ils venaient bien résolus à envahir la Forêt de Brethil, et non point, comme à d'autres occasions, seulement passer en lisière à la poursuite d'autres proies, ou chasser par petites bandes. C'est pourquoi Dorlas et ses hommes furent refoulés avec des pertes, et les Orques franchirent le Teiglin, et s'enfoncèrent loin dans les bois. Et Dorlas se présenta devant Turambar, lui montrant ses blessures, et lui dit :

« Vois, seigneur, le temps est venu pour nous de l'affrontement, après une paix fourrée, tout comme j'en avais le pressentiment. N'as-tu point demandé à être considéré comme l'un des nôtres, et non comme un étranger ? Ce péril n'est-il pas le tien aussi bien ? Car nos habitations ne resteront pas à l'abri des regards, si les Orques pénètrent plus avant sur nos terres. »

Et Turambar se leva, et il ceignit de nouveau Gurthang, sa bonne épée, et il partit au combat ; et, lorsque les Forestiers le surent, ils reprirent cœur, et ils se regroupèrent autour de lui, de sorte qu'il se trouva à la tête de plusieurs centaines d'hommes. Alors ils pourchassèrent l'Orque à travers toute la forêt, et ils tuèrent tous ceux qui y rôdaient, et les pendirent aux arbres autour des Gués du Teiglin. Et lorsque fut envoyée contre eux une nouvelle armée, ils l'encerclèrent, et surpris tant par le nombre des Forestiers que par la terreur qu'inspirait le retour du Noire-Épée, les Orques furent défaits et tués en masse. Alors les Forestiers construisirent de grands bûchers et ils brûlèrent les corps entassés des soldats de Morgoth, et la fumée de leur vengeance s'éleva noire jusqu'aux cieux, et le vent l'emporta vers l'ouest. Mais peu de survivants revinrent à Nargothrond rendre compte de cela.

Terrible fut Glaurung dans son courroux ; mais il demeura quelque temps à méditer ce qu'il avait entendu. Ainsi l'hiver se passa dans la paix, et les hommes dirent : « Gloire au Noire-Épée de Brethil car nous avons triomphé de tous nos ennemis. » Et Níniel fut rassurée, et elle se réjouit de la renommée de Turambar ; mais ce dernier restait assis plongé dans ses réflexions, et en son cœur, il se dit : « À présent, les dés sont jetés. Voici l'épreuve où mon défi sera couronné de succès, ou entraînera ma perte. Je ne fuirai plus. Turambar certes, je serai, et par ma propre volonté et par mes hauts faits, je triompherai de mon fatal destin, ou je tomberai. Mais à genoux ou debout, Glaurung au moins, je tuerai. »

Il était inquiet cependant, et il envoya des hommes audacieux en reconnaissance le plus loin possible. Car en effet, et bien que rien n'ait été dit, c'est lui désormais qui commandait tout selon son vouloir, comme s'il était seigneur de Brethil, et plus personne n'écoutait Brandir.

Vint un printemps chargé d'espoir, et les hommes chantaient en travaillant. Mais ce printemps, Níniel conçut en son corps, et elle se fit pâle et hâve, et tout son bonheur était terni. Et l'on reçut bientôt d'étranges nouvelles, car les hommes qui avaient poussé au-delà du Teiglin racontèrent qu'un terrible incendie faisait rage au loin dans les bois et dans la plaine du côté de Nargothrond, et ils se demandèrent tous ce que cela pouvait être.

Et sous peu vinrent d'autres rapports : les feux se rapprochaient, avançant directement vers le nord, et on disait que c'était Glaurung lui-même qui les allumait. Car il avait quitté Nargothrond, et il était de nouveau en campagne. Alors les moins avisés ou les plus confiants dirent : « Son armée est détruite, et il a enfin entrevu la sagesse, et il s'en va par où il est venu. » Et d'autres dirent : « Espérons qu'il passera à bonne distance de nous. » Mais Turambar n'entretenait aucun espoir de cet ordre, et il savait que Glaurung venait le provoquer. Aussi, tout en cachant son souci pour épargner Níniel, il réfléchissait sans répit, de jour et de nuit, aux décisions à prendre ; et voici que le printemps se mua en été.

Un jour, deux hommes arrivèrent terrifiés à Ephel Brandir, car ils avaient aperçu le Grand Ver lui-même. « En vérité, seigneur, dirent-ils, il s'approche maintenant du Teiglin, et ne s'écarte point d'un pouce. Il s'étale là, tout environné de flammes, et les arbres se consument en fumée autour de lui. Il émet une puanteur à peine supportable. Et depuis Nargothrond, sur des lieues et des lieues, sa coulée immonde est là, en droite ligne, et nous pensons qu'elle ne bifurque point, mais se dirige droit sur nous. Qu'allons-nous faire ? »

« Pas grand-chose, dit Turambar, mais à ce pas grand-chose, j'ai déjà mûrement réfléchi. Les nouvelles que tu apportes me donnent espoir plutôt qu'effroi ; car s'il va tout droit, comme tu dis, et ne dévie pas, alors j'ai un conseil pour les cœurs intrépides. »

Les hommes s'interrogèrent entre eux, car il n'en dit pas plus sur le moment ; mais ils furent rassérénés par sa fermeté.

Or voici quel était le cours de la rivière du Teiglin : elle dévalait les pentes des Ered Wethrin, aussi impétueuse que le Narog, et coulait d'abord entre des rives basses jusqu'au-delà des Gués, puis grossie au passage par les torrents tributaires, elle se taillait un chemin au pied des hautes terres qui portaient la Forêt de Brethil. Et à partir de là, elle s'enfonçait dans des gorges profondes, dont les vertigineuses parois étaient des murs de roc, mais là, resserrées dans leur lit encaissé, les eaux se ruaient avec une force terrible et un fracas épouvantable. Et l'une de ces gorges s'ouvrait précisément sur la route de Glaurung ; non point la plus profonde, mais la plus étroite, un peu au nord de la confluence du Teiglin avec le Celebros. Alors Turambar envoya trois hommes audacieux pour guetter du haut des berges les mouvements du Dragon ; et il décida, quant à lui, de chevaucher jusqu'aux hautes chutes de Nen Girith, où les nouvelles pouvaient lui parvenir promptement, et d'où il lui serait loisible de surveiller lui-même une vaste étendue du pays.

Mais d'abord il rassembla tous les Forestiers à Ephel Brandir, et leur parla en ces termes : « Hommes de Brethil, un péril de mort est sur nous, que nous n'écarterons qu'avec grande fermeté d'âme. Mais dans ce péril, le nombre nous sera de piètre secours ; nous devons user de ruse et espérer que la fortune ne nous sera pas contraire. Si nous attaquions le Dragon de front, avec toutes nos armes, comme si nous marchions contre une armée d'Orques, nous ne ferions guère que nous livrer tous à la mort, laissant nos femmes et tous les nôtres sans défense. C'est pourquoi je dis que vous ne devez pas y aller, et vous préparer à fuir. Car si Glaurung vient, alors il vous faudra abandonner ce lieu et vous disperser de par le monde ; et qui sait, certains ainsi réchapperont et survivront. Car une chose est certaine : s'il le peut, Glaurung viendra ici, et il ravagera tout de fond en comble et tout ce qu'il y découvrira ; mais après, il ne s'attardera pas. Tous ses trésors sont entassés à Nargothrond, et il y a là-bas des salles souterraines où il peut reposer en sécurité, et grandir en force. »

Et les hommes furent atterrés et cruellement accablés, car ils avaient confiance en Turambar, et ils s'étaient attendus à des paroles plus optimistes. Mais il poursuivit : « Voilà, ça, c'est la pire éventualité. Et qui ne viendra pas à se réaliser, pour peu que ma résolution soit juste, et ma chance bonne. Car je ne crois pas que le Dragon soit invincible, bien qu'il n'ait cessé de croître en force et en malignité avec les années. Je sais quelque chose de lui. Son pouvoir tient plus à l'esprit du Mal qui l'habite qu'à la puissance de son corps, toute grande soit-elle. Car écoutez maintenant ce récit qui me fut fait par certains qui combattirent l'année des Nirnaeth, lorsque moi-même et la plupart de ceux qui sont là à m'écouter, n'étions que des enfants. Sur le champ de bataille, les Nains lui tinrent tête, et Azaghâl de Belegost le poignarda si profondément qu'il prit la fuite et se réfugia à Angband. Et voici un dard autrement plus long et acéré que le couteau d'Azaghâl. »

Et d'un geste ample, Turambar dégaina Gurthang, et la brandit au-dessus de sa tête ; et à ceux qui regardaient, il sembla qu'une flamme avait jailli soudain de la main de Turambar, à plusieurs pieds dans les airs. Et s'éleva une grande clameur : « Le Dard Noir de Brethil ! »

« Le Dard Noir de Brethil, dit Turambar. Et Glaurung a certes bonne raison de le craindre. Car sachez bien ceci : il est dans le destin de ce Dragon (et de toute sa lignée, dit-on) que si épaisse soit sa carapace de corne, et elle est plus dure que fer, il est condamné à ramper sur le ventre comme un serpent. Alors, Hommes de Brethil, je m'en vais à présent trouver le ventre de Glaurung, de quelque manière que ce soit. Qui viendra avec moi ? Il m'en faut peu, mais qui aient les bras solides, et le cœur plus solide encore. »

Alors Dorlas s'avança et dit : « Je te suivrai, seigneur, car je préfère toujours prendre les devants plutôt que d'attendre l'ennemi sur place. »

Mais tel était l'effroi qu'inspirait Glaurung que sur l'instant, nul autre ne répondit à l'appel, car le récit des éclaireurs qui l'avaient entrevu avait fait le tour du pays, et non sans enjolivements. Alors Dorlas s'écria : « Écoutez bien, tous, Hommes de Brethil, il est clair maintenant que face aux maux de notre temps, les conseils de Brandir étaient illusoires. On ne se dérobe pas aux coups du destin en se cachant. Aucun d'entre vous ne prendra-t-il la place du fils de Handir, afin de sauver l'honneur de la Maison de Haleth ? » Ainsi fut bafoué Brandir, qui siégeait pourtant sur le trône en tant que seigneur de cette assemblée, mais dédaigné de tous ; et il en conçut une grande amertume en son cœur, car Turambar ne réprimanda pas Dorlas. Mais un certain Hunthor, parent de Brandir, se leva et dit : « Tu fais mal, Dorlas, de prononcer de telles paroles d'humiliation à l'encontre de ton seigneur, dont les membres, par un accident malheureux, ne peuvent agir comme l'y incite son cœur. Prends garde qu'à l'occasion, un mal inverse ne se décèle en toi ! Et comment peut-on prétendre que ses conseils étaient illusoires, alors qu'on ne les a jamais suivis ? Toi, son vassal, tu les as toujours contrés. Je te déclare que si Glaurung vient sur nous maintenant, comme jadis sur Nargothrond, c'est parce que nos exploits nous ont trahis, comme le craignait Brandir. Mais voici ce malheur à nos portes : aussi, avec ton congé, fils de Handir, j'irai guerroyer pour défendre la maison de Haleth. »

Alors Turambar dit : « Il suffit de trois ! Vous deux prendrai-je avec moi. Mais, seigneur, je ne te bafoue pas. Vois donc ! Il nous faut faire diligence, et notre tâche exige des bras et des jambes à toute épreuve. Je considère que ta place est auprès de ton peuple. Car tu es sage, et tu es un grand guérisseur ; et il se peut qu'on ait fort besoin de sagesse et de médication dans les jours à venir. » Mais ces mots, bien que dits en noble part, aggravèrent d'autant l'amertume de Brandir, et il dit à Hunthor : « Va donc, mais tu n'as pas mon congé. Car une ombre plane sur cet homme, et elle sera ta perte. »

Turambar était à présent pressé de partir ; mais lorsqu'il vint faire ses adieux à Níniel, elle le tint étroitement embrassé, sanglotant désespérément. « Ne te montre pas, Turambar, je t'en supplie ! dit-elle. Ne défie pas l'ombre que tu as fuie ! Non ! Non ! Fuis donc encore, et prends-moi avec toi, et fuyons au loin ! »

« Níniel chérie, répondit-il, nous ne pouvons fuir plus loin, toi et moi. Nous sommes cernés de toutes parts. Et quand bien même je partirais, abandonnant le peuple qui nous a secourus dans le besoin, je ne pourrais guère t'emmener que dans les solitudes sauvages, sans un toit pour t'abriter, et vers une mort certaine, pour toi et pour notre enfant. Il y a une centaine de lieues entre nous et les premières contrées encore hors d'atteinte de l'Ombre. Mais prends courage, Níniel. Car je te le dis à toi : ni toi ni moi ne serons tués par ce Dragon, ni par aucun ennemi venu du nord. » Alors Níniel cessa de pleurer, et elle demeura silencieuse, mais son baiser était froid lorsqu'ils se séparèrent.

Et voici qu'en compagnie de Dorlas et de Hunthor, Turambar partit précipitamment vers Nen Girith, et lorsqu'ils arrivèrent, le soleil baissait à l'horizon et les ombres s'allongeaient ; et les deux derniers éclaireurs étaient là, qui les attendaient.

« Tu ne viens certes pas trop tôt, seigneur, dirent-ils, car le Dragon a fait du chemin, et déjà comme nous partions, il avait atteint la rive du Teiglin et dardé un noir regard pardessus le torrent. Il se déplace toujours de nuit, et nous pourrions bien nous attendre à quelque coup avant l'aube. »

Turambar scruta l'horizon jusqu'au-delà des chutes du Celebros, et il vit le soleil qui sombrait dans les nuées, et de noires colonnes de fumée qui montaient des bords de la rivière. « Il n'y a pas de temps à perdre, dit-il, et cependant ce que j'apprends là est de bon augure. Car je craignais qu'il ne fouille les environs ; et s'il avait pris au nord et avait atteint les Gués, et au-delà, poussé jusqu'à l'ancienne route du bas pays, alors tout espoir était perdu. Mais maintenant, le voilà qui va droit devant lui, comme ivre d'une rage et d'un orgueil malfaisants. » Mais parlant ainsi, Turambar se prit à songer et en son for intérieur, se dit : « Ou bien se pourrait-il qu'une créature aussi mauvaise et cruelle évite les Gués, tout comme le font les Orques ? Haudh-en-Elleth ! Finduilas repose-t-elle encore entre moi et mon destin ? »

Et il se tourna vers ses compagnons et dit : « Notre tâche est là qui nous attend. Mais il nous faut patienter encore un peu, car dans ce cas, trop tôt ne vaut pas mieux que trop tard. À la tombée de la nuit, il nous faut nous glisser, aussi furtivement que possible, jusqu'au lit du Teiglin. Mais attention ! L'ouïe de Glaurung est aussi aiguë que sa vue – et elles peuvent nous être fatales. Si nous atteignons la rivière à son insu, nous devrons alors descendre dans le ravin et traverser, de manière à nous trouver sur le chemin qu'il empruntera lorsqu'il s'ébranlera. »

« Mais comment fait-il pour progresser si vite ? » demanda Dorlas. « Agile, il l'est, mais c'est un gigantesque Dragon, et comment fera-t-il pour descendre d'une paroi et escalader l'autre, alors qu'une partie de lui doit se mettre à grimper avant même que son train arrière ait fini de descendre ? Et s'il peut avancer de cette manière, à quoi donc cela nous servira-t-il de nous trouver en bas, dans les eaux sauvages ? »

« Peut-être le peut-il, répondit Turambar, et certes, s'il procède de la sorte, les choses tourneront mal pour nous. Mais d'après les rapports que nous avons reçus et d'après le lieu où il gît aujourd'hui, j'ai bon espoir que son dessein est tout autre. Le voilà parvenu au bord du Cabed-en-Aras, le gouffre qu'un cerf, dites-vous, franchit un jour d'un bond, échappant ainsi aux chasseurs de Haleth. Glaurung est devenu si glorieux qu'il m'est d'avis qu'il va tenter le même coup. C'est là tout notre espoir, et nous devons nous y confier. »

À ces mots, le cœur de Dorlas défaillit ; car il connaissait mieux que personne le pays de Brethil, et Cabed-en-Aras était un lieu sinistre entre tous. À l'est, la paroi tombait à pic, sur près de quarante pieds, dénudée sinon pour quelques arbres qui poussaient à son sommet ; l'autre versant était plutôt moins abrupt et moins élevé, et s'y agrippaient arbustes et buissons rabougris ; mais tout au fond, le torrent encaissé bouillonnait avec furie contre les rochers, et si un homme audacieux et au pied sûr pouvait passer à gué de jour, il y avait grand péril à tenter la traversée de nuit. Mais telle était la résolution de Turambar, et il était inutile de s'y opposer.

Ils se mirent donc en route au crépuscule, et ne se dirigèrent pas droit sur le Dragon, mais prirent d'abord le sentier des Gués ; puis, un peu en amont, ils bifurquèrent vers le sud et empruntèrent une piste étroite qui s'enfonçait dans la pénombre des bois environnant le Teiglin. Et comme ils approchaient de Cabed-en-Aras, pas à pas et s'arrêtant souvent pour prêter l'oreille, il leur parvint un relent de brûlé et une puanteur qui leur soulevait le cœur. Mais régnait un silence de mort, et il n'y avait pas un souffle d'air. Les premières étoiles s'allumèrent à l'est devant eux, et de frêles colonnes de fumée s'élevaient toutes droites et fermes, contre les lueurs mourantes du couchant.

Or, lorsque Turambar fut parti, Níniel demeura silencieuse comme une pierre ; mais Brandir vint à elle et dit : « Níniel, ne crains pas le pire jusqu'à ce que tu aies cause. Mais ne t'avais-je pas conseillé d'attendre ? »

« Tu me l'as conseillé en effet, répondit-elle. Et en quoi donc cela m'aurait-il aidée ? Car l'amour peut souffrir tout aussi bien et se consumer hors du mariage. »

« Cela, je le sais, dit Brandir. Cependant le mariage n'est pas chose vaine. »

« Non, certes, répondit Níniel. Aussi je porte en moi son enfant depuis deux mois. Mais mon angoisse de perdre l'être cher n'en est pas plus lourde à porter, me semble-t-il. Je ne te comprends pas. »

« Moi non plus, dit-il. Et pourtant j'ai peur. »

« Quel homme rassurant tu es ! s'écria-t-elle. Mais Brandir, mon ami : mariée ou non mariée, mère ou amante, mon angoisse est au-delà de ce que je puis supporter. Le Maître du Destin est parti loin d'ici défier son destin, et comment resterais-je ici à attendre le lent cheminement des nouvelles, bonnes ou mauvaises ? Il se peut que cette nuit même, il affronte le Dragon, et comment demeurer là debout ou assise, et passer ces heures épouvantables ? »

« Je l'ignore, dit-il, mais il faut que ces heures passent, et pour toi et pour les femmes de ceux qui sont partis avec lui. »

« Qu'elles agissent donc selon les dictées de leur cœur ! s'écria-t-elle. Mais quant à moi, j'irai. Je ne resterai pas à des lieues de l'endroit où mon seigneur se mesure au danger. J'irai au-devant des nouvelles ! »

À ces mots, plus noire se fit l'angoisse de Brandir, qui s'écria : « Cela, tu ne le feras point, si je puis m'y opposer.

Car ce faisant, tu bafoues toute prudence. Ces lieues qui sont entre lui et nous, elles sont précisément notre chance de salut, si le malheur frappe. »

« Si le malheur frappe, je ne souhaiterai point de salut, dit-elle. Et à présent, ta sagesse est sans objet, et tu ne me retiendras pas. » Et elle accourut sur la grande place de l'Ephel, devant le peuple encore assemblé, et elle dit haut et fort :

« Hommes de Brethil ! Je ne patienterai pas. Si mon seigneur échoue, alors tout espoir est vain. Vos terres et vos bois seront brûlés au ras du sol, et toutes vos maisons réduites en cendres, et personne, personne ne réchappera. Alors pourquoi s'attarder ici ? Je vais maintenant au-devant des nouvelles, au-devant de ce que me réserve le destin. Me suivent tous ceux qui ont le même sentiment ! »

Et nombreux furent ceux qui voulurent partir à ses côtés : les épouses de Dorlas et de Hunthor, parce que celui qu'elles aimaient était parti avec Turambar ; et d'autres par compassion pour Níniel et désir de lui venir en aide ; et bien d'autres encore qu'attirait la réputation même du Dragon, et qui espéraient dans leur hardiesse ou leur inconscience (car peu familiers avec le Mal) être témoins d'exploits singuliers et fabuleux. Car ils étaient venus à se faire une idée si glorieuse du Noire-Épée que rares étaient ceux qui admettaient que quiconque puisse le vaincre, même Glaurung. Aussi se mirent-ils tous en marche sur-le-champ, une foule considérable, vers un danger dont ils n'avaient pas idée ; et faisant route sans grand repos, ils parvinrent enfin à la tombée de la nuit, exténués, aux abords de Nen Girith, d'où Turambar venait de partir. Mais la nuit est froide conseillère, et nombre d'entre eux s'étonnèrent alors de leur propre témérité ; et lorsqu'ils apprirent, des guetteurs postés là, que Glaurung était si proche et le stratagème désespéré ourdi par Turambar, le cœur leur faillit, et ils ne se hasardèrent pas à poursuivre. Certains scrutèrent les environs de Cabed-en-Aras avec des yeux anxieux, mais ne distinguèrent rien et n'entendirent rien, hors la voix glacée des chutes. Et Níniel était là, assise à l'écart, et un grand frisson la parcourut.

Lorsque Níniel et tous les autres furent partis, Brandir dit à ceux qui restaient : « Voyez donc comme je suis bafoué, et de mes avis il n'est tenu aucun compte ! Choisissez-vous un autre chef, car ici même je renonce à ma seigneurie et à mon peuple. Que Turambar devienne votre seigneur en titre puisqu'il s'est déjà approprié tous mes pouvoirs. Que personne, jamais plus, me vienne solliciter pour lui prodiguer mes conseils ou mes soins ! » Et il brisa son sceptre. Et en son for intérieur, il se dit : « À présent, il ne me reste plus rien, hors mon amour pour Níniel ; aussi, en quelque lieu où elle porte ses pas, en sa sagesse ou sa folie, il me faut la suivre. En cette heure sombre, l'avenir nous est clos ; mais le hasard pourrait bien faire qu'il me soit donné, à moi, de la sauver d'un danger, si d'aventure je me trouvais à proximité. »

Et il ceignit une courte épée qu'on lui voyait rarement, et prit sa béquille, et aussi promptement qu'il put, s'en alla boitillant hors des portes de l'Ephel sur les pas des autres, le long du chemin qui s'étirait jusqu'aux frontières ouest de Brethil.

# Chapitre XVII

## La mort de Glaurung

Et il faisait nuit noire lorsque Turambar et ses compagnons gagnèrent enfin Cabed-en-Aras, et ils furent bien aises de la stridente rumeur de l'eau ; car si elle promettait une traversée périlleuse, elle couvrait aussi tous les autres bruits. Alors Dorlas les conduisit un peu à l'écart, vers le sud, et par une fissure, ils descendirent jusqu'au pied de la falaise ; mais là, le cœur lui manqua, car quantité de rochers et de grosses pierres envahissaient la rivière et l'eau tourbillonnait sauvagement autour, grinçant des dents. « Voici le chemin d'une mort certaine », dit Dorlas.

« C'est l'unique chemin, ou de la mort ou de la vie, dit Turambar, et hésiter ne le rendra pas plus doux. Aussi, suivez-moi ! » Et il passa le premier, et par adresse et intrépidité, ou par arrêt du destin, il atteignit l'autre rive et dans l'obscurité il se retourna pour voir qui venait à sa suite. Une sombre silhouette se tenait à ses côtés. « Dorlas ? » demanda-t-il.

« Non, c'est moi, dit Hunthor. Je crois que Dorlas a flanché au passage. Car un homme peut aimer la guerre, et pourtant craindre maintes choses. Il est là, je pense, assis sur la berge, à trembler ; et honte à lui pour les paroles qu'il a adressées à mon parent. »

Alors Turambar et Hunthor se reposèrent un peu, mais bientôt le froid de la nuit les saisit, car ils étaient tous deux ruisselants, et ils se mirent en quête d'un chemin qui longerait au nord le torrent, en direction de l'antre de Glaurung. Le ravin se faisait là plus sombre et plus encaissé, et comme ils avançaient à tâtons, ils entrevirent au-dessus d'eux une lueur tremblotante, comme d'un feu qui couve, et ils entendirent les grognements du Grand Ver dans son sommeil inquiet. Alors ils cherchèrent un chemin pour grimper et s'approcher par en dessous du rebord de l'abîme ; car en cela tenait tout leur espoir : atteindre leur ennemi au défaut de la cuirasse. Mais l'odeur était maintenant si fétide que la tête leur tournait, et en cours d'escalade, ils glissaient et s'agrippaient aux racines des arbres, et leur cœur se soulevait à cause des relents, mais, dans leur misère, ils étaient oublieux de toute peur autre que celle de choir dans les mâchoires du Teiglin.

Alors Turambar dit à Hunthor : « Nous gaspillons inutilement nos forces déclinantes. Car tant que nous ne sommes pas fixés sur l'endroit où passera le Dragon, cela ne sert à rien de grimper. »

« Mais lorsque nous le saurons, dit Hunthor, il ne sera plus temps de chercher comment nous tirer de l'abîme. »

« C'est juste, dit Turambar. Mais là où tout est affaire de chance, c'est à la chance qu'il nous faut nous confier. » Et ils firent halte et attendirent, et du tréfonds du ravin obscur, ils contemplèrent le lent cheminement d'une blanche étoile du firmament, qui traversait le pâle sillon de ciel ; et Turambar s'engourdit et plongea dans un rêve, où sa volonté était tout entière tendue à se retenir aux branches, tandis qu'un courant noir le happait et lui rongeait les jambes.

Il se fit soudain un grand bruit, et les parois du gouffre vibrèrent et résonnèrent. Et Turambar s'éveilla et dit à Hunthor : « Il bouge. Voici l'heure. Frappe fort, car nous ne sommes plus que deux, et il nous faut frapper pour trois ! »

Et c'est ainsi que Glaurung commença son attaque sur Brethil ; et tout se passa comme l'avait espéré Turambar. Car le Dragon rampa pesamment jusqu'au bord de la falaise et ne dévia point, mais s'apprêta à bondir au-dessus du gouffre en s'appuyant sur ses puissantes pattes de devant, et en entraînant sa masse à sa suite. Et avec lui venait la terreur. Car il n'entreprit pas sa traversée du gouffre juste au-dessus des guetteurs, mais un peu au nord, et du dessous ils pouvaient voir l'ombre gigantesque de sa tête contre les étoiles, et ses mâchoires étaient béantes et il avait sept langues de feu. Et il vomit un jet de flammes, de sorte que le ravin s'emplit de lumière rouge et les ombres noires volaient de rocher en rocher ; mais les arbres à portée de son haleine séchaient sur pied et se consumaient, et les pierres déboulaient dans la rivière. Et là-dessus, il se rua en avant et s'agrippa à l'autre rive avec ses griffes puissantes, et commença à haler sa masse au travers du ravin.

Et audace et promptitude étaient requises en cet instant, car ne se trouvant pas exactement sur le chemin de Glaurung, Turambar et Hunthor avaient échappé à son haleine incandescente, mais il leur fallait maintenant coûte que coûte l'atteindre avant qu'il ait passé de l'autre côté, faute de quoi leur entreprise échouait. Insoucieux du danger, Turambar gravit la falaise pour se placer sous le Dragon ; mais la chaleur et la puanteur étaient si épouvantables qu'il chancela et serait tombé si Hunthor, qui le suivait bravement pas à pas, ne lui avait pas saisi le bras pour le retenir.

« Noble cœur ! s'écria Turambar. Heureux le choix qui te donna à moi pour compagnon ! » Mais comme il prononçait ces mots, un énorme bloc de pierre se détacha d'en haut et frappa Hunthor à la tête, le projetant dans le torrent, et il mourut : or il n'était certes pas le moins vaillant de la Maison de Haleth. Alors Turambar s'écria : « Hélas ! Il est mauvais de marcher dans mon ombre ! Pourquoi ai-je recherché de l'aide ? Car à présent tu es seul, ô Maître du Destin, comme tu aurais dû savoir que cela serait. À présent, il te faut vaincre seul ! »

Et il s'arma de toute sa volonté, et appela à son secours toute sa haine pour le Dragon et son Maître, et il lui sembla soudain qu'il éprouvait une force d'âme et de corps qu'il n'avait jamais connue auparavant ; il gravit la falaise, pierre par pierre, racine par racine, jusqu'à ce qu'il puisse enfin s'agripper à un arbrisseau qui poussait un peu au-dessous des lèvres du gouffre, et bien que la cime de l'arbre soit calcinée, il tenait encore solidement par ses racines. Et comme Turambar se carrait dans la fourche de ses branches, les parties médianes du Dragon vinrent se placer juste au-dessus de lui, et ballottées par leur grand poids, lui effleurèrent presque la tête avant que Glaurung ait réussi à les relever. C'était une panse toute blême et ridée, d'où suintait une humeur visqueuse et grise et à laquelle adhéraient toutes sortes d'immondices ; et elle puait la mort. Alors Turambar tira la Noire Épée de Beleg, et frappa vers le haut de toute la force de son bras, et mue par sa haine, la lame terrible, longue et avide, pénétra le ventre jusqu'à la garde.

Alors, se sentant touché à mort, Glaurung poussa un hurlement tel que tous les grands bois frémirent, et que les guetteurs, à Nen Girith, furent saisis d'horreur. Turambar chancela comme s'il avait reçu un coup et il s'affaissa, et son épée lui fut arrachée du poing et demeura fichée dans le ventre du Dragon. Car en un spasme puissant, Glaurung avait ramassé toute sa masse flageolante et l'avait projetée au travers du gouffre, et il était là sur l'autre rive, se tordant et rugissant, fouettant l'air de tous côtés et se convulsant dans les affres de l'agonie, tant et si bien qu'il ravagea autour de lui un vaste espace, et dans la fumée et la désolation, il demeurait là, gisant, et cessa enfin de remuer.

Or Turambar se retenait aux racines de l'arbre, étourdi et quasiment anéanti. Mais il lutta contre lui-même et raidit ses forces, et moitié glissant, moitié grimpant, il descendit jusqu'à la rivière, et tenta de nouveau la périlleuse traversée, rampant cette fois sur les mains et sur les genoux, se cramponnant ici et là, aveuglé par l'écume, jusqu'à ce qu'il ait regagné l'autre rive, et il se hissa péniblement le long de la fissure par où ils avaient passé. Et il parvint ainsi jusqu'à l'endroit où le Dragon agonisait, et il contempla son ennemi frappé à mort et n'éprouva nulle pitié, et il se réjouit.

Glaurung gisait là, les mâchoires béantes ; mais ses feux s'étaient tous consumés, et ses yeux maléfiques étaient clos. Il était étalé de tout son long, et il avait roulé sur le côté, la garde de Gurthang plantée dans son ventre. Alors Túrin exulta et la joie au cœur, il voulut recouvrer son épée, alors que le Dragon respirait encore, car pour précieuse qu'elle lui était auparavant, elle valait maintenant à ses yeux tous les trésors de Nargothrond. Car se vérifiaient ainsi les paroles prononcées au feu de la forge : que mordue par elle, rien de grand ni de petit ne survivrait.

Et dans ce but, il s'approcha de son ennemi, et posant le pied sur son ventre, il empoigna Gurthang par la garde, et s'arc-bouta de toutes ses forces pour la retirer. Et il s'exclama, en dérision des paroles de Glaurung, à Nargothrond : « Salut à toi, Ver de Morgoth ! Quelles heureuses retrouvailles ! Meurs à présent et que les ténèbres t'engloutissent ! Ainsi Túrin, fils de Húrin, s'est-il vengé. » Et d'un geste violent, il arracha l'épée, et un jet de sang noir gicla et inonda sa main, et le venin lui brûla la peau, lui faisant pousser un cri de souffrance. Sur ce, Glaurung frémit, et il ouvrit ses yeux menaçants, et darda sur Turambar un regard si maléfique qu'il lui sembla qu'une flèche de part en part le transperçait ; et de cela, et d'une âpre douleur à la main, il défaillit et tomba en pâmoison, et il demeura là comme mort aux côtés du Dragon, couché sur son épée.

Or les hurlements de Glaurung étaient parvenus jusqu'aux oreilles des gens qui guettaient à Nen Girith, et l'effroi s'empara d'eux ; et lorsque les guetteurs entrevirent de loin les grands ravages et incendies perpétrés par le Dragon dans les transes de l'agonie, ils crurent qu'il piétinait et massacrait ceux qui étaient venus l'assaillir. Et certes, ils souhaitèrent alors que soit bien plus grande la distance qui le séparait d'eux ; mais ils n'osaient pas quitter le haut lieu où ils s'étaient rassemblés, car ils se souvenaient de ce que leur avait dit Turambar : que si Glaurung triomphait, il viendrait droit sur Ephel Brandir. Et ils épiaient, terrifiés, tout indice de son avance ; mais aucun ne fut assez hardi pour descendre s'informer sur le champ de bataille. Et Níniel était là assise, et elle ne bougeait pas, sauf pour le tremblement qui l'agitait, et elle ne pouvait apaiser ses membres. Mais lorsqu'elle perçut la voix de Glaurung, son cœur se mourut en elle, et elle sentit de nouveau les ténèbres l'envahir.

C'est en cet état que Brandir la trouva. Cheminant lentement et péniblement, il avait fini par atteindre le pont audessus du Celebros ; et s'aidant de sa béquille, il avait boitillé tout seul le long de la route qui n'en finissait plus, car il y avait bien cinq lieues depuis sa maison. Son angoisse pour Níniel l'avait sans cesse aiguillonné, et maintenant les nouvelles qu'il apprit n'étaient guère pires que ce qu'il avait redouté. « Le Dragon a franchi la rivière, lui dirent les hommes. Et le Noire-Épée est mort assurément, et ceux qui sont allés avec lui. » Alors Brandir s'approcha de Níniel et il devina sa détresse, et sa compassion pour elle fut grande, mais il pensa cependant : « Le Noire-Épée est mort, et Níniel vit. » Et il frissonna, car le froid, sembla-t-il, se fit soudain plus âpre près des eaux du Nen Girith ; et il jeta son manteau sur les épaules de Níniel. Mais il ne sut que dire ; et elle ne parla point.

Le temps passait, et Brandir se tenait toujours là silencieux à ses côtés, scrutant la nuit et écoutant ; mais il ne voyait rien, et n'entendait aucun bruit hormis le fracas des chutes de Nen Girith, et il songea : « À présent, Glaurung est parti assurément, et il a pénétré en Brethil. » Mais pour son peuple, il n'éprouvait plus aucune pitié : des misérables, tous, qui avaient dédaigné ses avis et bafoué sa personne : « Que le Dragon aille donc faire un tour sur Amon Obel, cela nous donnera le temps de nous échapper, et je pourrai emmener Níniel au loin. » Où, il ne le savait guère, car il n'avait jamais voyagé au-delà de Brethil.

Enfin il se baissa, et toucha Níniel au bras, disant : « Le temps passe, Níniel ! Viens ! Il faut partir. Si tu le veux bien, je te conduirai ! » Alors elle se leva en silence et prit sa main, et ils passèrent le pont et descendirent le sentier qui conduisait aux Gués du Teiglin. Mais ceux qui les virent se mouvoir comme des ombres dans l'obscurité ignoraient qui ils étaient, et point ne s'en souciaient. Et ils marchèrent quelque temps parmi les arbres muets, et la lune se leva au-delà d'Amon Obel, et une lumière cendrée emplit les clairières de la forêt. Alors Níniel s'arrêta et dit à Brandir : « Est-ce bien le chemin ? »

Et il répondit : « Quel est donc le chemin ? Car morts sont tous les espoirs que nous mettions en la Forêt de Brethil. De chemin, nous n'en avons point, sauf à échapper au Dragon et à fuir aussi loin que possible tant qu'il est encore temps. »

Níniel le considéra avec étonnement et lui dit : « Ne m'as-tu pas offert de m'amener à lui ? Ou me tromperais-tu ? Le Noire-Épée était mon bien-aimé et mon époux, et c'est uniquement pour le retrouver que je suis venue ici. Comment as-tu pu imaginer autre chose ? Maintenant fais ce qu'il te plaît, mais quant à moi, je dois me hâter. »

Et comme Brandir restait là interdit, elle s'éloigna soudain à la hâte ; et il l'appela, criant : « Attends, Níniel ! Ne t'en va pas toute seule ! Tu ne sais pas ce que tu vas trouver. Je viens avec toi ! » Mais elle ne l'écoutait point, et allait maintenant comme si son sang flambait en elle, qui tout à l'heure était glacé ; et alors qu'il suivait au mieux de ses forces, elle disparut promptement à sa vue. Alors il maudit son destin et sa faiblesse ; mais ne voulut pas rebrousser chemin.

Et la lune monta au firmament, toute blanche et presque en son plein, et comme Níniel descendait du plateau vers les basses terres au bord de l'eau, elle crut reconnaître les lieux qui lui étaient hostiles. Car elle se trouvait aux Gués du Teiglin, et le Haudh-en-Elleth se dressait devant elle, diaphane dans la clarté lunaire et barré d'une ombre noire. Et du tertre émanait une grande épouvante.

Et elle se détourna avec un cri et prit la fuite vers le sud, le long de la rivière, et tout courant, elle rejeta son manteau comme se dépouillant de ténèbres qui lui tenaient au corps ; et elle était entièrement de blanc vêtue, et voletant parmi les arbres, elle scintillait sous la lune. C'est ainsi que Brandir l'entraperçut, du haut de la colline, et il bifurqua pour tenter, s'il le pouvait, de lui couper le chemin ; et découvrant par chance l'étroit raccourci que Turambar avait emprunté, car il s'écartait des chemins battus et dévalait par le sud, à pic, vers la rivière, Brandir la rejoignit de nouveau. Et il la héla, mais elle ne répondit pas, ou n'entendit pas, et bientôt elle l'avait de nouveau dépassé et filait en avant ; et ils s'approchèrent ainsi, toujours courant, des bois environnant Cabed-en-Aras et du lieu où Glaurung agonisait.

Tout au sud, la lune sans nuage allait grand-erre, et froide et claire était sa lumière. Et voici que Níniel aborda l'espace dévasté par Glaurung, et elle vit son corps gisant là et son ventre chatoyait, sous la lune, de reflets blafards ; mais auprès de lui un homme était étendu. Alors, oubliant sa peur, elle poursuivit sa course parmi les décombres fumants, et parvint ainsi jusqu'à Turambar. Il était tombé sur le flanc, son épée sous lui, mais son visage était d'une mortelle pâleur sous la lune blanche. Et Níniel s'affaissa à son chevet, pleurant et l'embrassant ; et, à ce qu'il lui sembla, il respirait faiblement, mais elle pensa que c'était le piège d'un espoir fallacieux, car il était tout froid, et ne bougeait pas, ni ne lui répondait. Et comme elle lui prodiguait ses caresses, elle découvrit que sa main était noire, comme roussie par une flamme, et elle la baigna de ses larmes et déchira un lambeau de son vêtement pour la panser. Mais il ne donnait toujours pas signe de vie sous son toucher, et elle l'embrassa de nouveau et s'écria à haute voix : « Turambar, Turambar, reviens ! Écoute-moi ! Réveille-toi ! Car c'est Níniel. Le Dragon est mort, mort, et je suis seule ici près de toi. » Mais il ne répondit point. Brandir était là qui entendit son cri, car il avait atteint la bordure du champ de ruines ; mais comme il s'avançait vers Níniel, quelque chose l'arrêta, et il se tint coi. Car au cri de Níniel, Glaurung tressaillit pour la dernière fois, et un frisson parcourut son corps ; et il entrouvrit ses yeux menaçants où se jouait une lueur de lune, et haletant, il parla :

« Salut à toi, Niënor, fille de Húrin. Voici que nous nous rencontrons une fois encore avant le dénouement. J'applaudis à ton bonheur, car tu as enfin retrouvé ton frère. Et à présent tu le connaîtras pour ce qu'il est : un meurtrier qui agit dans l'ombre, traître envers ses ennemis, infidèle à ses amis, et une malédiction pour ceux de sa famille, Túrin, fils de Húrin ! Mais le plus noir de ses forfaits, tu l'éprouveras dans ton propre corps. »

Et Niënor demeurait assise, comme foudroyée, mais voilà que Glaurung expira ; et avec sa mort, le voile de sa malfaisance se détacha d'elle, et la mémoire lui revint limpide, jour pour jour, et elle se ressouvint également de tout ce qui lui était arrivé depuis cet instant où elle gisait sur le Haudh-en-Elleth. Et son corps tout entier frémit d'horreur et d'angoisse. Et Brandir, qui avait tout entendu, fut épouvanté, et il s'appuya contre un arbre.

Alors Niënor fut soudain sur pied, et elle se tenait là debout, pâle comme un spectre sous la lune, et elle se pencha sur Túrin, s'écriant : « Adieu, ô toi par deux fois mon bien-aimé ! *A Túrin Turambar turún'ambartanen* : Maître du Destin dont le Destin s'est rendu maître ! Ô bienheureux d'être mort ! » Et l'esprit égaré par le désespoir et l'horreur qui l'avaient submergée, elle reprit sa course folle ; et Brandir la suivit, trébuchant et criant : « Attends ! Attends, Níniel ! »

Un instant, elle s'arrêta et regarda en arrière, les yeux hagards : « Attends ? s'écria-t-elle. Attends ? Tel fut toujours ton conseil. Si seulement je l'avais écouté ! Mais maintenant il est trop tard. Et je ne m'attarderai plus en Terre du Milieu. » Et elle reprit sa course éperdue devant lui.

Elle parvint rapidement à Cabed-en-Aras, et là elle s'arrêta sur les bords de l'abîme, et jetant les yeux sur les eaux qui grondaient, s'écria : « Eau, eau ! Prends maintenant Níniel

Niënor, fille de Húrin ; Deuil, Deuil, fille de Morwen ! Prends-moi et emporte-moi jusqu'à la Mer ! »

Et là-dessus elle se précipita dans le gouffre : une blanche lueur engloutie dans le noir tourbillon, un cri perdu dans le rugissement de la rivière.

Et toujours coulaient les eaux du Teiglin, mais Cabed-en-Aras n'était plus : Cabed Naeramarth, le Saut du Terrible Destin, tel fut le nom que lui donnèrent les hommes ; car le cerf, jamais plus, là ne bondit, et toutes les créatures vivantes l'évitèrent, et aucun homme ne s'aventura plus sur ses rives. Brandir, fils de Handir, fut le dernier homme à scruter ses ténèbres ; et il se détourna plein d'horreur, car le cœur lui faillit, et bien que sa vie lui fût à présent haïssable, il ne put se donner à la mort qu'il souhaitait. Alors sa pensée se tourna vers Túrin Turambar, et il s'écria : « Ai-je haine de toi, ou pitié ? Mais tu es mort. Je ne te dois nul merci, toi qui as pris tout ce que j'avais ou aurais pu avoir. Mais mon peuple t'a une dette de reconnaissance. Et cette dette, il convient qu'ils l'apprennent par ma bouche. »

Et boitillant, il reprit le chemin de Nen Girith, évitant l'endroit où gisait le Dragon avec un frisson d'effroi ; et comme il gravissait de nouveau le sentier escarpé, il aperçut un homme qui épiait à travers les branches et qui, le voyant, rapidement se retira. Mais il avait reconnu ses traits à la clarté de la lune déclinante.

« Ah, Dorlas ! s'exclama-t-il. Quelles nouvelles apportes-tu ? Comment t'en es-tu tiré vivant ? Et qu'en est-il de mon parent ? »

« Je n'en sais rien », répondit Dorlas sombrement.

« Voilà qui est étrange », dit Brandir.

« Si tu veux vraiment savoir, dit Dorlas, le Noire-Épée a prétendu nous faire passer à gué les rapides du Teiglin, à la nuit close. Et je n'ai pas pu ; est-ce là chose étrange ? Je suis meilleur homme que bien d'autres au maniement de la hache, mais je ne suis pas chèvre-pied ! »

« Alors c'est sans toi qu'ils ont affronté le Dragon ? demanda Brandir. Et lorsque le monstre a franchi le torrent ? Au moins es-tu resté à proximité pour voir ce qu'il adviendrait ? »

Mais Dorlas ne soufflait mot, et il restait là à fixer Brandir, les yeux pleins de haine. Alors Brandir comprit, devinant soudain que cet homme avait abandonné ses compagnons, et que la honte en avait fait un pleutre, et qu'il s'était caché dans les bois. « Honte à toi, Dorlas ! dit-il. Tu es cause de tous nos malheurs : c'est toi qui as incité le Noire-Épée au combat, et attiré sur nous les foudres du Dragon, toi qui m'as tourné en dérision et entraîné Hunthor à sa mort ; et voilà que tu prends la fuite et vas t'embusquer dans les bois ! » Et tout en parlant, une autre pensée lui traversa l'esprit, et il dit, pris d'une noire colère : « Et pourquoi n'es-tu pas venu avec des nouvelles ? C'était la moindre des réparations à faire. Et l'aurais-tu fait, que Dame Níniel n'aurait pas eu à s'en aller elle-même en quête. Elle aurait pu ne jamais poser son regard sur le Dragon. Et elle serait vivante. Dorlas, je te hais ! »

« Garde ta haine ! dit Dorlas. Elle est aussi timorée que tes avis. Si je n'avais été là, les Orques seraient venus te pendre comme un épouvantail dans ton propre jardin. Et le nom d'"embusqué", tu peux aussi te le garder ! » Et la honte le rendant coléreux, il menaça Brandir de son poing énorme, et ainsi acheva son existence avant même que ne s'éteigne la lueur de stupeur dans son regard ; car Brandir tira son épée, et lui en asséna un coup mortel. Et il resta là, tremblant, écœuré par le sang ; puis jetant son épée, il se détourna et reprit son chemin, courbé sur sa béquille.

Lorsque Brandir arriva à Nen Girith, la lune s'était couchée, livide, et la nuit refluait tandis que le matin entrouvrait l'Orient. Et les gens qui se pressaient encore, terrifiés, près du pont, le virent venir comme une ombre grise dans l'aurore, et certains, pleins de stupeur, le hélèrent : « Où donc étais-tu ? Et l'as-tu vue ? Car Dame Níniel est partie. »

« Oui, elle est partie, répondit-il. Partie, partie pour ne plus jamais revenir ! Mais je suis porteur de nouvelles. Et à présent, écoutez-moi, peuple de Brethil, et dites-moi si jamais récit égala le récit que je vais vous faire ! Le Dragon est mort, mais mort également est Turambar, à ses côtés. Et voilà de bonnes nouvelles : bonnes certes, tant l'une que l'autre. »

Alors les gens murmurèrent entre eux, s'interrogeant sur ses paroles, et certains dirent qu'il était fou ; mais Brandir s'écria : « Écoutez-moi donc jusqu'au bout ! Níniel aussi est morte, Níniel la toute belle que vous aimiez, et que j'aimais plus que tout au monde. Au Saut du Cerf elle a sauté, et les dents du Teiglin l'ont happée. Elle est partie, haïssant la lumière du jour. Car voici ce qu'elle a appris avant de fuir : ils étaient enfants de Húrin, l'un et l'autre, le frère et la sœur. On l'appelait, lui, le Mormegil, et il prit le nom de Turambar, dissimulant son passé : Túrin, fils de Húrin. Nous la nommâmes Níniel, ignorant son passé : elle était Niënor, fille de Húrin. Ils vinrent en Brethil, apportant l'ombre de leur noir destin. Et leur destin ici même s'est accompli, et cette terre sera à jamais prisonnière du chagrin. Ne l'appelez plus Brethil, ni la terre des Halethrim, mais *Sarch nia Chîn Húrin,* la Tombe des Enfants de Húrin ! »

Et même s'ils étaient encore incapables de comprendre comment ce mal était advenu, les gens pleuraient là debout, et certains dirent : « Il y a une tombe dans le Teiglin, pour Níniel la bien-aimée ; et il y aura une tombe pour Turambar, le plus vaillant des hommes. Nous ne laisserons pas notre libérateur gisant sous la nue. Allons à lui. »

# Chapitre XVIII

## La mort de Túrin

Or à l'instant même où Níniel prenait la fuite, Túrin remua, et du tréfonds de ses ténèbres, il lui sembla l'entendre au loin qui l'appelait ; mais sur ce, Glaurung mourut, et Túrin sortit de sa noire pâmoison, et il respira de nouveau profondément, et soupira, et tomba dans un sommeil exténué. Mais peu avant l'aube, le froid se fit très vif, et il se retourna dans son sommeil, et la garde de Gurthang lui laboura le flanc, et soudain, il s'éveilla. La nuit se dissipait et il y avait un souffle du matin dans l'air ; il bondit sur ses pieds, se souvenant de sa victoire et du brûlant venin sur sa main. Et il la souleva et la considéra avec étonnement, car elle était bandée d'un morceau de linge blanc encore humide, et elle ne le lançait plus ; et il se dit en lui-même : « Qui donc prend si bon soin de moi, et cependant me laisse là couché, transi, dans les décombres et la fétidité du Dragon ? Quels singuliers événements ont eu lieu ? »

Et il appela à haute voix, mais nul ne répondit. Tout était noir et désolé alentour, et il y avait un relent de mort. Il se courba et ramassa son épée, et elle était intacte, et l'éclat de son tranchant n'était nullement terni. « Immonde était le venin de Glaurung, dit-il, mais tu es plus forte que moi,

Gurthang. Il n'est point de sang que tu ne boives. À toi la victoire. Mais viens ! Il me faut quérir du secours. Mon corps est fourbu, et le froid transit mes os. »

Et il se détourna de Glaurung et le laissa à pourrir ; mais à mesure qu'il s'éloignait de ce lieu, chaque pas lui paraissait plus pénible, et il pensa : « À Nen Girith, je trouverai probablement un des éclaireurs qui guettent mon retour. Mais que ne suis-je au plus vite en ma propre maison, où je recevrais les douces caresses de Níniel et les soins experts de Brandir ! » Et c'est ainsi que marchant à grand-peine, en s'appuyant sur Gurthang, il atteignit enfin Nen Girith dans la grisaille du petit jour ; et à l'instant même où certains se mettaient en route pour chercher sa dépouille, il se tenait debout devant le peuple.

Et ils reculèrent, horrifiés, car ce n'était pas lui qu'ils croyaient voir mais son esprit tourmenté ; et les femmes gémirent et se voilèrent la face. Mais il s'exclama : « Non, ne pleurez pas, mais réjouissez-vous ! Voyez donc ! Ne suis-je pas bien vivant ? Et n'ai-je point tué le Dragon que vous redoutiez ? »

Alors ils se tournèrent vers Brandir, et lui crièrent : « Fou que tu es, avec tes contes mensongers. Tu le disais gisant au loin, mort. Nous savions bien que tu étais fou ! » Mais Brandir était atterré, et les yeux écarquillés de peur, regardait Túrin et ne pouvait parler.

Mais Túrin s'adressa à lui : « C'était donc toi qui étais là-bas et qui m'as soigné la main ? Sois-en remercié. Mais ton savoir fléchit si tu ne peux distinguer la pâmoison de la mort. » Et il se tourna vers le peuple : « Ne lui parlez pas de la sorte, imbéciles, tous autant que vous êtes. Qui d'entre vous aurait fait mieux ? Au moins a-t-il eu le courage de venir sur le lieu même du combat, tandis que vous restiez là à vous lamenter ! »

« Mais maintenant, fils de Handir, à nous deux ! J'ai autre chose à apprendre de toi. Pourquoi es-tu ici, avec tous ces gens que j'ai laissés à l'Ephel ? Si je puis aller affronter la mort pour vous sauver, ne puis-je au moins compter qu'on m'obéisse durant mon absence ? Et où est Níniel ? Puis-je au moins espérer que vous ne l'avez pas traînée ici, mais laissée là où je l'avais mise en sécurité, en ma maison, et sous la garde d'hommes loyaux et sûrs ? »

Et comme personne ne répondait : « Allons, dites-moi où est Níniel ! s'écria-t-il. Car elle seule, je veux voir en premier ; et à elle la première, je conterai les exploits de cette nuit. »

Mais ils détournèrent leurs visages, et Brandir dit enfin :

« Níniel n'est pas ici. »

« Voilà qui est bien, dit Túrin. Je m'en vais donc chez moi. Y a-t-il un cheval pour me porter ? Ou mieux vaudrait une civière. Car je défaille sous le poids de mes peines. »

« Non ! Non ! dit Brandir, l'angoisse au cœur. Ta maison est vide. Níniel n'est pas là. Elle est morte. »

Mais l'une des femmes présentes – et c'était l'épouse de Dorlas, et qui n'aimait guère Brandir – s'interposa d'une voix stridente : « Ne l'écoute pas, seigneur ! Car il a perdu l'esprit. Il est venu tout criant que tu étais mort, et il appelait ça de bonnes nouvelles. Mais te voilà bien vivant. Alors pourquoi croire son récit au sujet de Níniel : qu'elle serait morte, et pire encore ! »

Túrin s'avança alors vers Brandir : « Alors c'était une bonne nouvelle que ma mort ? s'exclama-t-il. Oui, tu me l'as toujours bassement enviée, cela je le savais. À présent, elle est morte, dis-tu. Ou pire encore ? Quel mensonge as-tu ourdi dans la vilenie de ton âme, Pied-Bot ? Et ne pouvant manier d'autres armes, as-tu résolu de nous tuer avec tes paroles atroces ? »

Alors dans le cœur de Brandir, la colère chassa la pitié, et il s'écria : « Moi, j'ai perdu l'esprit ? Non point, c'est toi qui as perdu l'esprit, Noire-Épée au noir destin ! Et tout ce peuple radoteur. Je ne mens pas ! Níniel est morte, morte, morte ! Va-t'en la chercher dans le Teiglin ! »

Froid et immobile se tenait Túrin : « Comment le sais-tu ? dit-il doucement. Comment l'as-tu machiné ? »

« Je le sais parce que je l'ai vue sauter, répondit Brandir. Mais les machinations furent tiennes. Elle a fui loin de toi,

Túrin, fils de Húrin, et elle s'est jetée dans le Cabed-en-Aras, afin de ne plus jamais te revoir. Níniel ! Níniel ? Non pas, mais Niënor, fille de Húrin. »

Alors Túrin l'empoigna et le secoua ; car dans ces mots, il avait reconnu la foulée de son destin qui le rejoignait, mais dans l'horreur et la fureur de son cœur, il se refusait à l'admettre, comme une bête frappée à mort, et qui blesse quiconque l'approche avant d'expirer.

« Oui, je suis Túrin, fils de Húrin, cria-t-il. Et cela, il y a bien longtemps que tu l'as deviné. Mais de Niënor, ma sœur, tu ignores tout. Tout ! Elle vit, saine et sauve, au Royaume Caché. C'est là un mensonge né en ton propre esprit venimeux, pour troubler la raison de ma femme, et la mienne à présent. Boiteux malfaisant ! Nous pourchasseras-tu de ta hargne, tous deux, jusqu'à la mort ? »

Mais Brandir se dégagea d'un geste brusque : « Ne me touche pas ! dit-il. Et retiens tes paroles délirantes. Celle que tu appelles ta femme vint à toi et te soigna, et tu ne répondis point à son appel. Mais un autre répondit à ta place. Glaurung, le Dragon, qui, je le crois, vous a ensorcelés tous deux, vous liant d'un sort fatal. Et telles furent ses paroles avant d'expirer : "Niënor, fille de Húrin, voici ton frère, traître envers ses ennemis, infidèle à ses amis, une malédiction pour ceux de sa famille, Túrin, fils de Húrin." » Et Brandir éclata soudain d'un rire dément. « On dit que sur leur lit de mort, les hommes disent la vérité, s'esclaffa-t-il. Et un Dragon de même, semble-t-il. Túrin, fils de Húrin, une malédiction pour ceux de ta famille et tous ceux qui t'accueillent en leurs foyers ! »

Alors Túrin saisit Gurthang, et une lueur cruelle s'alluma en ses yeux. « Et que dire de toi, Pied-Bot ? dit-il lentement. Qui a révélé à Níniel secrètement, derrière mon dos, mon nom véritable ? Qui l'a exposée à la malignité du Dragon ? Qui s'est tenu à proximité et l'a laissée périr ? Qui est revenu ici en toute hâte publier à grands cris cette horreur ? Qui s'apprête à exulter à mes dépens ? Les hommes, dis-tu, disent la vérité à l'heure de la mort ? Alors dis-la, et fais vite. »

Mais Brandir, lisant sa mort sur le visage de Túrin, ne bougea point ni ne fléchit, bien qu'il n'eût d'autre arme que sa béquille ; et il parla ainsi : « C'est une longue histoire que tout cela, trop longue à raconter, et je suis fatigué de toi. Mais tu me calomnies, fils de Húrin. Glaurung t'a-t-il calomnié ? Si tu me tues, il apparaîtra aux yeux de tous qu'il n'a pas menti. Et cependant, je ne crains pas de mourir, car j'irai alors chercher Níniel, que j'aimais, et peut-être me sera-t-il donné de la retrouver une fois encore, par-delà les Mers. »

« Chercher Níniel ! s'écria Túrin. Non, car c'est Glaurung que tu trouveras, et ensemble vous procréerez des mensonges. Tu dormiras avec le Ver, l'élu de ton âme, et tu pourriras avec lui dans la même noire horreur ! » Et il leva Gurthang et en asséna un terrible coup à Brandir, le frappant à mort. Mais les gens se cachèrent les yeux pour ne pas voir ce forfait, et comme Túrin se détournait et s'éloignait de Nen Girith, ils s'écartèrent de lui avec effroi.

Et Túrin s'en alla comme qui a perdu l'esprit, par les bois sauvages, tantôt maudissant la Terre du Milieu et toute la vie des Hommes, tantôt appelant le nom de Níniel. Mais lorsque fut consumé le paroxysme de son chagrin, il s'assit un instant et médita tous ses actes, et il s'entendit qui criait : « Elle vit saine et sauve au Royaume Caché ! » Et il songea que si, à présent, sa vie était ruinée, c'est là-bas qu'il lui fallait se rendre ; car tous les mensonges de Glaurung l'avaient sans cesse fourvoyé. Aussi il se leva et se dirigea vers les Gués du Teiglin, et passant devant le Haudh-en-Elleth, il s'écria :

« Combien j'ai payé durement, ô Finduilas, d'avoir prêté l'oreille aux dires du Dragon ! À présent accorde-moi tes conseils ! »

Mais comme il l'invoquait, il aperçut douze chasseurs armés de pied en cap, qui passaient les Gués, et c'étaient des Elfes : et s'approchant, il reconnut en l'un d'eux Mablung, le chef des chasseurs de Thingol. Et Mablung le héla, criant :

« Túrin ! Te voilà enfin. Je te cherchais, et suis bien aise de te voir vivant, même si les années ont pesé lourdement sur toi. »

« Lourdement, certes ! dit Túrin. Oui, aussi lourdes que les pieds de Morgoth. Mais si tu es bien aise de me voir vivant, tu es le dernier de ton espèce en Terre du Milieu à l'être. Et pourquoi donc?»

« Parce qu'on tenait ta personne en grand honneur parmi nous, répondit Mablung ; et bien que tu aies échappé à maints périls, je craignais pour toi à la fin. J'ai vu Glaurung surgir de son antre, et je pensais qu'ayant accompli son dessein maléfique, il s'en allait retrouver son Maître. Mais il se dirigeait vers Brethil, et en même temps j'appris, par des gens qui erraient par ici, qu'on avait revu le Noire-Épée de Nargothrond guerroyer alentour, et que les Orques évitaient les frontières de Brethil comme la peste. Alors j'eus grand-peur, et dis : "Hélas ! Glaurung va où ses Orques ne s'aventurent point, il va provoquer Túrin au combat." C'est pourquoi je suis venu ici au plus vite, t'avertir et te prêter main-forte. »

« Vite, mais pas assez vite, dit Túrin. Glaurung est mort. »

Alors les Elfes le considérèrent avec stupeur, et dirent : « Tu as tué le Grand Ver ! Glorieux à jamais sera ton nom parmi les Elfes et parmi les Hommes ! »

« Je n'en ai que faire, dit Túrin. Car mon cœur aussi a été tué. Mais puisque vous venez du Doriath, donnez-moi des nouvelles des miens. Car on m'a dit, en Dor-lómin, qu'elles s'étaient réfugiées au Royaume Caché. »

Les Elfes restèrent cois, mais après un temps, Mablung parla : « C'est en effet ce qu'elles firent, l'année qui précéda la venue du Dragon. Mais elles n'y sont plus à cette heure, hélas ! » Alors le sang de Túrin se figea, et il entendit la foulée du destin fatal qui s'acharnait contre lui jusqu'au dénouement. « Poursuis ! s'écria-t-il. Et sois bref ! »

« Elles partirent à ta recherche en pays sauvage, dit Mablung, au mépris de tous les conseils ; mais lorsqu'on sut que le Noire-Épée, c'était toi, elles voulurent coûte que coûte se rendre à Nargothrond. Et Glaurung se montra et tous les hommes commis à leur garde se débandèrent. Nul n'a vu Morwen depuis lors ; quant à Niënor, son esprit s'engourdit un temps, et elle prit la fuite vers le nord, parcourant les bois comme une biche sauvage, et disparut. » Alors, à la stupeur des Elfes, Túrin éclata d'un grand rire strident : « N'est-ce point une plaisanterie ? s'écria-t-il. Ô Niënor, la toute belle ! Ainsi elle courut depuis le Doriath vers le Dragon, et du Dragon, vers moi. Que de douceurs lui réservait le sort ! Hâlée elle était, et noire de cheveux ; toute menue et élancée comme une enfant elfe ; personne ne pourrait s'y tromper ! »

Mablung resta interdit, et reprit : « Il doit y avoir erreur. Telle n'était pas ta sœur. Elle était grande et elle avait les yeux bleus, et des cheveux d'or fin, le portrait même, sous les traits d'une femme, de Húrin, son père. Il est impossible que tu l'aies vue ! »

« Impossible, impossible, Mablung, crois-tu ? s'écria Túrin. Et pourquoi pas ? Car, vois-tu, je suis aveugle ! Tu l'ignorais ? Aveugle, aveugle, et tâtonnant depuis l'enfance dans le sombre brouillard de Morgoth ! C'est pourquoi tu dois me laisser ! Va, Va ! Rentre en Doriath et que l'hiver flétrisse le pays à jamais ! Maudit soit Menegroth ! Et maudite ta mission ! Cela seul manquait. Voici venir la nuit ! »

Et il disparut, prompt comme le vent, les laissant en proie à la peur et au désarroi. Mais Mablung dit : « Quelque événement étrange et terrible est survenu, dont nous ne savons rien. Suivons-le et procurons-lui notre aide si faire se peut : car le voilà ensorcelé, et l'esprit tout égaré. »

Mais Túrin filait loin devant eux, et il parvint à Cabed-en-Aras, et là il s'arrêta ; et il prêta l'oreille au grondement de l'eau, et il vit que tous les arbres, tant proches que lointains, étaient desséchés et que leurs feuilles flétries tombaient de manière lugubre, comme si l'hiver s'était fourvoyé en ces premiers jours de l'été.

« Cabed-en-Aras, Cabed Naeramarth ! s'écria-t-il. Je ne souillerai pas tes eaux, là où Níniel fut engloutie. Car tous mes actes ont été funestes, et le dernier fut le pire. »

Et il dégaina son épée et dit : « Salut à toi, Gurthang, acier de mort, toi seule demeures à présent ! Mais tu ne connais ni seigneur ni allégeance, hors la main qui te tient ! Tu ne refuses aucun sang. Prendras-tu celui de Túrin Turambar ? Me tueras-tu promptement ? »

Et de la lame s'éleva une voix glacée qui répondit : « Oui, je boirai ton sang, afin d'oublier le sang de Beleg, mon maître, et le sang de Brandir, injustement tué. Je te tuerai promptement. »

Alors Túrin ficha la garde en terre et se jeta sur la pointe de Gurthang, et la lame noire prit sa vie.

Alors survint Mablung, et il contempla la hideuse dépouille de Glaurung mort, et son regard se porta sur Túrin, et il s'affligea, songeant à Húrin tel qu'il l'avait vu lors des Nirnaeth Arnoediad, et au terrible destin de sa famille. Et comme les Elfes étaient là rassemblés, des hommes descendirent de Nen Girith pour contempler le spectacle du Dragon ; et lorsqu'ils virent quelle avait été la fin de Túrin Turambar, ils pleurèrent ; et les Elfes, apprenant alors la raison du discours que leur avait tenu Túrin, furent pris d'horreur. Et Mablung eut ces paroles amères : « J'ai été mêlé, moi aussi, au destin des Enfants de Húrin, et avec des paroles également, j'ai tué celui que j'aimais. »

Et ils soulevèrent Túrin, et s'aperçurent que son épée était brisée en morceaux. Ainsi devait disparaître tout ce qu'il possédait.

Bien des mains peinèrent pour ramasser du bois, l'entasser très haut et en faire un grand bûcher, sur lequel le corps du Dragon fut détruit, jusqu'à ce qu'il ne reste plus que des cendres noires et une poussière d'ossements ; et l'endroit où il fut brûlé devait demeurer à jamais nu et stérile. Mais on déposa Túrin sur le tertre élevé où il était tombé, et on plaça à ses côtés les tronçons de Gurthang. Et lorsque tout fut accompli, et que les ménestrels des Elfes et des Hommes eurent chanté des thrènes rapportant la vaillance de Turambar et la beauté de Níniel, on hissa une grande pierre grise sur le tertre ; et les Elfes y gravèrent ces mots, en Runes du Doriath :

et au-dessous, ils inscrivirent également :

NIËNOR NÍNIEL

Mais elle n'était point là, et on ne sut jamais où les froides eaux du Teiglin l'avaient emportée.

*Ainsi s'achève le Conte des Enfants de Húrin,*
*le plus long de tous les lais composés en Beleriand.*

Après la mort de Túrin et de Niënor, Morgoth libéra Húrin de ses fers afin de servir son dessein maléfique. Or Húrin, au cours de son errance, parvint en Forêt de Brethil et, depuis les Gués du Teiglin, arriva au soir sur le lieu où Glaurung avait été brûlé, et où se trouvait la grande pierre, sur les bords de Cabed Naeramarth. Voilà ce qu'on raconte sur ce qui s'y passa.

Mais Húrin ne regarda pas la pierre, car il savait ce qui y était inscrit ; et ses yeux avaient vu qu'il n'était point seul. Assise à l'ombre de la pierre se trouvait une forme recroquevillée. Quelque promeneur sans feu ni lieu, brisé par le poids des ans, semblait-il, et trop épuisé pour remarquer une présence ; mais ses haillons étaient les lambeaux d'un vêtement de femme. Enfin, alors que Húrin se tenait là silencieux, elle repoussa sa capuche toute déchirée et releva doucement la tête, découvrant un visage hagard et affamé, comme celui d'un loup qu'on aurait longtemps traqué. Ses cheveux étaient gris, elle avait un nez aquilin et des dents cassées, et de sa main toute maigre, elle serrait son manteau sur sa poitrine. Mais soudain, son regard se plongea dans celui de Húrin, qui la reconnut ; car si ses yeux étaient à présent fous et emplis de peur, un éclat continuait d'y briller, difficile à soutenir : c'était cette lumière elfique qui lui avait jadis valu son surnom, Eledhwen, la plus fière des femmes mortelles au temps passé.

« Eledhwen ! Eledhwen ! » s'écria Húrin ; et elle se leva et trébucha en avant, et il la recueillit dans ses bras.

« Enfin, te voilà, dit-elle. J'ai attendu trop longtemps. »

« La route était ténébreuse. J'ai parcouru ce chemin comme j'ai pu », répondit-il.

« Mais tu viens tard, dit-elle, trop tard. Ils sont perdus. »

« Je le sais, répondit-il. Mais toi, tu ne l'es pas. »

« Presque, répondit-elle. Je suis totalement à bout de forces. Je m'éteindrai avec le soleil. Ils sont perdus. » Elle s'agrippa à son manteau. « Il nous reste peu de temps, dit-elle. Si tu le sais, dis-le-moi ! Comment l'a-t-elle retrouvé ? »

Mais Húrin ne répondit pas, et il resta assis près de la pierre, Morwen dans ses bras ; et ils ne dirent plus mot. Le soleil se coucha, et Morwen soupira, elle serra sa main, et cessa de bouger ; et Húrin sut qu'elle venait de mourir.

# ARBRES GÉNÉALOGIQUES

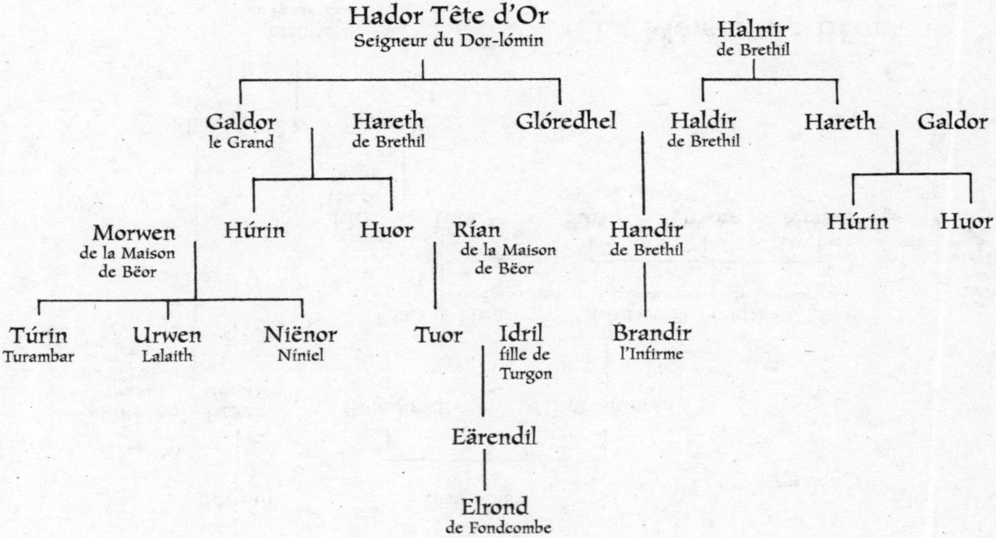


La Maison de Hador & le Peuple de Haleth

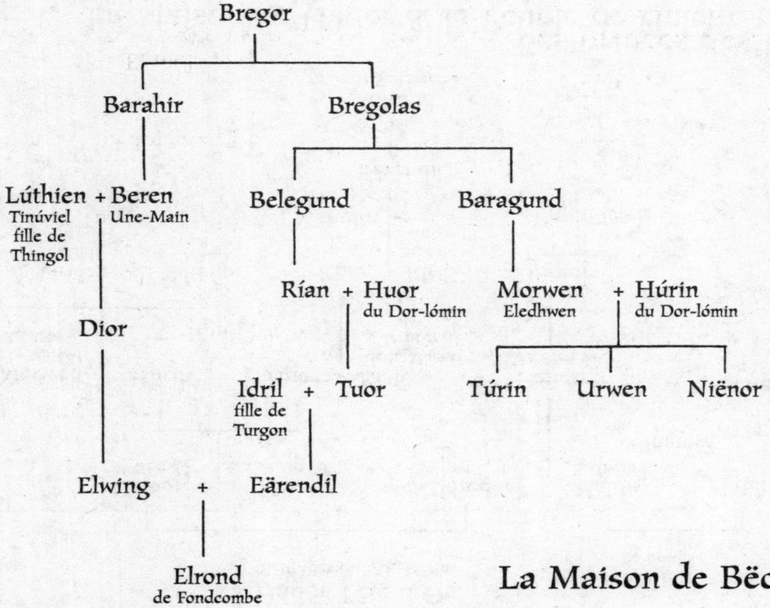


La Maison de Bëor

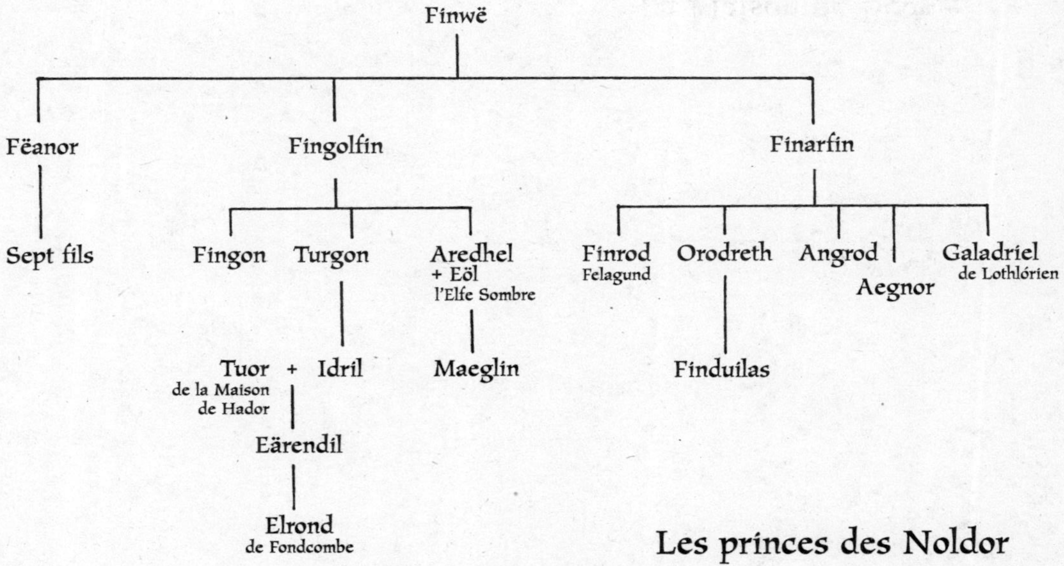


Les princes des Noldor

# APPENDICES

## I. L'évolution des grands contes

Ces histoires indépendantes quoique reliées se sont toujours détachées sur le fond de la longue et complexe Histoire des Valar, des Elfes et des Hommes en Valinor et dans les Grandes Terres ; et dans les années qui ont suivi le moment où mon père a abandonné la rédaction des *Contes Perdus* avant qu'ils ne soient achevés, il s'est détourné de l'écriture en prose pour entreprendre un long poème intitulé *Túrin, fils de Húrin et Glórund le Dragon*, qui a ensuite pris pour titre *Les Enfants de Húrin* dans une version révisée. Cela s'est produit au début des années 1920, alors qu'il enseignait à l'université de Leeds. Dans ce poème, il a choisi le mètre allitératif du vieil anglais (la forme poétique de *Beowulf* et d'autres poèmes anglo-saxons), transposant sur l'anglais moderne les schémas contraignants observés par les poètes anciens, avec les accents et la « rime initiale » : dans ce domaine, il a acquis une remarquable habileté, sous diverses formes, depuis le dialogue dramatique du *Retour de Beorhtnoth* jusqu'à l'élégie célébrant les hommes tués sur le champ de bataille du Pelennor. *Les Enfants de Húrin* sont de loin le plus long de ses poèmes en mètre allitératif, puisqu'il dépasse largement les deux mille vers ; pourtant, mon père l'avait initialement conçu sur une échelle si vaste que le récit n'avait pas dépassé le moment où le Dragon prend Nargothrond d'assaut quand mon père l'a abandonné. Il restait encore une si grande partie de l'histoire des *Contes*

*Perdus* à écrire, qu'à ce rythme il aurait fallu encore des milliers et des milliers de vers ; et une seconde version, abandonnée encore plus tôt dans le récit, fait près du double de la première au même point.

Dans cette partie de la légende des Enfants de Húrin que mon père a transposée dans le poème allitératif, l'histoire originale du *Livre des Contes Perdus* a été largement développée et retravaillée. Entre autres exemples remarquables, c'est à ce moment-là que surgit la grande cité-forteresse souterraine de Nargothrond ainsi que les vastes terres qu'elle contrôle – éléments essentiels, non seulement dans la légende de Túrin et de Niënor, mais aussi dans l'Histoire des Jours Anciens en Terre du Milieu –, comprenant une description des terres cultivées par les Elfes de Nargothrond, allusion très rare aux « arts de la paix » de ce monde ancien, de telles évocations étant éparses et très peu nombreuses. Remontant la rivière Narog depuis le sud, Túrin et son compagnon (Gwindor, dans la version publiée ici) découvrent les terres situées près de l'entrée de Nargothrond, apparemment désertées :

*[...] et les voilà rendus   en riante contrée ;*
*entre prés clairs   et claies fleuries*
*comme ils avancent,   ils trouvent désertés*
*laisses, chemins   et gazons du Narog,*
*les champs chargés   dans l'embrasure des bois*
*entre rive et colline.   Les faucilles délaissées*
*traînent par les champs,   des échelles jetées*
*dans l'herbe haute   des riches vergers ;*
*chaque arbre tourne   sa tête bouclée*
*et les scrute en secret,   des oreilles épient*
*dans l'herbes ondoyante ;   malgré midi sonné,*
*terre et feuilles qui brillent,   un froid les glace.*

Ainsi, les deux voyageurs parviennent aux portes de Nargothrond, dans les gorges du Narog :

*là se dressent  les solides épaules*
*des collines,  penchées sur le fleuve ;*
*là, sous un rideau d'arbres,  une terrasse claire,*
*large et abritée,  toute polie d'usure*
*se découpe  face à la chute d'eau.*
*Des portes d'ombre,  nimbées d'abyssale brume*
*s'ouvrent à flanc de colline ;  leurs poutres sont énormes*
*leurs poteaux et linteaux  de lourde pierre.*

Capturés par les Elfes, ils sont poussés à l'intérieur et les portes se referment sur eux :

*Ils crient et grincent  les énormes gonds*
*de la gigantesque porte ;  dans un sourd esclandre*
*de tonnerre grondant,  elle bat et retombe,*
*d'affreux échos  dans les corridors vides*
*ricochent contre le roc  d'invisibles plafonds ;*
*la lumière est perdue.  De là on les conduit*
*par les longs chemins  sinueux de nuit*
*leurs gardes guident  leurs pas tâtonnants,*
*enfin le feu tremblant  d'ardents flambeaux*
*s'allume devant eux ;  un murmure inégal,*
*voix innombrable  d'une foule assemblée*
*leur parvient au passage.  Le plafond est fort haut.*
*Après un brusque coude,  cloués sur place*
*devant eux en conclave  silencieux et grave,*
*sont des centaines  dans le clair-obscur*
*sous des dômes lointains  aux voûtes d'ombre*
*ils les attendent en silence.*

Mais dans le texte des *Enfants de Húrin* publié ici, on ne trouve que ces mots (p. 144) :

> Et alors ils se levèrent, et quittant Eithel Ivrin, ils longèrent les rives du Narog vers le sud, jusqu'à ce qu'ils

soient capturés par des éclaireurs des Elfes et emmenés comme prisonniers à la forteresse cachée.

C'est ainsi que Túrin entra à Nargothrond.

Comment est-on arrivé à cette version ? C'est à cette question que je vais essayer de répondre dans les pages suivantes.

Il semble presque certain que tout ce que mon père a écrit de ce poème allitératif sur Túrin, il l'a fait à Leeds, et qu'il l'a abandonné à la fin de l'année 1924 ou au début de 1925 ; mais les raisons de cet abandon demeurent inconnues. Ce vers quoi il s'est alors tourné n'est cependant pas un mystère : à l'été 1925, il a entrepris d'écrire un nouveau poème, dans un mètre totalement différent (des distiques octosyllabiques rimés), intitulé *Le Lai de Leithian*, « la Libération des Fers ». C'est ainsi qu'il a repris un autre de ces contes qu'il décrira des années plus tard, en 1951, comme j'en ai déjà fait mention, comme complets, indépendants bien que liés à « l'Histoire générale » : le sujet du *Lai de Leithian* est en effet la légende de Beren et Lúthien. Il travaillera pendant six ans sur ce deuxième long poème, pour l'abandonner à son tour, en septembre 1931, après avoir écrit plus de quatre mille vers. Tout comme le poème allitératif des *Enfants de Húrin*, qu'il a remplacé et supplanté dans le travail de mon père, celui-ci représente une avancée importante dans l'évolution de la légende par rapport au conte original de Beren et Lúthien, dans *Les Contes Perdus*.

Pendant la rédaction du *Lai de Leithian*, mon père a écrit, en 1926, une *Esquisse de la Mythologie*, expressément destinée à R.W. Reynolds, son ancien professeur à la King Edward's School à Birmingham, « afin d'expliquer le contexte de la version allitérative de Túrin et le Dragon ». Ce court manuscrit, comptant une vingtaine de pages imprimées, a été explicitement écrit comme un synopsis, au présent et dans un style concis ; pourtant, il constitue le point de départ des versions du « Silmarillion » qui vont suivre (même s'il ne porte pas encore ce titre). Mais alors que la conception de sa mythologie dans son ensemble se met en place dans ce texte, le conte de Túrin occupe manifestement une place cruciale : le titre du manuscrit est même *Esquisse de la mythologie concernant particulièrement « Les Enfants de Húrin »*, conformément aux motivations qui ont amené mon père à l'écrire.

Suit une œuvre bien plus imposante en 1930, la *Quenta Noldorinwa* (l'Histoire des Noldor : car l'Histoire des Elfes noldorins est le thème central du « Silmarillion »). Elle dérive directement de l'*Esquisse*, et bien qu'elle développe beaucoup le précédent texte et soit écrite de manière plus travaillée, mon père ne voyait encore la *Quenta* que comme un *résumé*, un épitomé de récits bien plus riches : c'est ce que montre clairement en tout cas le sous-titre qu'il lui a donné, selon lequel il s'agit d'une « *brève Histoire* [des Noldor], tirée du *Livre des Contes Perdus* ».

On ne doit pas oublier qu'à cette époque la *Quenta* représente (même dans une structure assez dépouillée) la totalité du « monde imaginé » par mon père. Il ne s'agit pas de l'Histoire du Premier Âge, comme la *Quenta* l'est devenue par la suite, car il n'y a alors pas encore de Deuxième Âge, ni de Troisième Âge ; il n'existe ni Númenor, ni Hobbits, et bien sûr pas d'Anneau. L'Histoire s'achève avec la Grande Bataille, au cours de laquelle Morgoth est finalement vaincu par les autres Dieux (les Valar) et est « expulsé [par eux] par la Porte de la Nuit Éternelle dans le Vide, au-delà des Murailles du Monde ». Et mon père écrit à la fin de la *Quenta* : « Ainsi *prennent fin les contes* des jours avant les jours dans les régions septentrionales du monde occidental. »

Il paraît donc étrange que la *Quenta* de 1930 demeure le seul texte (après l'*Esquisse*) du « Silmarillion » qu'il ait achevé ; mais comme cela a été trop souvent le cas, des éléments extérieurs sont venus conditionner l'évolution de son œuvre. À la *Quenta* succède, au cours des années 1930, une nouvelle version, dans un beau manuscrit, portant enfin le titre de *Quenta Silmarillion, Histoire des Silmarilli.* Elle est, ou aurait dû être, bien plus longue que la précédente *Quenta*

*Noldorinwa*, mais la conception initiale de cette œuvre comme avant tout un *résumé* de mythes et de légendes (eux-mêmes de nature et de portée totalement diverses s'ils avaient été racontés en entier) n'a en aucun cas été remise en question ; elle est, une fois de plus, définie par le titre : « *La Quenta Silmarillion* [...] histoire abrégée tirée de nombreux contes plus anciens ; car toute la matière qu'elle contient était au temps jadis, et encore de nos jours chez les Eldar de l'Ouest, plus amplement racontée dans d'autres histoires et d'autres chants. »

Il semble pour le moins probable que l'idée que mon père se faisait du *Silmarillion* ait été influencée par la manière dont ce que l'on peut appeler la « phase *Quenta* » du travail, au cours des années 1930, a commencé : par un synopsis très condensé, destiné à un but précis, mais qui a ensuite connu un développement et une élaboration par étapes successives jusqu'à perdre l'apparence d'un synopsis, tout en conservant néanmoins, de sa forme originelle, une « égalité » de ton caractéristique. J'ai écrit ailleurs que « la forme et le ton concis ou abrégé du *Silmarillion*, évoquant des siècles de poésie et de "tradition" à l'arrière-plan, suscitent une forte impression qu'il y a des "contes non racontés", même lorsqu'ils sont en train d'être racontés ; la "distance" n'est jamais abolie. Il n'y a aucune urgence narrative ; ni la pression ni la crainte de l'événement immédiat et inconnu. Nous ne "voyons" pas les Silmarils comme nous voyons l'Anneau. »

La *Quenta Silmarillion*, sous cette forme, s'est toutefois achevée de manière brutale et, comme on l'a vu par la suite, décisive en 1937. *Bilbo le Hobbit* est publié chez George Allen and Unwin le 21 septembre de cette année-là ; et, peu de temps après, à l'invitation de ses éditeurs, mon père leur fait parvenir à Londres un certain nombre de manuscrits, le 15 novembre 1937. Parmi ces derniers, se trouve la *Quenta Silmarillion*, au stade où elle en était alors arrivée, s'achevant au bas d'une page, au milieu d'une phrase. Mais, le manuscrit parti, mon père en continue le récit au brouillon, jusqu'à la fuite de Túrin hors du Doriath, lorsqu'il embrasse l'existence de hors-la-loi :

> passant les frontières du royaume il rassembla à lui une compagnie de ces infortunés qui, en ces jours funestes, erraient sans feu ni lieu dans les terres sauvages ; et leurs armes se retournaient contre tous ceux qui croisaient leur chemin, Elfes, Hommes, ou Orques.

Ce passage préfigure celui publié ici à la p. 91, au début du chapitre TÚRIN CHEZ LES HORS-LA-LOI.

Mon père est parvenu à ce point lorsque la *Quenta Silmarillion* et les autres manuscrits lui reviennent ; et trois jours plus tard, le 19 décembre 1937, il informe Allen et Unwin : « J'ai écrit le premier chapitre d'une nouvelle histoire sur les Hobbits – "Une réception depuis longtemps attendue". »

C'est à ce moment-là que la tradition continue mais mouvante du *Silmarillion* sur le mode « résumé » de la *Quenta* s'achève, en pleine progression, lorsque Túrin quitte le Doriath. Tout ce qui, dans l'Histoire, est ultérieur à cet épisode, est resté, au cours des années suivantes, dans la forme très simple, condensée et non développée de la *Quenta* de 1930 ; figée, pourrait-on dire, alors que les structures grandioses du Deuxième et du Troisième Âge surgissent au fil de l'écriture du *Seigneur des Anneaux*. Mais cette Histoire ultérieure est d'une importance cruciale pour les anciennes légendes, car les ultimes récits (dérivant à l'origine du *Livre des Contes Perdus*) racontent la terrible existence de Húrin, le père de Túrin, lorsque Morgoth le relâche, ainsi que la ruine des royaumes elfiques de Nargothrond, du Doriath et de Gondolin, que célébrera Gimli dans les mines de la Moria, des milliers et des milliers d'années plus tard.

*Le monde était beau, les montagnes altières,*
*Aux Jours Anciens d'avant la chute*
*De puissants rois à Nargothrond*

*Et à Gondolin, qui maintenant au-delà*
*Des Mers Occidentales ont disparu [...]*

Cela devait constituer le couronnement et l'achèvement de l'ensemble : le destin des Elfes noldorins dans leur longue lutte contre le pouvoir de Morgoth, le rôle joué par Húrin et Túrin dans cette Histoire, pour se terminer par le récit de la fuite d'Eärendil hors des ruines en feu de Gondolin.

Bien des années plus tard, au début des années 1950, *Le Seigneur des Anneaux* achevé, mon père se tourne avec détermination et confiance vers la « Matière des Jours Anciens », devenue entre-temps « le Premier Âge » ; et au cours de ces années-là, il exhume nombre de vieux manuscrits des tiroirs où ils sont longtemps restés. Se remettant au *Silmarillion*, il couvre le beau manuscrit de la *Quenta Silmarillion* de multiples corrections et ajouts ; mais cette révision prend fin en 1951, avant que mon père n'ait atteint l'histoire de Túrin, là où la *Quenta Silmarillion* avait déjà été abandonnée en 1937, en raison de l'avènement de « la nouvelle histoire sur les Hobbits ».

Il entreprend une révision du *Lai de Leithian* (le poème en vers rimés racontant l'histoire de Beren et Lúthien, laissé de côté en 1931), qui rapidement devient presque un nouveau poème, bien plus accompli ; mais ce travail tourne court et finit par être abandonné. Il se lance dans ce qui devait être une longue saga de Beren et Lúthien en prose, suivant de près la seconde version du *Lai*, mais il y renonce également. Ainsi, son désir, manifeste dans ces tentatives successives de donner au premier des « grands contes » l'ampleur souhaitée, ne s'accomplit jamais.

À cette époque, il revient aussi, finalement, au « grand conte » de la Chute de Gondolin, qui n'existe alors que dans les seuls *Contes Perdus*, datant de trente-cinq ans, ainsi que dans les quelques pages que lui consacre la *Quenta Noldo-*

*rinwa* de 1930. Cette nouvelle version devait lui permettre, alors qu'il se trouvait à l'apogée de son talent, de présenter sous une forme développée et dans toute son ampleur l'extraordinaire conte qu'il avait lu à l'*Essay Society* de son collège d'Oxford en 1920, et qui est resté tout au long de sa vie un élément central de son invention des Jours Anciens. Le lien étroit entre ce conte et l'histoire de Túrin se fait par les frères Húrin (père de Túrin) et Huor (père de Tuor). Dans leur jeunesse, ces deux frères pénètrent dans la cité elfique de Gondolin, cachée au sein d'un cercle de hautes montagnes, comme le raconte le récit des *Enfants de Húrin* (p. 34-35) ; par la suite, lors de la bataille des Larmes Innombrables, ils retrouvent Turgon, le roi de Gondolin, qui leur dit : « À présent, Gondolin ne pourra demeurer longtemps cachée, et une fois découverte, elle finira forcément par tomber. » (p. 55). À cela Huor répond : « Pourtant, si elle résiste encore un peu, (...) alors de ta Maison viendra l'espoir pour les Elfes et les Hommes. Cela je te le dis, seigneur, avec la mort dans les yeux : même si nous nous séparons ici pour toujours, et que je ne pose plus jamais les yeux sur tes blanches murailles, de nos deux lignées une nouvelle étoile se lèvera. (...) »

Cette prophétie s'accomplit lorsque Tuor, le cousin de Túrin, parvient à Gondolin et épouse Idril, la fille de Turgon, car leur fils est Eärendil, la « nouvelle étoile », « l'espoir des Elfes et des Hommes », qui s'échappe de Gondolin. Dans ce qui devait être une saga en prose de *La Chute de Gondolin*, sans doute commencée en 1951, mon père relate le voyage de Tuor et de son compagnon et guide, l'Elfe Voronwë. En chemin, errant dans la solitude des terres sauvages, ils entendent un cri au milieu des bois :

> Et ils attendirent, et voilà qu'il s'en vint quelqu'un, qui parcourait les bois, et ils virent que c'était un Homme de haute taille, en armes et vêtu de noir, avec une longue épée à nu ; et ils s'étonnèrent, car la lame était noire elle aussi, mais son fil étincelait clair et froid.

Il s'agit de Túrin, quittant précipitamment Nargothrond après son pillage (p. 162-163), mais ni Tuor ni Voronwë ne lui adressent la parole à son passage, et « ils ignoraient que Nargothrond était tombée, et que c'était là Túrin, fils de Húrin, le Noire-Épée. Et ainsi pour un bref instant, et par la suite jamais plus, se croisèrent les chemins de Túrin et de Tuor, qui étaient parents ».

Dans le nouveau conte de Gondolin, mon père amène Tuor jusqu'au point culminant des Montagnes Encerclantes, d'où l'œil peut balayer toute la plaine jusqu'à la Cité Cachée ; et là, il s'interrompt, à grand regret, pour ne jamais reprendre. Ainsi, dans *La Chute de Gondolin*, il échoue également dans son dessein ; et nous ne verrons ni Nargothrond ni Gondolin comme il les a imaginées dans leur version ultime.

J'ai écrit ailleurs que, « une fois achevé *Le Seigneur des Anneaux*, cette formidable "intrusion" et parenthèse, il semble que mon père soit retourné aux Jours Anciens, avec le désir de reprendre le travail sur une échelle bien plus ample, qui était la sienne au tout début, bien des années auparavant, dans *Le Livre des Contes Perdus*. Achever la *Quenta Silmarillion* est resté un but ; mais les "grands contes", largement développés par rapport à leur forme originelle, et *dont les derniers chapitres de la* Quenta *devaient dériver*, n'ont jamais été achevés. » Ces remarques sont vraies également du « grand conte » des *Enfants de Húrin* ; mais dans ce dernier cas, mon père est allé bien plus loin, même s'il n'a jamais pu donner de forme définitive et achevée à une partie importante de la version ultérieure, très largement développée.

En même temps qu'il reprend le *Lai de Leithian* et *La Chute de Gondolin*, il commence à retravailler sur *Les Enfants de Húrin*, non par l'enfance de Túrin mais par la fin de l'histoire, l'acmé de son existence désastreuse, après la destruction de Nargothrond : il s'agit des pages publiées dans ce livre depuis LE RETOUR DE TÚRIN EN DOR-LÓMIN

(p. 164) jusqu'à sa mort. Pour quelles raisons mon père a-t-il procédé de cette manière, à l'opposé de sa méthode habituelle consistant à reprendre un récit depuis le début, je ne saurais le dire. Mais en l'occurrence, il a également laissé dans ses papiers une importante série de pages, sans date mais écrites tardivement et relatives à l'histoire de Túrin depuis sa naissance jusqu'au sac de Nargothrond, retravaillant beaucoup les versions antérieures et contenant des développements inédits du récit.

La plus grande partie, sinon l'ensemble, de ce travail, date de l'époque qui a suivi immédiatement la publication du *Seigneur des Anneaux*. En ces années-là, *Les Enfants de Húrin* représentent pour lui l'histoire la plus importante de la fin des Jours Anciens, et il leur a longtemps consacré toute son attention. Mais il a alors éprouvé des difficultés à maintenir une structure narrative ferme au fil du développement du récit, qui gagne en complexité dans les personnages et les événements ; ainsi, un long passage de cette histoire est dispersé dans une série de brouillons sans lien et des ébauches d'intrigue, formant un patchwork.

Cette dernière version des *Enfants de Húrin* constitue néanmoins le plus important récit fictionnel de la Terre du Milieu après l'achèvement du *Seigneur des Anneaux* ; et elle donne de la vie et de la mort de Túrin un tableau d'une puissance évocatrice et d'une immédiateté que l'on retrouve rarement chez les autres peuples de la Terre du Milieu. Pour cette raison, après avoir longuement étudié les manuscrits, j'ai essayé de présenter dans ce livre un texte proposant un récit sans interruptions, du début à la fin, et sans introduire d'éléments qui ne soient authentiques dans leur conception.

## II. La composition du texte

Dans les *Contes et légendes inachevés*, publiés il y a plus de vingt-cinq ans, j'ai présenté une partie seulement de la version longue de ce récit, connu sous le nom de *Narn*, d'après le titre elfique, *Narn i Chîn Húrin*, le Conte des Enfants de Húrin. Mais ce n'était que l'un des chapitres d'un gros volume contenant des textes très divers ; et ce texte était très partiel, conformément à la nature et à l'objet des *Contes et légendes inachevés* dans leur ensemble : j'ai en effet omis un certain nombre de longs passages (et, pour l'un d'entre eux, très long) lorsque la version du *Narn* et celle, bien plus brève, publiée dans *Le Silmarillion* étaient très semblables ; ou lorsque j'ai décidé qu'aucun passage « long » ne se distinguait par quelque aspect remarquable qui aurait justifié de le présenter.

La forme du *Narn* publiée ici diffère par conséquent à de nombreux égards de la version publiée dans les *Contes et légendes inachevés* : en partie parce que j'ai pu étudier de manière bien plus approfondie les manuscrits, d'une formidable complexité, une fois ce premier livre publié. Ce travail m'a conduit à des conclusions différentes, concernant les relations entre certains textes et leur enchaînement, en particulier dans le cas de l'évolution, extrêmement difficile à suivre, de la légende dans l'épisode de TÚRIN CHEZ LES HORS-LA-LOI. Je donne ci-dessous une description et des explications relatives à la composition de ce nouveau texte des *Enfants de Húrin*.

Un élément essentiel à prendre en compte est le statut particulier du *Silmarillion* tel qu'il a été publié. Comme je l'ai expliqué dans la première partie de cet Appendice, mon père a abandonné la *Quenta Silmarillion* au point qu'il avait atteint (lorsque Túrin fuit le Doriath et devient un hors-la-loi), lorsqu'il a commencé *Le Seigneur des Anneaux* en 1937. En reconstituant un récit pour la version publiée, j'ai eu largement recours aux *Annales du Beleriand*, à l'origine un « Compte des Années » devenu au fil des versions, par des développements et des expansions répétés, un récit sous forme de chronique, parallèle aux manuscrits successifs du « Silmarillion » et allant jusqu'au moment où Morgoth libère Húrin après la mort de Túrin et de Niënor.

Ainsi, le premier passage du *Narn i Chîn Húrin* que j'ai omis dans les *Contes et légendes inachevés* (voir p. 92 et note 1) concerne le séjour de Húrin et de Huor à Gondolin, dans leur jeunesse ; tout simplement parce que cet épisode est raconté dans *Le Silmarillion* (p. 206-207). En réalité, mon père a toutefois écrit deux versions : l'une était explicitement destinée à ouvrir le *Narn*, mais suivait de près un passage des *Annales du Beleriand* – la quasi-totalité du texte en différait effectivement très peu. J'ai utilisé les deux textes pour *Le Silmarillion*, mais j'ai suivi ici la version du *Narn*.

Le deuxième passage du *Narn* que j'ai omis, pour la même raison, dans les *Contes et légendes inachevés* (p. 104 et note 2), est le récit de la Bataille des Larmes Innombrables ; et là encore, mon père a écrit deux versions, l'une dans les *Annales* et l'autre, nettement ultérieure mais écrite avec le texte des *Annales* sous les yeux, qu'elle suit pour l'essentiel. Cette seconde version de la grande bataille était, une fois encore, destinée expressément à entrer dans la composition du *Narn* (le texte porte comme indication *Narn II*, c'est-à-dire : deuxième section du *Narn*) et commence par la phrase : « On rapportera donc ici seulement ceux des faits qui ont pesé sur la destinée de la Maison de Hador et des enfants de Húrin l'Inflexible » (p. 50 de ce livre). À cette fin, mon père n'a conservé du récit fait dans les *Annales* que la description des combats à l'ouest et la destruction de l'armée de Fingon ; en simplifiant et en réduisant ce récit, il a modifié le cours de la bataille telle que les *Annales* la racontaient. Dans *Le Silmarillion*, j'ai naturellement suivi les *Annales*, mais en empruntant quelques éléments à la version du *Narn* ; mais dans le présent livre, je m'en suis tenu au texte que mon père considérait comme le plus indiqué en regard du *Narn* dans son ensemble.

À partir du chapitre TÚRIN EN DORIATH, le nouveau texte diffère grandement de celui publié dans les *Contes et légendes inachevés*. On se trouve là face à une série de textes, pour la plupart de simples brouillons, se rapportant aux mêmes passages du récit mais à différents stades de développement ; dans une telle situation, il est manifestement possible d'avoir différents avis sur la manière dont ce matériau original doit être traité. J'en viens à penser qu'en composant le texte des *Contes et légendes inachevés*, je me suis autorisé plus de liberté éditoriale qu'il n'était nécessaire. Dans le présent livre, j'ai réexaminé les manuscrits originaux et reconstitué le texte, rétablissant les termes d'origine en de nombreux endroits (bien que mineurs), réintroduisant de nouvelles phrases ou de brefs passages qui n'auraient pas dû être omis, corrigeant quelques erreurs, et procédant à des choix différents parmi les interprétations initiales.

Concernant la structure du récit à ce moment de la vie de Túrin, de sa fuite du Doriath jusqu'au repaire des hors-la-loi sur Amon Rûdh, mon père avait certains « éléments » narratifs à l'esprit : le jugement de Túrin devant Thingol, les dons faits à Beleg par Thingol et Melian, les mauvais traitements infligés à Beleg par les hors-la-loi en l'absence de Túrin, les rencontres successives de Túrin et Beleg. Il a plusieurs fois déplacé ces « éléments » les uns par rapport aux autres, et placé des passages de dialogue dans des contextes différents, mais il trouvait difficile de les arranger pour former une « trame » définitive, pour « découvrir ce qui s'est réellement passé ». Mais il m'apparaît clairement à présent, après une étude encore plus approfondie, d'une part que mon père est bien parvenu à trouver une structure et un enchaînement satisfaisants pour cette partie de l'histoire, avant de l'abandonner ; d'autre part, que la version très réduite du récit que j'ai établie pour *Le Silmarillion*, tel qu'il a été publié, les suit – mais à une exception près.

Dans les *Contes et légendes inachevés*, on trouve une troisième ellipse du récit, à la page 148. L'histoire s'interrompt au moment où Beleg, ayant fini par retrouver Túrin chez les hors-la-loi, ne parvient pas à le persuader de retourner en Doriath (p. 105-110 de la présente édition) ; et le récit ne reprend que lorsque les hors-la-loi rencontrent les Petits-Nains. Ici, je me suis de nouveau tourné vers *Le Silmarillion* pour combler cette lacune de l'histoire, sachant qu'on y trouve à ce moment-là du récit l'adieu de Beleg à Túrin puis son retour à Menegroth, « où il reçoit l'épée Anglachel des mains de Thingol, et du *lembas* de la part de Melian ». Mais l'on peut en fait démontrer que mon père a rejeté cet enchaînement : selon ce qui « s'est réellement passé », Thingol a donné Anglachel à Beleg juste après le jugement de Túrin, lorsque Beleg se lance pour la première fois à sa recherche. Par conséquent, c'est à ce point du présent récit (p. 89) que le don de l'épée est placé, et l'on n'y mentionne pas le *lembas* reçu en cadeau. Dans la suite de l'histoire (dans ce livre-ci), lorsque Beleg rentre à Menegroth après avoir trouvé Túrin, il n'est bien sûr pas fait mention d'Anglachel, mais seulement du cadeau de Melian.

Il convient de noter ici que j'ai décidé de ne pas publier dans ce livre deux passages, précédemment inclus dans les *Contes et légendes inachevés* mais qui sont secondaires dans le récit : il s'agit de la page racontant comment le Heaume du Dragon est entré en possession de Hador du Dor-lómin (*Contes et légendes inachevés*, p. 118) et de celle concernant l'origine de Saeros (p. 120). Il me semble d'ailleurs certain, grâce à une meilleure compréhension des relations entre les manuscrits, que mon père a abandonné le nom de

*Saeros* pour le remplacer par *Orgol*, qui par « accident linguistique » coïncide avec le terme *orgol*, *orgel*, signifiant « orgueil » en vieil anglais. Mais il est désormais trop tard, à mon avis, pour supprimer le nom de *Saeros*.

L'ellipse la plus importante dans le récit tel qu'il est publié dans les *Contes et légendes inachevés* (p. 160) est comblée ici aux pages 129 à 155, à partir de la fin du chapitre OÙ L'ON RENCONTRE MÎM LE NAIN, jusqu'à LA CHUTE DE NARGOTHROND, en passant par LE PAYS DE L'ARC ET DU HEAUME, LA MORT DE BELEG et TÚRIN À NARGOTHROND.

Dans cette partie de la « saga de Túrin », la relation est complexe, entre les manuscrits originaux, l'histoire telle qu'elle est racontée dans *Le Silmarillion*, les passages indépendants rassemblés dans l'appendice du *Narn* paru dans les *Contes et légendes inachevés*, et le nouveau texte publié dans ce livre. J'ai toujours supposé qu'il était dans l'intention de mon père, s'il avait disposé de tout le temps nécessaire, de tirer du « grand conte » de Túrin, une fois qu'il l'aurait achevé de manière satisfaisante pour lui, une version bien plus brève de l'histoire, sur un mode que l'on pourrait appeler le « mode *Silmarillion* ». Mais cela ne s'est bien sûr jamais produit ; j'ai donc entrepris, il y a maintenant plus de trente ans, une tâche étrange consistant à essayer de reproduire ce que mon père n'a pas fait : écrire un texte « à la *Silmarillion* » de la version la plus tardive de l'histoire, mais en tirant ce texte du matériau hétérogène de la « version longue », celle du *Narn*. Il s'agit du chapitre 21 du *Silmarillion*, tel qu'il a été publié.

Ainsi, le texte publié ici qui comble la longue ellipse des *Contes et légendes inachevés* provient du même matériau originel que le passage correspondant dans *Le Silmarillion* (p. 260-271), mais ce matériau est employé à des fins différentes dans les deux cas, et bénéficie ici d'une meilleure compréhension des relations unissant ce labyrinthe de brouillons, de notes, et de leur enchaînement. Une grande partie de ce qui, des manuscrits originaux, a été omis ou condensé dans *Le Silmarillion*, est donnée à lire ici ; mais lorsqu'il n'y avait rien à ajouter à la version du *Silmarillion* (comme dans l'épisode de la mort de Beleg, qui provient des *Annales du Beleriand*), celle-ci est simplement reprise.

Au final, bien que j'aie dû introduire ici et là des passages servant de transitions entre les différents brouillons, on ne trouve aucun élément « inventé » qui soit extérieur, d'aucune sorte ni à quelque degré que ce soit, dans la version longue présentée ici. Le texte n'en est pas moins artificiel, et il ne pouvait en aller autrement ; d'autant plus que cette énorme masse de manuscrits révèle une évolution permanente au sein de l'histoire. Des brouillons qui sont essentiels pour constituer un récit continu peuvent en fait appartenir à une phase antérieure de rédaction. Ainsi, pour donner un exemple qui se situe plus tôt dans le récit, une première version décrivant l'arrivée de la troupe de Túrin à la colline d'Amon Rûdh, les habitations qu'ils y trouvent au sommet et leur vie en ces lieux, ainsi que les succès éphémères du pays de Dor-Cúarthol, a été écrite avant que l'apparition de Petits-Nains ne soit même envisagée ; et une description très détaillée de la maison de Mîm située au sommet existait avant Mîm lui-même.

Dans la suite de l'histoire (à partir du retour de Túrin en Dor-lómin), à laquelle mon père a donné une forme achevée, il y a naturellement très peu de différences par rapport au texte publié dans les *Contes et légendes inachevés*. Mais il y a deux aspects secondaires dans le récit de l'attaque de Glaurung à Cabed-en-Aras pour lesquels j'ai modifié la lettre des manuscrits, ce qu'il me faut expliquer.

Le premier point concerne la géographie. Il est dit (p. 207-208) qu'en quittant Nen Girith, ce soir fatal, Túrin et ses compagnons ne se dirigent pas directement vers le Dragon, qui se trouve sur le bord opposé du ravin, mais prennent d'abord la direction des Gués du Teiglin : « puis, un peu en amont, ils bifurquèrent vers le sud et empruntèrent une piste étroite », pour traverser les bois surplombant la rivière, vers Cabed-en-Aras. Comme ils approchent, le texte original du passage précise que « les premières étoiles s'allumèrent à l'est derrière eux ».

En préparant le texte pour les *Contes et légendes inachevés*, je ne me suis pas aperçu que cela ne pouvait être exact, dans la mesure où ils ne se déplaçaient certainement pas vers l'ouest, mais vers l'est, ou le sud-est, s'éloignant des Gués ; les premières étoiles à l'est devaient donc se trouver devant eux, et non derrière eux. En discutant ce point dans *La Guerre des Joyaux* [*The War of the Jewels*, 1994, onzième volume de *L'Histoire de la Terre du Milieu*], p. 157, j'ai accepté l'idée que la « piste étroite » allant vers le sud devait de nouveau bifurquer vers l'ouest avant d'atteindre le Teiglin. Mais cela me semble maintenant peu probable, car sans fondement dans l'histoire ; et une solution bien plus simple est de corriger « derrière eux » en « devant eux », comme je l'ai fait dans le nouveau texte.

La carte que j'ai esquissée dans les *Contes et légendes inachevés* (p. 226) pour montrer la configuration géographique est en réalité mal orientée. On constate, d'après la carte

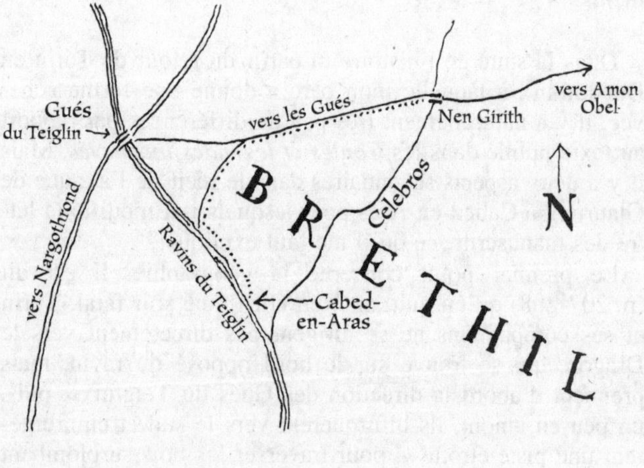

du Beleriand faite par mon père, et comme je l'ai également fait figurer dans ma carte du *Silmarillion*, qu'Amon Obel se trouve presque plein est par rapport aux Gués du Teiglin (« la lune se leva au-delà d'Amon Obel », p. 217), et que celui-ci coule dans les ravins en direction du sud-est ou du sud/sud-est. J'ai donc redessiné la carte et j'indique également la situation approximative de Cabed-en-Aras ; le texte précise, p. 202-203 :

« Et l'une de ces gorges s'ouvrait précisément sur la route de Glaurung ; non point la plus profonde, mais la plus étroite, un peu au nord de la confluence du Teiglin avec le Celebros. »

Le second point porte sur la mort de Glaurung lorsqu'il traverse le ravin. Il existe ici un brouillon et une version finale. Dans le brouillon, Túrin et ses compagnons escaladent le côté opposé du ravin jusqu'à parvenir à un escarpement sous le bord ; ils se cachent là durant toute la nuit, et Túrin « se déba[t] avec de sombres rêves terrifiants, dans lesquels sa volonté [est] tout entière tendue à se retenir et à ne pas tomber ». Lorsque le jour se lève, Glaurung se prépare à traverser le ravin « un peu [plus] au nord », ce qui oblige Túrin à redescendre vers le lit de la rivière puis à remonter la falaise pour s'approcher du ventre du Dragon.

Dans la version finale (p. 212), Túrin et Hunthor ne sont qu'à mi-chemin de leur ascension de la falaise lorsque Túrin déclare qu'ils s'épuisent à grimper avant même de savoir où Glaurung va traverser : « Et ils [font] halte et attend[ent]. » Il n'est pas dit qu'ils redescendent depuis l'endroit où ils se trouvent lorsqu'ils interrompent leur ascension, et on retrouve le passage concernant les rêves de Túrin « dans lesquels sa volonté [est] tout entière tendue à se retenir », venu du brouillon. Mais dans la version finale, ils n'ont pas besoin de se retenir : ils peuvent (et le veulent certainement) descendre dans le lit de la rivière pour attendre. C'est effectivement ce qu'ils ont fait : la version finale (*Contes et légendes inachevés*, p. 204) indique qu'ils ne se trouvent pas face à Glaurung, et que Túrin « s'élan[ce] le long de la rive pour se placer sous le Dragon ». Il semble donc que cette version finale comporte un élément du brouillon devenu superflu. À des fins de cohérence, j'ai corrigé (p. 213) « ne se trouvant pas exactement face à Glaurung » en « ne se trouvant pas exactement sur le chemin de Glaurung », et « s'élan[ce] le long de la rive » en « gravit la falaise ».

Ce sont des détails en soi, mais ils clarifient ce qui est peut-être la plus saisissante, sur le plan visuel, des scènes des légendes des Jours Anciens, et l'un des plus grands épisodes.

[La traductrice a revu la traduction française par Tina Jolas des passages déjà publiés dans les *Contes et légendes inachevés* en 1982 ; les passages déjà parus dans *Le Silmarillion* ont quant à eux été intégralement retraduits, de la même manière que les passages inédits, afin que la nouvelle traduction soit fidèle à l'unité du texte anglais.]

# LISTE DES NOMS APPARAISSANT DANS LE CONTE DES ENFANTS DE HÚRIN

Les noms apparaissant sur la carte du Beleriand sont suivis d'un astérisque.

| | |
|---|---|
| *Adanedhel* | « Homme-Elfe », nom donné à Túrin à Nargothrond. |
| *Aerin* | Une parente de Húrin en Dor-lómin, prise pour femme par Brodda l'Oriental. |
| *Agarwaen* | « Le Sanglant », nom pris par Túrin lorsqu'il arrive à Nargothrond. |
| *Aînés des Enfants* | Les Elfes. Voir *Enfants d'Ilúvatar*. |
| *Ainur* | « Les Bénis », les premiers êtres créés par Ilúvatar, qui étaient là avant le Monde : les Valar et les Maiar (« esprits du même ordre que les Valar mais d'une moindre puissance »). |
| *Algund* | Un Homme du Dor-lómin, membre de la bande de hors-la-loi que Túrin rejoint. |
| *Amon Darthir** | Un des pics de la chaîne des Ered Wethrin, au sud du Dor-lómin. |
| *Amon Ethir* | « Colline des Espions », grand ouvrage de terre élevé par Finrod Felagund, à une lieue à l'est de Nargothrond. |
| *Amon Obel** | Colline située au milieu de la Forêt de Brethil, sur laquelle s'élève Ephel Brandir. |
| *Amon Rûdh** | « Mont Chauve », une hauteur isolée au milieu des terres, au sud de Brethil, résidence de Mîm. |

*Anach** Une passe descendant de Taur-nu-Fuin à l'extrémité occidentale des Ered Gorgoroth.

*Andróg* Un Homme du Dor-lómin, un chef de la bande de hors-la-loi que Túrin rejoint.

*Anfauglith** « Poussière d'Agonie », la grande plaine située au nord de Taur-nu-Fuin, autrefois verdoyante et nommée *Ard-galen*, mais transformée en un désert par Morgoth lors de la Bataille de la Flamme Subite.

*Angband* La formidable forteresse de Morgoth située dans le nord-ouest de la Terre du Milieu.

*Anglachel* Épée de Beleg, présent de Thingol ; une fois reforgée pour Túrin, elle est nommée *Gurthang*.

*Angrod* Troisième fils de Finarfin, tué au cours de la Dagor Bragollach.

*Anguirel* Épée d'Eöl.

*Anneau de Melian* Voir *Melian*.

*Année de la Lamentation* L'année des *Nirnaeth Arnoediad*.

*Aranrúth* « Colère du Roi », épée de Thingol.

*Arc de Fer* Surnom de Beleg ; voir *Cúthalion*.

*Arda* La Terre.

*Aredhel* Sœur de Turgon, femme d'Eöl.

*Arminas* Elfe noldorin venu à Nargothrond avec Gelmir pour prévenir Orodreth du péril menaçant Nargothrond.

*Arroch* Cheval de Húrin.

*Arvernien** Les côtes du Beleriand, à l'ouest des Bouches du Sirion ; nommée dans la chanson de Bilbo, à Fondcombe.

*Asgon* Homme du Dor-lómin, qui aide Túrin à fuir après la mort de Brodda.

*Azaghâl* Seigneur des Nains de Belegost.

*Barad Eithel* « Tour du Puits », forteresse des Noldor à Eithel Sirion.

| | |
|---|---|
| *Baragund* | Père de Morwen ; cousin de Beren. |
| *Barahir* | Père de Beren ; frère de Bregolas. |
| *Bar-en-Danwedh* | « Maison de la Rançon », nom donné par Mîm à sa demeure. |
| *Bar-en-Nibin-noeg* | « Maison des Petits-Nains », sur Amon Rûdh. |
| *Bar-Erib* | Forteresse de Dor-Cúarthol, au sud d'Amon Rûdh. |
| *Bataille des Larmes Innombrables* | Voir *Nirnaeth Arnoediad.* |
| *Bauglir* | « Celui qui contraint », nom donné à Morgoth. |
| *Beleg* | Elfe du Doriath, un grand archer ; ami et compagnon de Túrin. Appelé *Cúthalion*, « à l'Arc de Fer ». |
| *Belegost* | « Grande Forteresse », une des deux cités des Nains dans les Montagnes Bleues. |
| *Belegund* | Père de Rían ; frère de Baragund. |
| *Beleriand** | Terres à l'ouest des Montagnes Bleues, aux Jours Anciens. |
| *Belles Gens, Les* | Les Eldar. |
| *Belthronding* | Arc de Beleg. |
| *Bëor* | Chef des premiers Hommes à être venus en Beleriand ; ancêtre de la Maison de Bëor, une des trois Maisons des Edain. |
| *Beren* | Homme de la Maison de Bëor, amant de Lúthien, qui a arraché un Silmaril de la couronne de Morgoth ; appelé « Une-Main » et *Camlost* « la Main Vide ». |
| *Bragollach* | Voir *Dagor Bragollach.* |
| *Brandir* | Seigneur du Peuple de Haleth en Brethil lorsque Túrin s'y rend ; fils de Handir. |
| *Bregolas* | Père de Baragund ; grand-père de Morwen. |
| *Bregor* | Père de Barahir et de Bregolas. |
| *Brethil** | Forêt s'étendant entre la rivière Teiglin et le fleuve Sirion ; *Hommes de Brethil*, le Peuple de Haleth. |

*Brithiach** Gué permettant de traverser le Sirion au nord de la Forêt de Brethil.

*Brodda* Un Oriental vivant en Hithlum après les Nirnaeth Arnoediad.

*Cabed-en-Aras* « Saut du Cerf », une gorge profonde sur la rivière Teiglin, où Túrin tue Glaurung.

*Cabed Naeramarth* « Saut du Terrible Destin », nom donné à Cabed-en-Aras après la mort de Niënor, qui se jette depuis ses falaises.

*Ceinture de Melian* Voir *Melian*.

*Celebros* Torrent en Brethil, se jetant dans le Teiglin près des Gués.

*Círdan* Appelé le « Constructeur de Navires » ; seigneur du Falas ; après la destruction des Havres suivant les Nirnaeth Arnoediad, il fuit vers l'Île de Balar, au sud.

*Cité Cachée, La* Gondolin.

*Colline des Espions, La* Voir *Amon Ethir*.

*Crissaegrim** Les pics montagneux au sud de Gondolin, où se trouvaient les aires de Thorondor.

*Cúthalion* « à l'Arc de Fer », surnom de Beleg.

*Daeron* Ménestrel du Doriath.

*Dagor Bragollach* (également *la Bragollach*) Bataille de la Flamme Subite, par laquelle Morgoth brise le Siège d'Angband.

*Dame du Dor-lómin* Morwen.

*Dimbar** Terre s'étendant entre le Sirion et le Mindeb.

*Dimrost* « Marches de la Pluie », les chutes du Celebros dans la Forêt de Brethil, appelées ensuite *Nen Girith*.

| | |
|---|---|
| *Dor-Cúarthol* | « Pays de l'Arc et du Heaume », nom donné à la région défendue par Túrin et Beleg depuis leur repaire sur Amon Rûdh. |
| *Doriath** | Royaume de Thingol et de Melian dans les forêts de Neldoreth et de Region, gouverné depuis Menegroth, sur la rivière Esgalduin. |
| *Dorlas* | Un homme important du Peuple de Haleth dans la Forêt de Brethil. |
| *Dor-lómin** | Région du sud du Hithlum donnée par le Roi Fingolfin en fief à la Maison de Hador ; résidence de Húrin et de Morwen. |
| *Dorthonion** | « Pays des Pins », grands plateaux boisés sur les frontières septentrionales du Beleriand, nommés par la suite *Taur-nu-Fuin*. |
| *Drengist** | Long bras de mer traversant les Ered Lómin, les Montagnes de l'Écho. |
| | |
| *Echad i Sedryn* | (également *l'Echad*) « Camp des Fidèles », nom donné à la maison de Mîm sur Amon Rûdh. |
| *Ecthelion* | Seigneur elfe de Gondolin. |
| *Edain* | (*Adan* au singulier) Les Hommes des Trois Maisons des Amis des Elfes. |
| *Eithel Ivrin** | « Fontaine d'Ivrin », source de la rivière Narog au pied des Ered Wethrin. |
| *Eithel Sirion** | « Fontaine du Sirion », sur le versant oriental des Ered Wethrin ; forteresse des Noldor à cet endroit, aussi appelée *Barad Eithel*. |
| *Eldalië* | Le peuple des Elfes, équivalent d'*Eldar*. |
| *Eldar* | Les Elfes du Grand Voyage, depuis l'Est jusqu'en Beleriand. |
| *Eledhwen* | Nom de Morwen, « Lustre des Elfes ». |
| *Elfes-Gris* | Les Sindar, nom donné aux Eldar demeurés en Beleriand, qui ne traversent pas la Grande Mer en direction de l'ouest. |
| *Enfants d'Ilúvatar* | Les Elfes et les Hommes. |
| *Ennemi, L'* | Morgoth. |

*Eöl* — Appelé « L'Elfe Sombre », un grand forgeron résidant en Nan Elmoth ; a forgé l'épée Anglachel ; père de Maeglin.

*Ephel Brandir* — « Enclos de Brandir », un lieu d'habitation des Hommes de Brethil sur Amon Obel ; également l'*Ephel*.

*Ered Gorgoroth** — « Montagnes de la Terreur », les vastes précipices sur lesquels donne Taur-nu-Fuin au sud ; également les *Gorgoroth*.

*Ered Wethrin* — « Montagnes Ombreuses », la grande chaîne de montagnes formant une frontière du Hithlum à l'est et au sud.

*Esgalduin** — La rivière passant en Doriath, qui sépare les forêts de Neldoreth et de Region avant de se jeter dans le Sirion.

*Exilés, Les* — Les Noldor qui se sont révoltés contre les Valar et sont retournés en Terre du Milieu.

*Faelivrin* — Nom donné à Finduilas par Gwindor.

*Falas** — Côtes occidentales du Beleriand.

*Fëanor* — Le fils aîné de Finwë, le premier chef des Noldor ; demi-frère de Fingolfin ; fabrique les Silmarils ; mène la révolte des Noldor contre les Valar, mais est tué au combat peu après son retour en Terre du Milieu. Voir *Fils de Fëanor*.

*Felagund* — « Ciseleur de cavernes », nom donné au Roi Finrod après la fondation de Nargothrond, souvent utilisé comme son nom propre.

*Fils de Fëanor* — Voir *Fëanor*. Ses sept fils règnent sur des terres situées en Beleriand oriental.

*Finarfin* — Troisième fils de Finwë, frère de Fingolfin et demi-frère de Fëanor ; père de Finrod Felagund et de Galadriel. Finarfin ne rentre pas en Terre du Milieu.

*Finduilas* — Fille d'Orodreth, le deuxième Roi de Nargothrond.

| | |
|---|---|
| *Fingolfin* | Deuxième fils de Finwë, le premier chef des Noldor ; Grand Roi des Noldor, réside en Hithlum ; père de Fingon et de Turgon. |
| *Fingon* | Fils aîné du Roi Fingolfin, et Grand Roi des Noldor après la mort de celui-ci. |
| *Finrod* | Fils de Finarfin ; roi fondateur de Nargothrond, frère d'Orodreth et de Galadriel ; souvent appelé *Felagund*. |
| *Forweg* | Un Homme du Dor-lómin, capitaine de la bande de hors-la-loi que Túrin rejoint. |
| | |
| *Galdor le Grand* | Fils de Hador Tête d'Or ; père de Húrin et de Huor ; tué à Eithel Sirion. |
| *Gamil Zirak* | Nain forgeron, maître de Telchar de Nogrod. |
| *Gaurwaith* | Les « Hommes-Loups », la bande de hors-la-loi que Túrin rejoint ; vivent dans les bois, au-delà des frontières occidentales du Doriath. |
| *Gelmir* (1) | Elfe de Nargothrond, frère de Gwindor. |
| *Gelmir* (2) | Elfe noldorin venu à Nargothrond avec Arminas pour prévenir Orodreth du péril menaçant Nargothrond. |
| *Gethron* | L'un des compagnons de Túrin, au cours de son voyage vers le Doriath. |
| *Ginglith** | Rivière se jetant dans le Narog en amont de Nargothrond. |
| *Glaurung* | « Père des Dragons », le premier des Dragons de Morgoth. |
| *Glithui** | Rivière descendant des Ered Wethrin pour rejoindre le Teiglin au nord de l'embranchement avec le Malduin. |
| *Glóredhel* | Fille de Hador, sœur de Galdor, le père de Húrin ; épouse de Haldir de Brethil. |
| *Glorfindel* | Seigneur elfe de Gondolin. |
| *Gondolin** | Cité cachée du Roi Turgon. |
| *Gorgoroth* | Voir *Ered Gorgoroth*. |
| *Gorthol* | « Heaume de l'Effroi », nom pris par Túrin dans le pays de Dor-Cúarthol. |

| | |
|---|---|
| *Gothmog* | Seigneur des Balrogs ; tue le Roi Fingon. |
| *Grand Chant, Le* | La Musique des Ainur, par laquelle commence le Monde. |
| *Grand Tertre, Le* | Voir *Haudh-en-Nirnaeth*. |
| *Grithnir* | L'un des compagnons de Túrin, au cours de son voyage vers le Doriath, où meurt Grithnir. |
| *Gués du Teiglin** | Gués où l'ancienne Route du Sud menant à Nargothrond traverse le Teiglin. |
| *Guilin* | Elfe de Nargothrond, père de Gwindor et de Gelmir. |
| *Gurthang* | « Fer de Mort », nom donné par Túrin à l'épée Anglachel, reforgée à Nargothrond. |
| *Gwaeron* | Le « mois venteux », mars. |
| *Gwindor* | Elfe de Nargothrond, amoureux de Finduilas, compagnon de Túrin. |
| *Hador Tête d'Or* | Ami des Elfes, seigneur du Dor-lómin, vassal du Roi Fingolfin ; père de Galdor, le père de Húrin et de Huor ; tué à Eithel Sirion au cours de la Dagor Bragollach. *Maison de Hador*, l'une des Maisons des Edain. |
| *Haldir* | Fils de Halmir de Brethil ; épouse Glóredhel, fille de Hador du Dor-lómin. |
| *Haleth* | La Dame Haleth, devenue très tôt le chef de la Deuxième Maison des Edain, les *Halethrim* ou *Peuple de Haleth*, qui vivent en Forêt de Brethil. |
| *Halmir* | Seigneur des Hommes de Brethil. |
| *Handir de Brethil* | Fils de Haldir et de Glóredhel ; père de Brandir. |
| *Hareth* | Fille de Halmir de Brethil, femme de Galdor du Dor-lómin ; mère de Húrin. |
| *Haudh-en-Elleth* | « Tertre de la jeune Elfe », près des Gués du Teiglin, sous lequel Finduilas est enterrée. |
| *Haudh-en-Nirnaeth* | « Tertre des Larmes », dans le désert d'Anfauglith. |

*Haut Faroth, Le** Plateau situé à l'ouest de la rivière Narog, au-dessus de Nargothrond ; également *le Faroth*.

*Hirilorn* Hêtre géant à trois troncs de la Forêt de Neldoreth.

*Hithlum** « Pays de Brume », région septentrionale bordée par les Montagnes de l'Ombre.

*Homme Sauvage des Bois* Nom pris par Túrin à son arrivée parmi les Hommes de Brethil.

*Hommes des Bois* Résident dans les forêts au sud du Teiglin, où sévissent les Gaurwaith.

*Hommes-Loups* Voir *Gaurwaith*.

*Hunthor* Homme de Brethil, accompagne Túrin lors de l'attaque contre Glaurung.

*Huor* Frère de Húrin ; père de Tuor, le père d'Eärendil ; tué lors de la Bataille des Larmes Innombrables.

*Húrin* Seigneur du Dor-lómin, époux de Morwen et père de Túrin et de Niënor ; appelé *Thalion*, « L'Inflexible ».

*Ibun* Un des fils de Mîm le Petit-Nain.

*Île de Sauron* Tol Sirion.

*Ilúvatar* « Père de Toutes Choses ».

*Indor* Homme du Dor-lómin, père d'Aerin.

*Ivrin** Lac et chutes situés au pied des Ered Wethrin, où le Narog prend sa source.

*Jeunes Enfants* Les Hommes. Voir *Enfants d'Ilúvatar*.

*Khîm* Un des fils de Mîm le Petit-Nain, tué par une flèche d'Andróg.

*Labadal* Nom donné par Túrin à Sador.

*Ladros** Terres situées dans le nord-est du Dorthonion, données par les rois noldorins aux Hommes de la Maison de Bëor.

*Lalaith* « Allégresse », nom donné à Urwen.

| | |
|---|---|
| *Larmes Innombrables* | La Bataille des *Nirnaeth Arnoediad*. |
| *Larnach* | Un des Hommes des Bois vivant au sud du Teiglin. |
| *Lothlann* | Vaste plaine située à l'est du Dorthonion (*Taur-nu-Fuin*). |
| *Lothron* | Le cinquième mois. |
| *Lúthien* | Fille de Thingol et de Melian, qui choisit, après la mort de Beren, de devenir mortelle et de partager son destin. Appelée *Tinúviel*, « fille du crépuscule », rossignol. |
| *Mablung* | Elfe du Doriath, premier capitaine de Thingol, ami de Túrin ; surnommé « le Chasseur ». |
| *Maedhros* | Fils aîné de Fëanor, régnant sur les terres situées à l'Est, au-delà du Dorthonion. |
| *Maeglin* | Fils d'Eöl, l'« Elfe Sombre » et d'Aredhel, sœur de Turgon ; trahit Gondolin. |
| *Malduin** | Un affluent du Teiglin. |
| *Mandos* | Un des Valar : le Juge, Gardien des Maisons des Morts en Valinor. |
| *Manwë* | Le premier des Valar ; appelé l'*Ancien Roi*. |
| *Mares Crépusculaires** | Région de marécages et d'étangs où l'Aros se jette dans le Sirion. |
| *Melian* | Une Maia (voir *Ainur*) ; femme du Roi Thingol, Reine du Doriath ; elle crée une barrière invisible autour du Doriath pour le protéger, l'*Anneau de Melian* ; mère de Lúthien. |
| *Melkor* | Nom de Morgoth en quenya. |
| *Menegroth** | « Les Mille Cavernes », palais de Thingol et de Melian sur la rivière Esgalduin, en Doriath. |
| *Menel* | Les cieux, où se trouvent les étoiles. |
| *Methed-en-glad* | « L'Orée du Bois », forteresse de Dor-Cúarthol, à l'orée de la forêt située au sud du Teiglin. |
| *Mîm* | Le Petit-Nain, demeure sur Amon Rûdh. |

*Minas Tirith* « Tour de Garde », édifiée par Finrod Felagund sur Tol Sirion.

*Mindeb** Affluent du Sirion, entre le Dimbar et la Forêt de Neldoreth.

*Mithrim** Région située dans le sud-est du Hithlum, séparée du Dor-lómin par les Montagnes du Mithrim.

*Montagnes Bleues* La grande chaîne de montagnes (appelées *Ered Luin* et *Ered Lindon*) entre le Beleriand et l'Eriador, aux Jours Anciens.

*Montagnes de l'Ombre** Voir *Ered Wethrin.*

*Montagnes Encerclantes* Montagnes entourant Tumladen, la plaine de Gondolin.

*Montagnes Ombreuses* Voir *Ered Wethrin.*

*Morgoth* Le grand Vala qui s'est rebellé ; à l'origine, le plus puissant des Valar ; appelé *l'Ennemi*, *le Seigneur Ténébreux*, *le Roi Noir*, *Bauglir.*

*Mormegil* « Le Noire-Épée », nom donné à Túrin à Nargothrond.

*Morwen* Fille de Baragund de la Maison de Bëor ; femme de Húrin et mère de Túrin et de Niënor ; appelée *Eledhwen*, « Belle comme une Elfe », et *Dame du Dor-lómin.*

*Nan Elmoth** Forêt de l'est du Beleriand ; demeure d'Eöl.

*Nargothrond** « La grande forteresse souterraine située sur la rivière Narog », fondée par Finrod Felagund, détruite par Glaurung ; désigne aussi le royaume de Nargothrond, qui s'étend à l'est et à l'ouest de la rivière.

*Narog** Rivière la plus importante du Beleriand occidental, prenant sa source à l'Ivrin et se jetant dans le Sirion près de son embouchure. *Peuple du Narog*, les Elfes de Nargothrond.

*Neithan* Le « Dépossédé », nom que se donne Túrin parmi les hors-la-loi.

*Nellas* Elfe du Doriath, amie de Túrin dans son enfance.

*Nen Girith* « Eau Frissonnante », nom donné à Dimrost, les chutes du Celebros en Brethil.

*Nen Lalaith* Torrent surgissant au pied d'Amon Darthir, un des pics des Ered Wethrin, et qui coule devant la maison de Húrin en Dor-lómin.

*Nenning** Fleuve du Beleriand occidental, qui se jette dans la Mer au niveau du Havre d'Eglarest.

*Nevrast** Région occidentale du Dor-lómin, au-delà des Montagnes de l'Écho* (*Ered Lómin*).

*Nibin-noeg, Nibin-nogrim* Petits-Nains.

*Niënor* « Deuil », fille de Húrin et de Morwen ; sœur de Túrin ; voir *Níniel.*

*Nimbrethil** Forêts de bouleaux en Arvernien ; mentionnées dans la chanson que Bilbo récite à Fondcombe.

*Níniel* « Fille des Larmes », nom que Túrin donne à Niënor, en Brethil.

*Nirnaeth Arnoediad* Bataille des « Larmes Innombrables » ; également les *Nirnaeth.*

*Nogrod* Une des deux cités des Nains situées dans les Montagnes Bleues.

*Noire(-)Épée* Nom de Túrin à Nargothrond, et nom de l'épée elle-même. Voir *Mormegil.*

*Noldor* Le second groupe d'Eldar, lors du Grand Voyage qui les conduit de l'Est jusqu'en Beleriand ; les « Elfes Profonds », les « Maîtres de la Tradition ».

*Núath, Bois de** Forêts qui s'étendent à l'ouest depuis le cours supérieur du Narog.

*Orientaux* Tribus d'Hommes qui ont suivi les Edain en Beleriand.

*Orleg* Un des hommes faisant partie de la bande de hors-la-loi de Túrin.

*Orodreth* Roi de Nargothrond après la mort de son frère Finrod Felagund ; père de Finduilas.

*Ossë* Un Maia (voir *Ainur*) ; vassal d'Ulmo, le Seigneur des Eaux.

| | |
|---|---|
| *Petits-Nains* | Un peuple de Nains en Terre du Milieu, dont Mîm et ses deux fils sont les derniers représentants. |
| *Plaine Gardée, La** | Voir *Talath Dirnen*. |
| *Premiers-Nés* | Les Elfes. Voir *Enfants d'Ilúvatar*. |
| *Puissances, Les* | Les Valar. |
| *Ragnir* | Un serviteur, aveugle, de la maison de Húrin en Dor-lómin. |
| *Region** | Forêt du sud du Doriath. |
| *Rían* | Cousine de Morwen ; femme de Huor, le frère de Húrin ; mère de Tuor. |
| *Rivil** | Torrent prenant sa source en Dorthonion ; se jette dans le Sirion dans les Marais de Serech. |
| *Roi Noir, Le* | Morgoth. |
| *Route du Sud* | Ancienne route allant de Tol Sirion à Nargothrond, en passant par les Gués du Teiglin. |
| *Royaume Caché, Le* | Le Doriath. |
| *Royaume Gardé, Le* | Le Doriath. |
| *Sador* | Charpentier, serviteur de Húrin en Dor-lómin et ami de Túrin enfant, qui l'appelle *Labadal*. |
| *Saeros* | Elfe du Doriath, conseiller de Thingol, ennemi de Túrin. |
| *Saut du Cerf, Le* | Voir *Cabed-en-Aras*. |
| *Seigneur des Eaux* | Le Vala Ulmo. |
| *Seigneurs de l'Ouest* | Les Valar. |
| *Seigneur Ténébreux, Le* | Morgoth. |

*Serech** — Les vastes marais situés au nord de la Passe du Sirion, où le Rivil, venu du Dorthonion, se jette dans le Sirion.

*Sharbhund* — Nom d'Amon Rûdh en langue des Nains.

*Sindarin* — Le gris-elfique, langue elfique du Beleriand. Voir *Elfes-Gris*.

*Sirion** — Le grand fleuve du Beleriand, qui prend sa source à Eithel Sirion.

*Talath Dirnen** — La « Plaine Gardée », au nord de Nargothrond.

*Taur-nu-Fuin** — « Forêt sous la Nuit », nom tardif du Dorthonion.

*Teiglin** — Affluent du Sirion, qui prend sa source dans les Montagnes de l'Ombre et traverse la Forêt de Brethil. Voir *Gués du Teiglin*.

*Telchar* — Forgeron renommé de Nogrod.

*Telperion* — L'Arbre Blanc, l'aîné des Deux Arbres qui éclairaient le Valinor.

*Têtes-de-paille* — Nom donné au Peuple de Hador par les Orientaux en Hithlum.

*Thangorodrim* — « Montagnes de la Tyrannie », élevées par Morgoth au-dessus d'Angband.

*Thingol* — « Gris Manteau », le Roi du Doriath, grand roi des Elfes-Gris (les Sindar) ; époux de Melian la Maia ; père de Lúthien.

*Thorondor* — « Roi des Aigles » (cf. *Le Retour du roi*, livre VI, chapitre 4 : « [le] vieux Thorondor, qui construisit ses aires sur les pics inaccessibles des Montagnes Encerclantes quand la Terre du Milieu était jeune ».

*Thurin* — « Le Secret », nom donné à Túrin par Finduilas.

*Tol Sirion** — Île située sur le fleuve, dans la Passe du Sirion, sur laquelle Finrod édifie la tour de Minas Tirith ; ensuite conquise par Sauron.

*Trois Maisons (des Edain)* — Les Maisons de Bëor, Haleth et Hador.

| | |
|---|---|
| _Tumhalad*_ | Vallée du Beleriand occidental située entre les rivières Ginglith et Narog, où l'armée de Nargothrond est vaincue. |
| _Tumladen_ | Le val caché au cœur des Montagnes Encerclantes, où se trouve la cité de Gondolin. |
| _Tuor_ | Fils de Huor et de Rían ; cousin de Túrin et père d'Eärendil. |
| _Turambar_ | « Maître du Destin », surnom pris par Túrin parmi les Hommes de Brethil. |
| _Turgon_ | Deuxième fils du Roi Fingolfin et frère de Fingon ; fondateur et roi de Gondolin. |
| _Túrin_ | Fils de Húrin et de Morwen, héros du lai intitulé _Narn i Chîn Húrin_. Voir ses autres noms : _Neithan_, _Gorthol_, _Agarwaen_, _Thurin_, _Adanedhel_, _Mormegil_ (_le Noire-Épée_), _Homme Sauvage des Bois_, _Turambar_. |
| | |
| _Uldor le Maudit_ | Un chef des Orientaux, tué lors de la Bataille des Larmes Innombrables. |
| _Ulmo_ | Un des puissants Valar, le « Seigneur des Eaux ». |
| _Ulrad_ | Membre de la bande de hors-la-loi que rejoint Túrin. |
| _Úmarth_ | « Le Maudit », nom inventé par Túrin pour son père à Nargothrond. |
| _Urwen_ | Fille de Húrin et de Morwen, morte encore enfant ; appelée _Lalaith_, « Allégresse ». |
| | |
| _Valar_ | « Les Puissances », les grands esprits entrés dans le Monde au commencement des temps. |
| _Valinor_ | Le pays des Valar, à l'Ouest, au-delà de la Grande Mer. |
| _Varda_ | La plus puissante des Reines des Valar, épouse de Manwë. |

# NOTE SUR LA CARTE

Cette carte suit de près celle publiée dans *Le Silmarillion* de 1977, qui elle-même se fonde sur la carte dessinée par mon père au cours des années 1930 et qu'il n'a jamais remplacée, mais qu'il a utilisée pour toutes ses œuvres ultérieures. La représentation des montagnes, collines et forêts, très stylisée et manifestement très sélective, imite son propre style.

En la redessinant, j'ai introduit certaines différences, afin de la simplifier et de la rendre plus directement utilisable pour *Le Conte des Enfants de Húrin*. Par conséquent, elle ne s'étend pas vers l'est au point d'inclure l'Ossiriand et les Montagnes Bleues, et certains éléments géographiques ont été omis ; de même, à quelques exceptions près, seuls les noms qui apparaissent effectivement dans ce récit sont indiqués.

# Table des matières

Composé par Nord Compo
à Villeneuve-d'Ascq (Nord)

Imprimé en France par

Maury Imprimeur
à Malesherbes (Loiret)
en janvier 2016

POCKET – 12, avenue d'Italie – 75627 Paris Cedex 13

N° d'impression : 204823
Dépôt légal : mai 2009
Suite du premier tirage : janvier 2016
S17851/10